힘 좀 빼고 삽시다

아픔을 끌어안고 사는 우리들에게

힘 좀 빼고 삽시다

아픔을 끌어안고 사는 우리들에게

명진 지음

다산
책방

일러두기

이 책은 2011년에 출간된 『스님은 사춘기』 이후의 삶을 새롭게 담고 과거에 쓴 글 또한
지금의 마음을 담아 고쳐 쓴 개정증보판이다.

인적 없는 산골 벼랑 끝
달 비추면 달빛과 속삭이고
바람 불면 바람에 흔들리고
제 빛깔과 향을 품는
스스로 피었다 지는
이름 모를 꽃

남 길 쫓느라 내 길을 잃지 않았을까
남 평판 쫓느라 나를 잃지 않았을까
내가 나를 모르는데
잘 먹고 잘 사는 게 무슨 의미일까
뭐가 잘 사는 거고
뭐가 못 사는 걸까

어느 산중 홀로 피는 꽃처럼
자기 빛깔 자기 향기 품고 살 것인가
이름난 곳 장식하는 화려한 꽃 되었다가
이내 시들어 쓰레기통에 버려질 것인가

어떤 게 잘 사는 걸까
알 수 없으니
몸에서 힘 빼듯
마음에서 힘 빼고
다시 물을 뿐이다

차례

1장 **힘들다** 나는 누구인가

2장 **힘주다** 깨달았다는 착각

힘들다

나는 누구인가

맞아서 될 일이라면
종일 맞겠습니다

　스물다섯 살이 되던 봄, 속리산 법주사에서 공양주 소임을 맡았다. 공양주는 매일 쌀을 일어 밥하는 일을 똑같이 되풀이하기 때문에 마음이 복잡하지 않다. 단순한 일을 집중하여 오래 반복하다 보면 잡스러운 마음이 절로 가라앉는다. 그것만으로 깊은 수행이 된다. 공양주 중에 도인이 많이 난다는 옛 어른 스님들의 이야기가 일리가 있는 것 같다.

　당시 법주사에는 불경을 공부하는 강원講院이나 학교에서 공부하는 학인學人 스님이 쉰 명, 선방 스님이 스무 명 정도에다 일하는 처사님들까지 모두 합쳐서 백 명 이상이 살았다. 하루 세 번 백여 명의 밥을 하는 것은 쉽지 않은 일이다. 서너 말씩 쌀을 일려면 한 시간 이상 걸리는데 나는 혹시 돌이 들어갈까 걱정되어 꼭 한 번 더 일었다. 공양주를 하는 동안 밥하는 것 말고는 하루 스물네 시간 다른 생각 없이 살았다.

그런 내가 기특했는지 주지住持를 맡고 계시던 은사 스님께서 이런 말씀을 하셨다.

"내가 주지를 하면서 너 같은 공양주는 처음 봤다. 한 번도 밥이 늦은 적이 없고 돌이 나온 적도, 밥이 눌거나 질게 된 적도 없구나."

가끔은 학인 스님들이 먹을 간식을 만들기도 했다. 절에서는 무쇠 솥에 밥을 하기 때문에 밥밑이 노랗게 익는다. 나는 밥을 푸기 직전에 불을 한소끔 더 때서 누룽지를 만들었다. 나중에 숙달이 되자 밥을 다 푸고 난 다음 삽을 꽂아 싹 돌리면 큰 솥에서 누룽지가 그대로 떨어져 나왔다.

누룽지를 바싹 말려서 기름에 튀겨 설탕 가루를 뿌려 내놓기도 했다. 사과 한 개를 네 쪽으로 갈라 먹던 시절이었으니 튀긴 누룽지는 최고의 간식이었다. 순진했던 행자 시절, 학인 스님들이 잘한다고 칭찬해주면 그날은 더 두툼하게 누룽지를 만들어 돌렸다.

그렇게 행자 시절을 잘 보내고 있다가 계를 받지도 못하고 쫓겨날 일이 일어나고 말았다. 출가자와 수행자들이 계율을 지키겠다고 맹세하는 수계식受戒式을 보름 정도 남겨두고 있을 때의 일이다. 음력 10월 보름부터 정월 보름까지 석달 동안 절에 머물며 수행하는 동안거冬安居 결제結制를 앞두고 사달이 났다.

멀리서 신도들이 보살계를 받으러 오고 스님들도 많이 와서 아주 분주한 날이었다. 교무敎務 스님이 자기를 찾아 온 손님들에게 먼저 밥을 차려주라고 명령하듯이 말했다.

"야, 한 행자, 빨리 저 방에 먼저 밥 들여가라."

교무 스님은 한마디 던져놓고 큰방으로 들어가버렸다. 먼저 와서 기다리는 신도도 많았고 일손도 부족했다. 게다가 나는 행자들의 교육을 관할하는 교무 스님이 말도 거칠고 겸손하지 못한 것에 늘 불만이었다. 행자 반장이었던 내가 반기를 들었다. 그 방에 밥을 차려주지 말라고 했다.

화가 잔뜩 난 교무 스님이 소리쳤다.

"한 행자, 너 인마 이리 와봐. 이 자식아, 그 방에 밥 빨리 넣으라는데 왜 아직까지 안 넣었어?"

"스님, 이 자식 저 자식 하지 마십시오. 왜 욕을 하고 그럽니까? 밥이야 한 끼 굶을 수도 있고 또 좀 늦게 먹을 수도 있죠."

교무 스님이 내 멱살을 잡았지만 혈기왕성한 나를 당해낼 수가 없었다. 지금은 나이가 들어 많이 누그러졌지만 젊은 시절엔 부당한 일을 적당히 보아 넘기질 못했다. 행자가 선배 스님에게 달려들었으니 명백히 쫓겨나야 할 일이었다.

'수계식을 겨우 며칠 남겨두고 떠나야 하다니 내 인생은 왜 이렇게 순탄치 않은가.'

성철 스님 문하에서도 뛰쳐나왔고 수많은 학교를 전전했으며 이른 나이에 어머니와 동생을 잃은 나였다. 이런저런 생각을 하면서 보따리를 싸고 있는데 절의 살림을 도맡아 하는 원주院主 스님이 말렸다. 원주 스님은 주지 스님에게 가서 '한 행자는 성질이 급해서 그렇지 꼭 우리 법주사 스님으로 만들어야 된다'고 설득했다. 중재 끝에 내가 교무 스님한테 가서 참회하고 법당에 가서 삼천 배 참회를 하는 것으로 타협안이 나왔다.

나는 잘못한 게 없으니 참회할 수 없다고 했다. 도를 닦는 수행자가 왜 아무에게나 반말을 하고 먹살을 잡는가. 일 년 가까이 행자 생활을 한 게 아까워 마음속으로는 떠나기 싫었지만 겉으로는 가도 그만이라고 호기를 부렸다. 결국 그 일은 원주 스님이 나를 대신해 참회하는 것으로 마무리가 되었다.

계를 받기 전에 은사를 정해야 했다. 당시 법주사에 계시던 큰스님 몇 분이 은연중 내가 당신들 앞으로 제자가 되었으면 하는 뜻을 비치셨다. 하지만 나는 주지 스님인 탄성 스님을 은사로 모시고 싶었다. 이유는 간단했다. 탄성 스님만 나에게 그런 뜻을 전하지 않았기 때문이었다. 지금 생각해보면 탄성 스님의 겸손하고 온화한 성격에 본능적으로 끌렸던 것 같다.

탄성 스님께 은사 스님이 되어주시길 청했으나 거절당했다.

"나는 행자님같이 똑똑한 사람을 상좌上佐로 둘 만한 자격이 없는 사람입니다. 다른 분 앞으로 하십시오."

지난번 교무 스님과의 사건이 마음에 걸리셨던 모양이다. 그 말씀을 듣고는 더욱더 '이분은 내 스승이다'라는 뜻이 확고해졌다. 한 번 더 말씀을 드렸는데 다시 간곡하게 사양을 하시기에 그러면 다른 절로 가서 계를 받겠다고 말씀드렸다. 그러자 스님은 '앞으로 주먹질은 절대 하지 않겠다'는 것을 내게 단단히 다짐받은 후 겨우 허락을 하셨다.

다시는 누구와 다투지 않겠다는 약속을 철석같이 하고 탄성 스님을 은사로 1974년 음력 10월 보름날 계를 받았다. 스무 살에 백련암에서 한 해 동안 행자 생활을 한 이후 오 년 만에 어엿한 중이 된 것이다.

나의 은사이신 탄성 스님은 조계종 총무원장과 원로회의 의장을 지냈는데 늘 조용했고 누구와 시비 한 번 하는 일 없이 평생을 사셨다. '중은 모름지기 선방에서 참선 정진해야 한다. 글부터 배우면 사람 버린다'는 문중의 어른이셨던 금오 스님의 말씀에 따라 강원에도 가지 않고 정진만 하신 분이다.

상좌인 우리들에게도 '중 아니면 팔만사천 지옥을 다 채울 수 없다'는 말을 자주 하셨다. 신도들이 시주한 것을 가지고 살면서 공부를 열심히 하지 않으면 내생에 어디로 가게 될 것인지 늘 생각하며 살라고 가르치셨다. 요즘 절집의 착잡한 현실을 볼 때마다 은사 스님의 말씀이 떠오른다.

은사 스님은 돌아가실 때까지 절에 그 흔한 봉고차 하나 들여놓지 않았던 분이다. 살림살이하는 데 불편하긴 하겠지만 수행자가 물질의 편리함을 누리다 보면 출가자로서의 중심을 잃기 마련이라고 가르치셨다. 총무원장을 하실 때도 그냥 버스를 타고 바람같이 떠나곤 하셨다. 당신과 맺어진 인연을 소중히 여겨 언제나 대중과 화합하셨고, 그런 덕화德化로 인해 종단이 어려울 때마다 선방에서 정진하는 수좌들이 어른으로 모셔 위기를 풀어 갔다.

선방에서 처음 안거를 나고 법주사로 돌아왔을 때였다. 은사 스님께 절 짓고 관리하는 것은 목수나 할 일이니 주지 그만두고 함께 해인사 선원禪院에나 가시자고 졸랐다. 처음엔 들은 척도 안 하시다가 내가 하도 쫓아다니며 조르자 그러면 다음 철에 해인사에서 공부하자고 하시며 장삼과 공양할 때 쓰는 발우鉢盂를 맡기셨다.

결제 때 해인사 선원에서 만나기로 그렇게 철석같이 약속해 놓고 정작 나는 그 약속을 까맣게 잊고 말았다. 망월사의 먹는 물이 참 좋다는 소리에 혹해 혼자 걸망을 지고 가서 삼 개월 동

안 안거에 들었다. 해인사 선원으로 가셨던 은사 스님은 제자는커녕 발우와 장삼도 찾지 못해 애를 끓이셨다. 나는 그러고도 발길 닿는 대로 전국을 돌아다녔고 이 년 뒤 해인사 백련암에서 은사 스님을 만났다. 스님께서 나를 보자 "너, 오늘 나한테 혼 좀 나야겠다"고 하셨다.

"왜요?"

영문을 몰라 하는 나에게 스님이 말씀하셨다.

"해인사 선원에서 같이 결제에 들자던 놈이 나타나지도 않고. 회초리를 구해 오너라."

나는 법당 뒤쪽에서 이리저리 회초릿감을 찾다가 불사佛事하고 남은 커다란 서까래를 질질 끌고 들어갔다. 스님께서 어이가 없다는 표정으로 물끄러미 내려다보시더니 한마디 하셨다.

"이것으로 맞겠다고 들고 온 것이냐?"

"스님, 제가 맞아서 될 일이라면 하루 종일이라도 맞겠습니다."

스님은 야단을 치실 때도 그렇게 물끄러미 보며 한마디 하시는 게 전부였다. 워낙 성품이 조용했던 은사 스님이 나처럼 고집도 세고 말도 잘 안 듣는 제자로 인해 마음고생이 많으셨을 것이다.

삼십 대 후반이 돼서도 기질은 어디 가지 않았다. 동안거 결제를 한 일주일 앞두고 몇몇 스님들과 함께 강릉 경포대에 갔다. 바람이나 쐬고 각자 선방으로 흩어질 생각이었다.

경포대 앞에는 오리바위와 십리바위가 있다. 한 스님이 시원하게 오리바위나 한번 다녀오자고 했다. 모두 그 자리에서 누비 두루마기를 훌훌 벗어 던지고 속옷만 입은 채 물속으로 뛰어들었다. 살얼음이 살살 얼 때인 11월 중순쯤이라 물이 몹시 찼다.

수영이라고는 어렸을 적 동네 못에서 개헤엄을 친 게 전부인데 두 스님이 물에 뛰어들자 나도 무작정 따라 들어갔다. 물은 차고 파도까지 쳐서 가까스로 오리바위까지 갔다. 다른 두 스님도 제대로 된 수영이 아니고 개헤엄이었지만 그래도 나보다는 나은 것 같았다.

가긴 갔는데 돌아오는 게 문제였다. 도저히 건널 수 없다고 포기하고 손을 흔들어 보트를 부르면 될 텐데 그놈의 자존심이 문제였다. 그냥 또 물로 뛰어들었다. 사생결단을 해서 겨우 육지까지 돌아왔다. 다른 스님들한테는 힘들지 않은 척했지만 속으로는 죽을 지경이었다.

그해 동안거를 마치고 수영 강습에 등록했다. 물속에 일단 들어가면 손이 불어 터져 속살이 나올 지경이 될 때까지 물에서 나오질 않았다. 수영 코치가 나 같은 사람은 처음 봤다며 혀를 내둘렀다. 일주일 만에 자유형을 마스터하고 그로부터 얼마 지나지 않아 25미터 되는 수영장을 왕복 스무 번씩 쉬지 않고 오고 갔다. 나중에는 물을 좀 알 것 같았다.

어느 날 잠자리에 누워 있는데 문득 '내가 한강을 헤엄쳐 건널 수 있을까?' 하는 생각이 들었다. 곧바로 자리에서 일어나 차를 몰았다. 양수리를 지나 서종면으로 올라가다 보면 팔당으로 오가는 비포장도로가 있다. 한적한 그곳에 차를 세워두고 한강물에 뛰어들었다.

한강을 건너는 건 그리 어렵지 않았다. 별로 힘을 들이지 않고도 왕복할 수 있었다. 그런데 흐르는 강물을 따라 왔다 갔다 헤엄치다 보니 처음 들어갔던 지점에서부터 1킬로미터 이상 아래쪽에 흘러내려가 있었다.

할 수 없이 걸어서 차를 주차해둔 곳까지 올라가야 했다. 강을 따라 걸어가고 있는데 경찰차가 뒤에서 다가오더니 내 옆에 차를 세웠다. 새벽 한 시에 빡빡 깎은 머리에 달랑 팬티 하나 입고 물안경을 쓴 채 강가를 따라 걸어가고 있었으니 그런 내 모습이 수상하다고 누가 경찰에 신고를 한 모양이다. 나는 경찰들에게 자초지종을 설명하고 차 안에 벗어놓은 승복을 보여주었다. 경찰들이 돌은 것 아니냐는 표정으로 기가 막힌 듯 나를 쳐다봤다.

그 뒤에도 동해안을 지나다니다 해안 가까이 있는 섬이란 섬은 거의 다 헤엄쳐서 건너가 봤다. 한번은 홍련암 아래 바닷가로 내려갔다. 큰 태풍이 와서 산더미 같은 파도가 몰아칠 때였다. 수영복에 물안경을 낀 채 들어갈까 말까 생각하고 있는데 갑자기 큰 파도가 나를 덮쳤다.

나는 바위 밑 물속으로 끌려 들어갔다. 바위에는 조가비들이 다닥다닥 붙어 있어서 스치기만 해도 살갗이 찢어진다. 물에 끌려들어간 순간 바위 쪽으로 다시 나가서는 안 된다고 판단했다. 파도가 덮쳐 바위에 몇 번 부딪치면 몸이 걸레처럼 찢겨 죽을 수도 있다. 나는 거꾸로 바다 한가운데로 헤엄쳐 나갔다가 낙산사 근처 설악 해수욕장으로 나와 겨우 살아났다.

이렇게 수영을 배우다 보니 나중에는 물 위에 드러누워 잠을 잘 정도의 경지에 이르렀다. 수영을 할 때 물속에서 힘을 주면 그냥 가라앉는다. 그러나 힘을 완전히 빼면 일부러 뜨려고 하지 않아도 저절로 뜬다. 그렇게 떠 있을 때 최소한의 힘을 들여 앞으로 나아가면 힘들이지 않고 오랫동안 수영을 할 수 있다. 수행도 마찬가지다.

행자 시절에 선배 스님에게 대들었던 일도, 젊은 혈기에 수영을 하다 죽을 뻔한 일도 몸과 마음에 힘이 잔뜩 들어갔기 때문에 생겨난 일이다. 수년간 알게 모르게 길들여진 습관이 하루 종일 맞는다고 바뀔 일일까?

참선 공부는 우리 마음을 돌이켜보는 공부다. 마음 공부란 마음에서 힘을 빼는 것이다. 마음에서 힘을 뺀다는 것은 우리 마음속에 있는 분별심을 비우는 것을 말한다. 우리 마음속에 있는 고정관념, 오랫동안 익혀온 지식과 정보 그리고 길들여져 있던 습관을 모두 버리는 일이다.

마음을 비우기 위해서는 '나는 누구인가?' 묻는 것보다 좋은 방법은 없다. 내가 나를 물으면 '나'라는 존재를 알 수 있을까? 모른다. 내가 나를 모른 채 사는 게 무슨 의미인가. 그 물음이 없었다면 나는 과연 중이 되었을까? 모를 일이다. 칠십이 넘은 지금도 여전히 나는 묻고 있다. 이 물음은 아주 오래 전부터 시작되었다.

마포 종점

내가 여섯 살 때 어머니께서 세상을 버렸다. 다정하게 내 이름을 불러주고 항상 나를 가슴에 품어주었던 어머니가 세상에서 사라졌다. 그때 어머니는 서른도 채 안 된 나이였다. 나중에 들으니 사업가였던 아버지의 외도로 인한 부부간의 불화와 우울증이 원인이었다고 했다.

어머니의 죽음은 큰 고통으로 남았다. 이젠 어머니의 얼굴조차 기억이 나지 않는다. 훗날 그때의 일이 조금도 생각나지 않아 정혜신 박사에게 상담을 받으니 너무 힘든 경험이라 머릿속에서 완전히 지워버린 것 같다고 했다. 장례식 풍경만 어렴풋이 기억이 난다.

이른 봄이었을 것이다. 삼베옷을 입고 대나무 지팡이를 짚은 채 화장터로 걸어갔다. 6·25전쟁 직후여서 화장 시설이 요즘처럼 현대식으로 되어 있지 않을 때였다. 화장장 인부들이 쇠꼬챙이로 시신을 뒤적이는 걸 보며 나는 멀뚱멀뚱 서 있었다.

부산 당감동 화장터에서 한 줌 재가 된 어머니는 나의 고향 당진에 묻혔다. 딸의 이름을 부르며 애처롭게 울부짖던 외할머니의 울음소리, 산소를 스쳐 지나가던 차가운 바람, 산소 주변에 벌겋게 드러나 있던 황토, 그 위에 아무것도 모르고 서 있던 두 살짜리 동생 그리고 '이게 뭐지?' 하는 물음으로 서 있던 나.

어머니가 돌아가신 지 몇 달 뒤에 새어머니가 들어왔다. 스물세 살이던 새어머니는 황해도 해주의 큰 과수원 집 딸로 당시에 중학교를 졸업한 인텔리 여성이었다. 새어머니는 우리 형제들에게 잘 해주었다. 그런데 나는 그걸 남들한테 잘 보이려는 행동으로 생각했다. 나는 새어머니의 존재를 받아들이지 못했고 새어머니를 발로 차면서 집으로 가라고 소리쳤다.

두 살밖에 안 된 동생은 하루 종일 울었다. 밥 먹는 시간을 빼놓고는 아침부터 저녁까지 울었던 것 같다. 곱게 자라 처녀로 시집온 새어머니는 우리 두 형제를 감당하기 어려웠을 것이다. 동생은 충청도 당진에 있는 할머니 댁으로 보내졌다.

동생과 헤어지게 되자 나는 새어머니에게 더 심하게 반항했다. 새어머니를 한 번도 '엄마'라고 부르지 않았다. 얼마나 말을 안 들었던지 어느 날 아침 새어머니가 드디어 나에게 회초리를 들었다. 다다미방 기둥에 나를 묶어두고 엄마라고 부르면 용서해주겠다고 했으나 나는 해가 뉘엿뉘엿할 때까지 울면서 대들기만 했다. 끝내 항복하지 않는 내게 새어머니가 마지막으로 물었다.

"엄마라고 부를래, 안 부를래?"

고집 세고 못되게 굴던 여섯 살의 내가 드디어 항복했다.

"알았어!"

새어머니는 그때 내가 항복하지 않았으면 집으로 돌아가려고 했었다고 한다.

출가해서 한참 세월이 흐른 뒤 새어머니와 이야기하는 자리에서 "어쩌면 너는 그렇게도 말을 안 들었는지 몰라"라고 해서 함께 웃은 적이 있다.

당진에서 태어나 어린 시절 부산 토성동에 살았던 나는 토성초등학교에 입학했다. 맞춤 양복을 입고 입학식에 갔으니까 집이 꽤 여유 있었던 것 같다. 그러나 아버지의 운은 아마도 어머니가 돌아가시면서 끝이 난 모양이다. 아버지의 사업이 걷잡을 수 없이 내리막길을 걸었다.

아버지는 무슨 일로 고향에 갔다가 다리가 부러지는 골절상을 입었는데 다친 장소가 공교롭게도 어머니의 묘 바로 앞이었다. 어머니의 한이 서린 곳에서 다쳐서 그랬는지 아버지의 골절상은 잘 낫지 않았다. 비스듬하게 부러진 정강이뼈가 잘못 맞추어진 바람에 다시 맞추어 깁스를 했는데 오랫동안 큰 고생을 하셨다. 큰 병원에서 몇 번 수술을 했는데도 낫질 않았다. 그러던 차에 아버지의 사업은 완전히 무너져버렸다. 아버지가 서른두세 살 때였을 것이다.

그때부터 가족 모두의 고생이 시작되었다. 우리 가족은 토성동 적산 가옥에서 살다가 대신동으로 이사했다. 그곳에서 대신초등학교를 다니다 초량동으로 이사해 초량초등학교를 다녔다. 내 방랑의 삶이 시작된 것이다.

초등학교 시절 방학 때마다 외가댁에 가면 외할머니는 우리 형제를 앉혀놓고 하염없이 우셨다.

"너희 에미는 너희 애비 때문에 죽었다. 크면 꼭 에미 원수를 갚아야 한다."

외가댁은 충청도 당진에 있는 송악면 기지시라는 동네였다. 어머니는 외할아버지의 이름을 대면 동네 사람들이 다 알 정도로 부잣집의 귀한 외동딸이었다. 그런 외동딸이 시집가서 마음고생을 하다 자살했으니 외할머니의 상심은 말로 다할 수 없었을 것이다. 외할머니는 당신이 별생각 없이 내뱉는 말이 아이들에게 어떤 영향을 미칠지 미처 헤아리지 못했다.

친할머니는 친할머니대로 우리를 두고 떠난 며느리를 원망했다. 엄마 없이 크는 손자들을 바라보는 심정이 참담했을 것이다. 조용한 성품의 할머니께서는 동생과 내가 놀고 있는 모습을 보면서 혀를 차곤 하셨다.

"쯔쯧, 독한 것, 저런 어린 것들을 놔두고 죽어?"

그런 소리를 듣고 자란 내 마음속엔 '어머니는 자식을 두고 죽은 독한 사람, 아버지는 커서 원수 갚아야 할 사람'이 되어버렸다.

어머니를 잃고 동생과도 헤어져 살다 보니 나는 굉장히 불행한 사람이라는 피해 의식이 늘 마음에서 떠나지 않았다. 그래서 나는 작은 일에도 마음이 아주 격해지곤 했다. 감당하기 힘든 상황이 닥치면 '에이, 죽으면 그만이지 뭐.' 하는 생각을 했고, 누구하고 싸울라치면 죽기 살기로 덤벼드는 탓에 아무도 나를 건드리지 못했다.

나는 온 동네 말썽꾸러기로 통했다. 동네에 무슨 사고가 났다 하면 범인은 바로 나였다. 종이에 고무줄을 뚤뚤 말아 애들 뒤통수를 쏘는 것은 가벼운 장난이었다. 이런 내가 감당이 안 되었던지 아버지는 나마저 동생이 있는 할머니 댁으로 보냈다.

거기서 신평초등학교를 다니다 그 옆에 있는 우강초등학교로 옮겼다. 그리고 나중에 서울로 올라와 마포에 있는 용강초등학

교를 다녔다. 초등학교 육 년 동안 무려 여섯 번의 전학을 했다. 중학교도 숭문중학교를 다니다가 시골로 내려가 송학중학교를 나왔으니 아마 나만큼 학교를 많이 옮겨 다닌 사람도 드물 것이다.

초등학교 4학년을 마칠 때쯤 새어머니가 나를 데리러 왔다. 새어머니를 따라 서울역에서 내려 리어카를 끌고 만리동 고개를 넘어 마포구 용강동 쪽으로 가던 기억이 난다.

그날은 아주 추운 겨울이었다. 리어카 손잡이에서부터 냉기가 올라와 잠시 발을 멈추고 손을 호호 불었던 기억이 난다. 리어카 한가운데 덩그러니 놓인 단출한 내 짐도 기억이 난다.

당시 용강동과 도화동 일대는 유명한 빈민촌이었다. 거기에 고모가 살고 있었다. 이제부터 그 고모네 집에 방 한 칸을 얻어서 살 거라고 했다. 나는 이곳에서의 삶 역시 만만치 않을 거라는 생각을 했다. 아니 어쩌면 더 괴로울 수도 있겠다고 예감했다. 내 곁을 스쳐가는 겨울바람과 그 바람 속을 웅크린 채 걸어가는 가난한 사람들을 보면서 단단하게 언 길을 디디며 리어카를 끌었다.

그때는 전쟁이 끝난 지 몇 년이 채 되지 않은 때였다. 다들 먹고사는 데에 바빴다. 빈민촌이야 더할 나위 없었다. 어른이고 어린아이고 할 것 없이 냉기를 간신히 막는 낡은 옷에 방한모를 둘둘 말고 푼돈이라도 벌기 위해 서성거리는 게 일상이었다.

애들 교육이랄 것도 없었다. 부모들도 사는 게 힘들었다. 그 당시 아버지도 새어머니도 그 좁은 빈민촌의 단칸방을 벗어나기 위해 종일 일하느라 기진맥진해 있었다.

당연히 나도 방치되었다. 상경하기 전 당진 우강초등학교에 다니던 나는 행정 처리가 늦게 되어 반년 가량 떠돌았다. 학교에 가지 못한 나는 그대로 문제아가 되어버렸다.

그런 것들이 이상하지 않은 시절이었다. 다른 애들도 나처럼 학교에 가지 않은 채 마차나 말을 끌고 짐을 나르면서 제 밥벌이를 위해 안간힘을 쓰고 있었다.

> 밤 깊은 마포 종점 갈 곳 없는 밤 전차
>
> 비에 젖어 너도 섰고 갈 곳 없는 나도 섰다
>
> 강 건너 영등포에 불빛만 아련한데
>
> 돌아오지 않는 사람 기다린들 무엇하나
>
> 첫사랑 떠나간 종점 마포는 서글퍼라
>
> 저 멀리 당인리에 발전소도 잠든 밤
>
> 하나둘씩 불을 끄고 깊어가는 마포 종점
>
> 여의도 비행장엔 불빛만 쓸쓸한데
>
> 돌아오지 않는 사람 생각하면 무엇하나

이 노래는 1960년대 후반 인기를 끌었던 은방울자매의 〈마포 종점〉이다. 동도중·고등학교를 지나면 새우젓 도매상가가 있었다. 지금은 서울가든호텔이 서 있다. 그 근방에 있는 차고지가 마포 종점이었다. 내가 살았던 곳이 딱 그곳이었다. 마포에 새우젓 도매상가라니. 지금은 상상할 수 없는 풍경이다.

마포는 나루로 유명했다. 서해안의 물류가 마포나루를 통해 서울로 들어왔다. 그땐 길도 다 좁았다. 리어카 두 대가 스쳐 지나갈 정도로 좁고 을씨년스러운 길이 많았다.

지금의 마포대교에서 원효로로 꺾어지는 위치에 벼랑천이라고 있었다. 그곳은 물이 급히 돌아나가서 수질이 맑고 깨끗했다. 그곳에 빨래터가 있었다. 아무래도 빈민촌이라 집에 수도가 있는 집이 거의 없었다. 원곡동, 호정동, 용강동 사람들이 빨랫감을 이고 와서 모두 거기서 빨래를 했다.

나는 벼랑천에서 물지게에 물을 채워 짊어지고 빨래터를 터덜터덜 걸어 나왔다.

못사는 동네라도 모두 똑같이 못사는 건 아니었다. 몇몇 집은 그나마 형편이 나았는데, 그런 집도 수도가 없는 건 매한가지라서 돈을 주고 물을 져오게 했다. 밥도 못 먹어서 비실대는 열두 살짜리가 단돈 1원을 받고 물이 가득 찬 물지게를 지고 날랐다. 나는 이복동생을 이끌고 좁고 가파른 계단을 종일 오르내렸다.

마포대교 아래를 토정동이라고 했는데, 토정비결을 쓴 토정 이지함이 머물렀던 곳이라 그렇게 불렀다. 거기서부터 당인리발전소까지 이어진 한강 둑이 아이들의 놀이터였다. 비닐 포대를 깔고 풀밭에서 미끄럼을 타고 놀았다. 당인리발전소에서 나오는 물이 따뜻해서 느긋하게 물놀이하기 좋았다. 고기도 잘 잡혔다. 근처 샛강에서 조개를 잡아 끓여 먹기도 했다.

그 시절이 내 인생에서 가장 고통스러웠던 시간이었다. 마포로 오기 전 친구들은 모두 5학년이 되어 있을 그때 학교에 가지 못하고 새우젓 시장이나 빨래터를 전전하던 내 모습에서 비로소 나는 내가 어떤 처지인지 확실히 깨닫게 되었다.

하루 종일 돌아다니다 집에 오면 아버지도 새어머니도 없었다. 모두 돈 벌기에 바빴다. 동생에게 뭐라도 먹일 심산으로 동사무소에서 배급받은 밀가루를 반죽해서 수제비를 만들었다. 열두 살밖에 안 된 어린애가 뭘 알겠는가. 수제비 반죽은 묽었고 끓는 물에 떼어 넣은 반죽은 손바닥만 했다. 그런 수제비를 건져 먹으면 제대로 익지 않아서 입 안 가득 텁텁한 밀가루 냄새가 퍼졌다.

스위스의 교육학자 요한 하인리히 페스탈로치는 "한 번 학교를 옮기는 것은 다시 태어나는 것과 같은 고통이다"라고 했다. 나는 초등학교를 여섯 번, 중학교를 두 번 옮겨 다닌 셈인데 그 수만큼이나 내 정서도 불안정했다. 어른 아이 할 것 없이 누가 조금만 뭐라고 해도 대번에 끝장을 낼 듯 달려들었다. 전학을 다니다 보니 애들이 텃세를 부렸고 그럴 때마다 나는 학교에서 제일 센 애들에게 죽기 살기로 붙어 평정을 해버렸다. 나는 가는 곳마다 독종으로 치부되었다.

우여곡절 끝에 다시 학교에 갔지만 분하고 서러운 감정이 쌓여 언제라도 폭발할 태세였다. 그즈음 내가 훔치지 않은 돈을 훔쳐간 걸로 아신 아버지가 매질을 한 일이 있었다. 나는 너무 억울한 마음에 축대에 서 있는 아버지를 밀쳐버리고 벼랑천으로 뛰어들었다. 아버지를 죽이고 나도 죽으려고 했다. 모래를 싣고 지나가던 뱃사공이 아니었으면 내 인생은 열두 살로 끝났을 것이다.

독실한 기독교인이었던 새어머니는 그런 나를 데리고 교회에 다녔다. 초등학교에 들어가기도 전에 새벽 기도에 다녔고 틈날 때마다 신약성서를 읽어보기도 했다. 고등학교 때까지는 그럭저럭 교회에 갔다.

나는 목사님들에게 물었다.

"왜 세상은 공평하지 않습니까? 남들은 부모와 같이 행복하게 사는데 나는 왜 친척집으로 떠돌아다녀야 합니까? 어째서 누구는 행복하고 누구는 불행한 겁니까?"

목사님들은 이렇게 대답하곤 했다.

"너를 큰 인물로 만들기 위해서 하나님께서 시험에 들게 한 것이다. 그 시험을 넘어서 큰 인물이 되어야 한다."

어린 나로서는 그 대답이 도무지 이해가 되지 않았다. 어느 곳 하나 의지할 데 없어 가슴팍이 퍽퍽했던 어린 시절, 그 대답은 공허하기만 했다.

중학교 때는 통일교에 갔었다. "우리나라가 가장 지능이 높은 민족이라서 재림주가 오셨다"라는 말에 호기심이 생겼다. 나는 그곳 목사님들에게도 물었다. 왜 세상은 공평하지 않은지, 모든 인간이 원죄를 짊어지고 태어나는데 누구는 구원받고 누구는 고통받는지 절실히 물었다. 통일교의 대답도 기독교의 대답과 크게 다르지 않았다.

다른 사람은 다 행복해서 시험을 치르지 않아도 되는데 왜 나만 고통스럽게 시험을 치러야 하는가. 나는 그런 시험을 치기 싫었다.

어느 날 '저러다가 애 하나 완전히 버리겠다. 차라리 우리가 데려다 키우겠다'라며 큰외삼촌이 날 데리러 왔다. 국문과를

나온 큰외삼촌 집엔 책이 아주 많았다. 나는 학교에서 돌아오면 책을 읽었다. 내면이 말할 수 없이 불안정했던 그 시절 독서는 황량한 내 마음을 잠시나마 고요하게 해주던 유일한 안식처였다.

동화와도 같았던 황순원의 『소나기』를 읽고 내 또래들의 순수한 사랑에 한숨을 쉬기도 했다. 『아이반호』와 『좁은 문』 같은 책은 작가도 모른 채 읽었다. 이런 책들을 닥치는 대로 읽으면서 어른들의 애증의 세계를 알아갔고 초등학교 고학년 때에는 이미 애늙은이가 되어 있었다. 나중에는 친구들의 연애편지를 대신 써주기도 했다.

중학교 때도 많은 책을 읽었다. 큰외삼촌의 책꽂이에 꽂혀 있던 세계문학전집을 거의 독파하다시피 했다. 밤새워 책을 읽는 내가 기특해서 큰외삼촌이 책의 내용을 물으면 나는 소설보다 더 실감나게 이야기를 했다고 한다.

『폭풍의 언덕』이나 『죄와 벌』 같은 소설들을 읽고 나서는 '도대체 사는 게 뭐란 말인가'라는 의문을 품었다. 답은 알 수 없었지만 책을 읽는 동안은 거친 파도와도 같았던 마음이 잔잔해졌다.

그때 누가 "생자필멸生者必滅이요 회자정리會者定離라, 태어난 것은 반드시 죽고 만나면 반드시 헤어지는 것이 인생이다"라고 말해주었다면 내가 조금 덜 괴로웠을까? 우리들 각자의 삶이 모두 인연 따라 생긴 것이라는 사실을 가르쳐주었더라면 조금 덜 불행했을까? 인생이란 것이 고통의 바다이며 본디 무상無常하다는 것을 어린 나이의 내가 어찌 알 수 있었겠는가.

그 시절 유행가를 따라 부르는 것도 독서만큼이나 큰 위안이 되었다. 중학교 2학년 때인가 최희준의 〈하숙생〉이란 노래가 유행했다. 나는 이 노래를 꽤나 부르고 다녔다.

인생은 나그네길 어디서 왔다가 어디로 가는가
구름이 흘러가듯 떠돌다 가는 길에
정일랑 두지 말자 미련일랑 두지 말자
인생은 나그네길 구름이 흘러가듯 정처 없이 흘러서 간다
인생은 벌거숭이 빈손으로 왔다가 빈손으로 가는가
강물이 흘러가듯 여울져 가는 길에
정일랑 두지 말자 미련일랑 두지 말자
인생은 벌거숭이 강물이 흘러가듯 소리 없이 흘러서 간다

나는 이 노래가 마치 나를 위해 만든 노래처럼 마음에 사무쳤다. 이리저리 떠도는 내 인생을 노래한 것 같아 그렇게 가슴에 와 닿을 수가 없었다. 나는 라디오에서 이 노래가 흘러나올 때마다 따라 불렀다. 주머니에 손을 찌르고 골목을 누비고 다니

면서 얼마나 노래를 불러댔는지 외할머니가 "저놈의 자식, 청승 맞게 또 저 노래 부르고 다닌다"고 야단을 치셨다.

나중에 보니 이 노래가 기가 막힌 법문이었다. '정일랑 두지 말자 미련일랑 두지 말자'는 가사가 '집착하지 말라'는 법문과 무엇이 다른가.

빈손으로 왔다가 빈손으로 가는 것, 이것이 인생이다
삶은 어디서부터 왔는가
죽으면 어디로 가는가
삶은 한 조각 뜬구름 일어나는 것이며
죽음은 한 조각 뜬구름 스러지는 것이네
뜬구름이란 본래 실체가 없는 것
나고 죽고 오고 감도 그와 같다네
오직 한 물건만은 홀로 뚜렷하여
생사를 따르지 않고 담연하다네

공수래공수거시인생 空手來空手去是人生
생종하처래 生從何處來
사향하처거 死向何處去
생야일편부운기 生也一片浮雲起

38

사야일편부운멸 死也一片浮雲滅
부운자체본무실 浮雲自體本無實
생사거래역여연 生死去來亦如然
독유일물상독로 獨有一物常獨露
담연불수어생사 湛然不隨於生死

　배호가 노래한 〈마지막 잎새〉와 차중락의 〈낙엽 따라가버린 사랑〉도 나의 애창곡이었다. 노래를 일러 곡조 있는 대화라고 했던가. 그 시절 노랫말들은 심금을 울렸다.

　사실 이런 유행가 가사만이 법문이겠는가. 꽃이 붉은 것도 진리요, 버들이 푸른 것도 진리요, 해가 서산에 지는 것도 진리요, 달이 동쪽에 떠오르는 것도 진리다. '두두물물頭頭物物이 부처'라고 하듯이 우리 삶이 모두 다 진리성을 그대로 보여주고 있다. 이 세상에 진리성을 담고 있지 않은 것은 아무것도 없다.

　힘든 시절, 때로는 책과 노래에 위로받았다. 어쩌면 삶이 고통스러웠기 때문에 더 많이 '나는 왜 살까?' 하고 물었을지도 모른다. 나는 알게 모르게 부처님의 손바닥 위를 헤매고 있었는지도 모를 일이다.

관음사 하숙생

당진에서 중학교를 졸업한 나는 서울로 올라와 서울공고 토목과에 들어갔다. 집안 사정도 어려운데 공고를 졸업하고 일찍 직장을 가지는 게 좋지 않겠냐는 주위의 권유 때문이었다.

당시 서울공고에는 공부는 잘하는데 집안이 어려운 학생들이 많이 진학했다. 정부의 공업화 정책으로 인해 공고를 우대할 때이기도 했다. 나는 학교 공부의 기초가 부족했지만 벼락치기로 공부해 나름 괜찮은 성적으로 서울공고에 입학했다. 처음 경부고속도로를 시공할 때가 고3 때였는데 동창들이 천안, 청주, 양산 인터체인지 공사 현장에 견습생으로 나갔다. 입학 때는 그런대로 좋은 성적이었지만 졸업할 때는 59명 가운데 58등이었다. 공부에 관심도 없었고 더군다나 토목과는 내 적성에 맞지 않았던 것 같다.

나는 집에 신세 지기가 싫어서 신문 배달을 했다. 방과 후 동아일보, 중앙일보 남영동 지국에서 후암동 지역을 맡아 이백여 부를 돌렸더니 꽤 많은 수입이 생겼다. 마음의 안정을 찾기 위해 운동도 열심히 해보았지만 별로 도움이 되지는 않았다. 친구들과 어울려 술도 마시고 담배도 피웠다. 패싸움도 하고 선생님들께 대들기도 했다. 공부는 하지도 않았고 할 생각도 없었다. 미래에 대한 꿈도 없었고 무엇이 될지 막막했다. 왜 살아야 하는지, 어떻게 살아야 하는지 도무지 알 수가 없었다.

고3 여름방학이 시작될 무렵이었다. 오랫동안 방황하는 내가 안타까웠는지 절집과 인연이 있는 사촌 형님이 "내가 대학을 보내줄 테니까 여름방학 동안 조용한 절에 가서 공부해봐라"라고 했다. 나는 무주읍 구천동 설천면에 있는 관음사라는 절로 내려갔다.

그때까지 불교에 관해 전혀 몰랐다. 그저 할머니들이 불상 앞에 쌀이나 초를 올려놓고 자식 잘되라고 비는 그런 건 줄만 알았다. 법당 안에 모셔진 부처님을 보고 '아이고, 노란 할배가 앉아가지고 할매들 쌀이나 받아먹으려 하는구나.' 할 정도였다.

절에서 주는 밥 먹고 하숙생처럼 지내던 어느 날 한 스님에게 물었다.

"스님, 왜 어떤 사람은 행복하게 살고 어떤 사람은 괴롭게 사는 걸까요?"

초등학교 때부터 늘 물었던 질문이다. 교회에 다니며 성경도 열심히 읽어보았지만 그 문제를 풀 수가 없었다.

"전생에 자기가 지은 업業을 지금 자기가 받는 거지. 어제가 있으면 오늘이 있고, 오늘이 있으면 내일이 있듯이 전생이 있어서 금생이 있는 거야."

콩 심은 데 콩 나고 팥 심은 데 팥 나듯 자기가 지은 대로 자기가 받는다는 것이었다. 자업자득自業自得 자작자수自作自受의 인과법칙은 너무나 분명해서 내가 한 행동의 과보는 필연코 나에게 다시 돌아온다는 설명이었다. 불교의 인과설을 알았던 것은 아니지만 운명은 정해져 있는 게 아니라 나 자신이 만들어가는 것이라는 뜻으로 들려 왠지 마음이 끌렸다.

'하나님이 시험에 들게 하는 게 아니라 자기가 지어서 자기가 받는다고?'

그렇게 지내던 어느 날 해인사에서 젊은 스님 한 분이 오셨다. 하안거夏安居 결제를 끝내고 지나던 길에 들른 것 같았다. 방이 넉넉하지 않아 나와 한방을 쓰게 된 것이 내 인생을 바꾸어 놓았다.

나는 지금도 그 스님을 생각하면 수행자의 위의威儀가 사람들에게 얼마나 중요한 영향을 끼치는가를 생각하게 된다. 젊은 스님에게서 어떻게 그렇게 잘 다듬어진 언행이 나올 수 있었는지 궁금하다.

스님은 깨끗한 광목옷에 밀짚모자를 쓰고 걸망을 진 차림이었다. 삼 개월 동안 안거를 나고 왔으니 그 모습이 얼마나 깨끗하고 청아했겠는가. 우물가에 가서 손을 씻은 후 공양을 드시는데 그 모습도 어딘지 품위가 있어 보였다. 밥을 먹고 난 다음 물을 부어 깍두기 한 쪽으로 밥그릇을 닦고 또 국그릇에 부어 헹궈서 마시는데 전혀 소리를 내지 않았다. 마당에서 왔다 갔다 하면서 슬쩍슬쩍 곁눈질로 보는데 왠지 내공이 만만치 않다는 느낌이 들었다.

저녁이 되었다. 7월 보름이라 달빛이 밝았다. 건성으로 책장을 넘기고 있다가 뒤를 슬쩍 돌아보니 스님이 벽을 바라보고 가만히 앉아 있었다.

'저 스님 도대체 뭐하고 앉아 있는 거야, 왜 저러고 있지?'

한 시간쯤 지났을까 스님이 조용히 일어나더니 밖으로 나갔다. 문틈으로 내다보니 묵은 벚나무 몇 그루가 서 있는 마당을 혼자서 왔다 갔다 하고 있었다. 한 십 분쯤 마당을 거닐던 스님이 방으로 들어오더니 다시 벽을 보고 앉았다. 숨소리 하나 내지 않고 미동도 없이 앉아 있는 모습을 보고 있자니 왠지 내가 그 기운에 밀리는 게 느껴졌다. 그동안 누구에게 기로 밀려보거나 져본 적이 별로 없는 내게는 낯설고도 흥미로운 경험이었다.

아홉 시가 되자 스님이 일어섰다. 내가 이부자리를 깔자 스님은 목침 하나를 놓더니 이불 대신 입고 다니던 두루마기를 배에 덮고 누웠다.

궁금해서 도저히 그냥 잠을 잘 수가 없었다. 그 고요함, 그에게서 뿜어져 나오는 위의와 침묵이 궁금하고 흥미로웠다.

"스님, 뭐 좀 여쭤보겠습니다."

"자기 할 일 하면 되지 남한테 뭐 물어볼 일이 있소?"

속으로는 '아니 이 사람이, 남은 힘들게 말을 걸었더니.' 싶었지만 이상하게 자꾸 그 기운에 눌렸다.

힘을 좀 써 본 사람은 안다. 상대방의 기운에 눌리는 것만큼 언짢은 게 없다. 나는 열아홉의 고등학생이었지만 그때 이미 그걸 어느 정도 체득하고 있었다.

"그래도 뭐 좀 하나 여쭤보려고요."

아, 그리고 스님을 정면으로 쳐다보는데 맑은 기운이 훅 스쳐지나갔다. 내가 좀 진지해 보였나 보다. 스님이 이부자리를 옆으로 치워놓고 가부좌를 틀고 앉더니 나보고도 똑같이 앉으라고 했다.

"그래, 무얼 물어보려고 그럽니까?"

"스님은 어떻게 해서 출가를 하셨나요?"

출가자들이 가장 많이 듣는 질문이다. 버스나 열차를 타고 가다 보면 옆자리에 앉은 사람 중 열에 아홉은 묻는다.

스님이 나를 한참 건너다보더니 물었다.

"학생은 뭐 때문에 절에 와 있소?"

"저는 대학 입시 준비하려고 와 있습니다."

"대학은 왜 가려고 합니까?"

"좋은 데 취직하려고 가는 거죠."

"좋은 데 취직해서 그다음에는?"

"뭐, 장가가서 자식 낳고 그렇게 사는 거죠."

"그렇게 살다가 나중엔 어떻게 됩니까?"

조금 짜증이 나려고 했다. 다 알고 있는 걸 왜 묻는단 말인가. 그래서 나도 모르게 퉁명스럽게 대답했다.

"그렇게 살다가 죽는 거죠, 뭐."

"그러면 그렇게 살다가 죽으려고 여기 와서 공부하는 겁니까?"

갑자기 말문이 막혔다. 말이 좀 안 되는 것 같기도 하고 갑갑하기도 하고 딱히 뭐라고 대답할 말이 떠오르지 않았다. 이러지도 못하고 저러지도 못한 채 찜찜해서 앉아 있는데 스님이 불렀다.

"학생?"

"예."

"무엇이 '예'라고 대답했소? '예'라고 대답한 놈이 뭐요?"

누가 이 물음에 쉬이 대답할 수 있겠는가. '나는 누구인가?' 이는 인류의 역사가 시작된 이래 계속 이어져 내려온 존재에 대한 근본적 물음이다. 소크라테스 같은 대학자도 노년에 이르러 제자들에게 "나는 아는 게 하나도 없다. 정말 내가 안다고 자신 있게 얘기할 수 있는 건 내가 나를 모른다는 것, 그거 하나뿐이다"라고 얘기했다.

남악 회양南嶽懷讓이 선종의 육대 조사인 혜능慧能을 찾아갔다. 그가 엎드려 절을 하고 법을 물으려고 하는 순간 혜능 선사가 먼저 물었다.

"어떠한 물건이 이렇게 왔는가?"

'너는 누구인가?' 하고 물은 것이다. 회양 스님은 그 물음에 앞뒤가 꽉 막혔다. 물어보려던 질문도 잊은 채 돌아갔다. 그리고 팔 년 동안 '그때 뭐라고 대답을 했어야 할까'를 화두話頭로 삼아 공부했다.

도대체 뭐라고 대답을 해야 될까? 이게 어떤 물건인가? 있는 건가 없는 건가? 있다고 하자니 뭔가 확실한 실체가 있는 게 아니고, 없다고 하자니 이렇게 분명하게 보고 듣고 느끼고 작용하는 게 있다. 그러니 이게 도대체 뭔가?

팔 년 후 혜능 선사를 찾아가 이렇게 답을 했다.

"한 물건이라 해도 맞지 않습니다."

'나는 누구인가?'

시공을 초월한 이 존재에 대한 물음 앞에 열아홉 살의 내가 무슨 대답을 할 수 있었겠는가?

내가 자신 없는 목소리로 스님께 대답했다.

"모르겠습니다."

"네가 누구냐고 물었는데 모른다고? 자기가 누구인지 모르는데 영어를 공부하고 수학을 공부해서 대학을 가고 취직하고 결혼하는 게 무슨 의미가 있는가?"

그 말에 벼락을 맞는 느낌이었다. 자기 자신이 누구인지도 모르는 사람이 영어 문장을 줄줄 외우고 수학 방정식을 풀고 세상사를 모두 다 안들 무슨 의미가 있느냐는 스님의 말씀이 가슴을 후려쳤다.

그때 스님은 스물셋넷 정도로 보였다. 나는 그 이후로 여태껏 선방에 다니면서 그 스님처럼 사람을 바로 다루면서 알 수 없는 의문의 세계로 몰아가는 사람은 몇 사람 만나지 못했다.

나는 스님께 그간 살아온 이야기를 말씀드렸다. 어머니를 일찍 여의고 늘 불행하다고 생각하며 살아온 이야기, 삶이 무엇이

고 죽음이 무엇인지 고민하던 것, '이렇게 사느니 차라리 죽는 게 낫지 않을까?' 하는 생각을 수없이 했다는 이야기도 털어놓았다. 그러고 나서 내 말을 조용히 듣고 있던 스님에게 물었다.

"스님, 그러면 어떻게 사는 게 잘 사는 겁니까?"

"내가 나를 알아야 돼. 다른 일은 전부 다 그다음 일이지. 나는 무엇인가, 그것을 찾아가는 공부를 하는 게 바로 불교야."

내 인생을 바꿔 놓은 말씀이었다.

그날 밤새도록 잠을 자지 못했다. 조용히 잠든 스님 곁에서 엎치락뒤치락하며 생각했다.

'도대체 나라는 게 뭔가? 내가 뭔지를 알아야 잘 살 수 있다고?' 십구 년 동안 죽음이란 뭔지, 사람은 왜 사는지를 고민하며 그렇게 고통스럽게 살아온 게 결국 '나'라는 존재를 모르고 살아왔기 때문인가? 왜 나는 불행할까 하며 온갖 상념으로 가득했던 마음이 존재에 대한 물음으로 채워지고 있었다.

다음 날 아침 일찍 스님이 길을 떠나기 위해 절 문을 나섰다. 버스 타는 데까지 모셔다드리면서 물었다.

"스님, 어디 계시는지요?"

대답 없이 묵묵히 걷기만 하는 스님에게 법명을 물었으나 역시 대답이 없었다. 버스 정류장에 이르러 걸망을 건네드리자 스님은 내 손을 꼭 잡고 말했다.

"전생에 선근善根이 있어서 출가하면 아주 큰스님이 될 것 같네. 출가해서 같이 공부하도록 하세."

스님을 배웅하고 절로 돌아와 입시 공부를 위해 가지고 갔던 책을 모두 다 박스에 집어넣었다. 얼마나 개운한지 날아갈 것 같았다.

"아, 살았다! 내가 갈 길이 정해졌구나."

그러고는 법당으로 갔다. 불상을 올려다보니 갑자기 눈물이 쏟아졌다. 절도 제대로 할 줄 몰라 엎어졌다 일어났다 하는데 눈물이 철철 흘러내렸다. 그동안의 불안하고 괴로웠던 마음이 봄눈 녹듯 녹아내리면서 부처님에 대한 고마움이 일어났다.

"부처님 고맙습니다. 부처님 고맙습니다."

그날부터 '도대체 나라는 게 뭐지? 이걸 모르고 어떻게 살아? 도대체 뭐야?' 하는 생각이 잠시도 끊어지지 않았다. 가슴이 답답해서 밥도 목으로 넘어가지 않았고 잠도 제대로 오지 않았다.

그렇게 하루가 지나고 이틀이 지나고 사흘이 지났다.

나흘째 되는 날이었을 것이다. 법당 뒤뜰에 앉아 무심히 미루나무를 쳐다보고 있었다. 바람이 휙 불자 나뭇잎 하나가 툭 떨어져 내렸다. 곧 새 한 마리가 날아와 허공으로 사라졌다.

그 순간 '아, 저것이다. 저 자유! 텅 비어졌어.' 하는 느낌이 섬광처럼 머리를 스치고 지나갔다. 자유롭게 날아가는 새 한 마리, 아무 흔적 없이 툭 떨어지는 나뭇잎을 보면서 '허공이 텅 비었으니 나뭇잎이 저렇게 제 마음대로 떨어지고, 허공이 텅 비었으니 새가 저렇게 제 마음대로 날아다니지.' 하는 생각이 들었다. 그동안 답답했던 마음이 왠지 시원하게 풀리는 느낌이었다. 내 마음과 허공이 둘이 아니라는 생각이 들면서 괜히 기분이 좋아져 혼자 히죽 웃었다. 정확한 실체는 알 수 없었으나 자유로움, 편안함 같은 게 느껴졌다.

그날 밤, 법당에 들어가 불상을 올려다보고 앉아 있는데 그렇게 기분이 좋을 수가 없었다.

'저분이 나고 죽는 문제, 존재의 문제를 깨달아서 우리에게 가르쳐 준 분이란 말인가.'

그러고 보면 나는 참으로 기가 막힌 순간에 불법을 만났다. 고등학교 3학년 때 삶의 궁극적 의미를 찾아가는 길로 들어섰다는 건 참으로 큰 행운이었다. 내가 만약 불교를 만나지 않았다면 큰 사고뭉치, 범죄자가 됐을 수도 있다고 생각한다. 적성에 맞는 업을 하루빨리 만나 참 다행이었다. 정말 큰 복을 지은 게 아니라면 어떻게 그 어린 나이에 불교의 핵심을 아무런 가식 없이, 그 어떠한 군더더기도 붙지 않은 채로 받아들일 수 있었겠는가.

만약 내가 행복한 가정에서 아무 부족함 없이 살았더라면

'나는 누구인가를 모르고 산다면 그 삶이 무슨 의미가 있는가' 라는 한마디 말이 그렇게 벼락을 맞은 것 같은 충격으로 와닿았을까?

그동안 살아오면서 겪었던 고통과 상처들, 어린 나이에 '죽으면 그만이지.' 하고 세상을 포기하려 했을 만큼 이리저리 몸부림치고 부딪히면서 살아왔던 괴로운 세월들, 그게 결국 '나는 뭘까?' 하는 물음 하나로 귀착이 된 것이다.

그런 고통이 있었기에 관음사에서 만난 스님의 물음이 그토록 절절하게 다가왔고 바로 그 자리에서 출가할 마음을 내게 된 것 아니겠는가. 어머니의 죽음으로 인한 고통이 결국 내 스승이 된 셈이다.

나는 보따리를 싸 들고 서울로 올라왔다. 큰 진리의 세계로 나아가기 위해 이런 시시한 입시 공부는 안 한다고 생각하니 얼마나 개운했는지 모른다. 친구들을 불러 모아놓고 열변을 토했다.

"너희들 자신이 누구인지 알아야지, 그것도 모르면서 대학에 가는 게 뭐가 중요하냐."

나름대로 자신이 누구인지 모르고 산다면 정말 어리석은 것이라는 법문을 한 셈인데 나중에 친구들에게 들으니 '절에 갔다 오더니 사람이 이상해졌다'고 생각했다고 한다.

아버지께 출가를 하겠다고 말씀드렸더니 내가 워낙 고집이 센 것을 아셨기 때문에 말리진 못하셨다. 다만 다시 돌아올까 염려되었는지 고등학교는 졸업하고 가라고 하셨다. 혹여 다시 돌아오면 졸업장이 있어야 대학을 가거나 취직을 할 수 있지 않느냐는 것이었다. 아버지 말씀이 옳다는 생각이 들었다.

십여 년 전 고등학교 때 선생님 세 분을 모시고 동창들과 모임을 가졌다. 그 자리에서 친구들이 물었다.

"이제 그 '나'라는 존재를 알기는 안 거냐?"

그것 하나 찾으려고 떠나온 출가의 길이었다. 오십 년이 지난 지금 정말 나를 알기는 안 걸까?

나는 지금도 그 어린 시절 관음사에서 사흘 동안 잠도 자지 않고 나라는 존재에 대해 물었던 것처럼 그렇게 절실하게 묻고 있는지 늘 스스로를 경책한다. 그때는 '참선이다.' '깨닫겠다.' 하는 것도 몰랐다. 용맹정진勇猛精進을 하겠다고 잠을 자지 않고 앉아 있었던 것도 아니고 오후불식午後不食을 하겠다고 밥을 안 먹은 것도 아니었다. 아주 순수한 마음으로 도대체 죽는 게 뭔지, 사는 게 뭔지, 나는 누구인지를 간절하게 물었을 뿐이다.

내 인생은 왜 이럴까

절에 다니는 많은 사람들이 복을 구하는 마음으로 절에 다닌다. 병을 낫게 해달라, 좋은 학교에 붙게 해달라, 취업을 하고 사업이 잘되게 해달라고 부처님께 빈다. 빌어서 복 좀 받으려면 굳이 절에 나오지 않아도 된다. 그것은 성황당城隍堂에 빌어도 되고 칠성七星님에게 빌어도 된다.

옛날 우리 조상은 장독대에 정화수井華水를 한 사발 떠놓고 자식 잘되라고 간절하게 빌었다. 봉은사에서 주지 소임을 맡았을 때도 그랬다. 봉은사에서도 많은 불자들이 복을 빌기 위해 천일기도, 백일기도를 드렸다. 한번은 대학 입학에 떨어진 학생의 부모가 하늘이 무너진 듯이 울고 있었다. 학생의 어머니를 불러 물었다.

"보살님은 대학교 안 떨어져 봤지요?"

"네……."

"보살님은 대학교 안 떨어져 봤으니 딸애를 위로할 수 없는 거예요. 딸애는 낙방의 참담함과 괴로움을 다 안고 있어요. 그 경험이 있기에 나중에 자식을 낳아도 더 나은 방향으로 이끌 수 있지요. 그러니까 너무 슬퍼하지 마세요. 그렇게 빌어서 될 일이면 제가 출가했겠습니까?"

복을 구하지 말라는 게 아니다. 복은 누군가에게 빌어서 받는 게 아니라 내가 지어서 내가 받는다는 것을 알아야 한다. 인과란 것이 얼마나 무서울 정도로 분명한지, 우리가 한 생각 한 생각 마음 쓰는 게 어떻게 작용하는지 똑똑히 이해해야 한다는 뜻이다.

복을 짓고 좋은 일 하는 것은 남이 하는 게 아니다. 오직 나만이 할 수 있다. 극락도 내 발로 찾아가고 지옥도 내 발로 기어든다. 그것을 자작자수라고 한다. 나의 무엇이 그렇게 하게 하는가? 내 행동, 내 말 한마디, 내 마음 씀씀이가 복도 짓고 화도 부른다.

살면서 좋은 일이 생기고 죽어서 극락에 가기 위해 복을 짓는 것은 불교의 본모습이 아니다. 복이란 것은 그 과보가 다하면 언젠가 사라져버리는 것이다. 물거품에 햇살이 비춰서 무지

개가 서리면 아주 찬란하게 보이지만 그 거품이 아무리 예뻐도 무지개는 한순간에 사라져버리는 거품일 뿐이다. 큰 거품, 작은 거품, 오래가는 거품, 빨리 꺼지는 거품 등이 있겠지만 언젠가 다 꺼져버린다. 복이라는 것은 이런 거품과도 같다. 아무리 많아도 언젠가는 다 없어져버린다.

물론 보시布施를 하고 계를 지켜 과보로 이생에서 복을 받고 내생에서 좋은 곳에 태어나는 것도 중요하다. 하지만 복이 화가 되기도 화가 복이 되기도 한다. 무엇이 복이고 무엇이 화일까. 그보다 더 중요한 것은 수행을 통해 나고 죽는 도리를 깨달아 생사윤회生死輪廻의 고리를 영원히 끊는 것이다. 우리가 지을 수 있는 선업 중에 가장 수승殊勝한 게 수행이다.

어린 시절 나는 이 세상에서 가장 불행한 사람이라고 생각했다. 골목을 쏘다니며 말썽 피우고 깡패짓을 해댔다. 나도 잘 먹고 잘 살고 싶었다. 좋은 대학에 가서 좋은 데 취직하고 장가가서 자식 낳고 그렇게 살고 싶었다. 그러다 죽고 싶었다.

불행한 일이 잇따라 일어나는 내 삶이 괴로웠다. 그 괴로움 때문에 부처님을 만나게 되었다. 어릴 때는 참 내가 박복하다고 생각했는데 '내가 누구인지 묻기 위해 그 시절을 지나온 거구나.' 하는 생각을 하면 그 고통의 세월이 나라는 사람의 운명 속에 감춰진 또 다른 복이라고 생각된다. 내가 계속 쌈박질을 해댔다면 내가 누군지도 모른 채 나이만 먹었을 것이다. 나는 고통스럽더라도 다음 생에도 어려운 환경에 태어나 갖은 고생을 하다가 부처님 법을 만나는 게 소원이다.

절에 다니는 것은 부처님의 정법正法에 의지해서 올바른 견해를 갖기 위해서다. 어떻게 하면 항상 깨어 있을 것인가, 어떻게 하면 항상 정신 차리고 있을 것인가를 배우고 익히기 위해 절에 가는 것이다.

힘을 빼면 우리가 집착하고 욕망하는 것이 허망하다는 것을 알 수 있다. 절집에는 '인신난득人身難得이요, 불법난봉佛法難逢이다'라는 말이 있다. '사람 몸 받기 힘들고 부처님 법 만나기 힘들다'라는 뜻이다.

이생에 사람 몸 받고 더없이 수승한 부처님을 만났으니 부지런히 수행해 묶여 있는 모든 업력業力의 굴레에서 벗어나 생사生死가 끊어진 대자유, 해탈解脫을 향해 한 걸음 나아갈 뿐이다.

백련암 행자 시절

　나를 관음사에 공부하라고 보냈던 사촌 형님은 어머니가 목숨을 끊는 것을 처음 목격한 사람이다. 사촌 형님은 거품을 물고 쓰러져 있는 어머니를 보고 황급히 파출소에 신고했다. 그 충격으로 사촌 형님은 출가를 했고 성철 스님과도 가깝게 지냈다.

　사촌 형님에게 출가의 뜻을 내비치자 해인사에 계시는 성철 스님 앞으로 소개장을 써주었다. 당시 절집엔 '북 전강 남 성철'이라는 말이 있었다. 북쪽에서는 전강 스님이, 남쪽에서는 성철 스님이 가장 훌륭하다는 뜻이었다.

　해인사에 도착한 나는 일주문一柱門 앞에서 사촌 형님이 써준 소개장을 찢어버렸다.

　'내가 취직을 하러 가는 것도 아니고 생사를 타파할 도를 구하러 가는데 소개장을 들고 가다니. 에이, 이건 아니다.' 하는 생각에서였다.

친구들의 주소를 적어놓은 수첩도 버리고 해인사 일주문을 들어섰다. 해인사에서의 행자 생활이 시작되었다. 행자는 절에서 견습생이나 마찬가지다. 집에서 입고 온 옷을 그대로 입고 생활한다고 해서 속복 행자라고 불린다. 물론 머리도 덥수룩한 그대로다. 절에 들어간다고 대번 머리 깎고 승복을 입는 것이 아니다. 수행자가 될 수 있을지 가만히 지켜보는 기간이 행자 시절이다.

나는 속복 행자인 채 스님들이 시키는 대로 설거지와 허드렛일을 하면서 지냈다. 당시 해인사 주지 스님은 지월 스님이었고 송광사 방장方丈*을 지내신 보성 스님이 교무의 소임을 보았다. 행자인 주제에 내가 얼마나 건방지게 굴었는지 보성 스님께서는 "이래 건방진 행자 필요 없다. 가라 가"라고 말하곤 했다.

보름쯤 지나자 해인사에서 가장 큰스님인 성철 스님을 만나야겠다는 생각이 들었다. 당시 성철 스님은 백 일 동안 참선을 주제로 한 법문을 하여 불교계에 신선한 충격을 주면서 큰스님으로 존경을 받고 계셨다.

* 총림의 최고 책임자.

성철 스님은 오전 열 시에 해인사 법당인 대적광전大寂光殿에 나와 예불禮佛을 드렸는데 스님이 지나가시면 행자들은 설거지를 하다가도 창문으로 고개를 내밀고 서로 보려고 난리들이었다. 나는 '지나가는 모습을 본다고 뭐 별 게 있나.' 하면서 마음속으로 건방을 떨었다.

도를 구하러 왔으니 이기든 지든 일단은 제일 센 사람과 붙어봐야 한다는 생각이 들었다. 비가 부슬부슬 오던 날, 구정물이 잔뜩 묻은 작업복 바지에 머리는 덥수룩한 채 백련암으로 올라갔다. 당시 성철 스님은 해인사 산내 암자인 백련암에 머물고 계셨다.

"방장 스님 뵈러 왔습니다."

성철 스님을 모시는 시자侍者* 스님이 방장 스님과 약속이 되어 있느냐고 물었다. 승복도 못 얻어 입은 속복 행자가 건방지게 방장 스님을 뵈러 왔냐는 투였다. 군대로 치면 이등병도 못 된 새까만 훈련병이 육군 참모총장을 만나겠다고 온 셈이다. 내가 "방장 스님한테 가서 여쭤보고 안 된다고 하면 모르지만 왜 스님이 여기서 되고 안 되고를 결정합니까?"라고 대꾸하면서 좀 시끄러워졌다. 그때 문이 덜컥 열리면서 억센 진주 사투리가 흘

---

* 큰스님을 모시고 시중을 드는 중.

러나왔다.

"뭐꼬? 와 이리 시끄럽노. 니 뭐 하는 놈이고?"

나는 인사할 생각도 없이 눈을 똑바로 뜬 채 성철 스님을 쳐다보았다. 첫 대면에 눈도 깜빡거리지 않은 채 째려보았더니 노장(老丈)님이 물으셨다.

"이노무 자슥 봐라. 니 와 그리 빤히 쳐다보노?"

누군가와 처음 대면했을 때 눈싸움에서 지지 않으려고 했던 학창 시절의 습관으로 빤히 꼬나보는 나에게 성철 스님이 "이노무 자슥, 니 눈병 낫나?" 하며 웃으셨다.

옆에 있던 시자 스님이 절에 들어온 지 얼마 안 된 행자인데 방장 스님 뵙겠다고 와 가지고 이렇게 큰소리를 낸다고 여쭈었다. 한참을 보시더니 맹랑해 보였던지 들어오라고 하셨다.

"그래, 우째 왔노?"

엎드려 삼배를 올리고 여쭈었다.

"무명번뇌(無明煩惱)를 자를 보검(寶劍)을 구하러 왔습니다."

나의 유치한 질문이 가소로웠는지 성철 스님이 씩 웃었다.

"야 임마, 니 그리 말하는 거 어서 배웠노? 선방에 한 십 년 다닌 수좌(首座)도 그런 건방진 소리는 안 한데이. 어린 노무 자슥이 벌써부터. 니 몇 살이고?"

나는 그때 스무 살이었다.

"어린놈이 건방만 잔뜩 들어가지고. 그래 이놈아 절엔 우짠다고 왔노?"

어린 시절의 이야기에서부터 고등학교 3학년 여름방학 때 절에 있으면서 겪었던 이야기를 말씀드렸다. 성철 스님은 관음사에서 출가하기로 마음먹었던 이야기를 듣자 웃음이 가득한 얼굴로 즐거워하셨다.

"그래 법당에서 울고 그랬단 말이제."

학교 다닐 때 싸움박질한 얘기를 할 때는 꼬치꼬치 물으셨다.

"그래 가지고 니가 뚤팼나?"

"애들이 떼로 몰리면 아까 스님을 쳐다보듯이 눈으로 확 째려보고 기를 팍 죽였죠."

성철 스님은 생전에 어린아이들을 매우 좋아하셨다. 때 묻지 않은 순수함 때문이었을 것이다. 지금 생각하면 스님이 보시기에 스무 살의 나도 순수하기 그지없었을 것이다.

스님과 주거니 받거니 얘기를 하다 보니 어느덧 세 시간이 지나 있었다. 점심 설거지를 끝내고 올라갔는데 저녁 공양을 지을 시간이 다 되어가고 있었다.

"그래, 내 보니까 니는 전생에 불법과 인연이 있는 놈이다. 내려가서 스님들 말씀 잘 듣고 행자 생활 잘하고 있그레이."

백련암에서 쏜살같이 내려와 밥을 하려고 부엌으로 들어가는데 원주 스님이 쫓아왔다. 아마 내가 내려온 지 십 분도 채 안 되어서였을 것이다.

"보따리 싸. 방장님이 백련암으로 너를 데려오라신다."

성질 급한 성철 스님다운 일이었다.

백련암으로 올라가 보니 나보다 두어 달 먼저 와 있던 행자가 있었다. 나와는 동갑으로 이름은 성태룡이었다. 그는 반찬을 만들었고 나는 밥하는 일을 맡으면서 백련암에서의 생활이 시작되었다.

절집엔 중물을 들인다는 말이 있다. 처음 어느 스승 밑에서 중물을 들이는가 하는 게 매우 중요하다. 그분의 사상과 생활을 그대로 배워 나중에 보고 배운 대로 쓰기 때문이다. 어쨌든 나는 우리나라에서 제일가는 스님으로 존경받던 성철 스님 밑에서 행자 생활을 시작하게 되었으니 행운이었다.

내가 머물던 봉은사 다래헌에는 백련암에서 행자 생활을 할 때 성철 스님께서 직접 찍어주신 사진 하나가 걸려 있었다. 그 무섭다는 성철 스님 밑에서 여법如法하게 살았기 때문인지 아니면 갈 길을 찾은 안도감 때문인지 환히 웃는 얼굴이다.

성철 스님은 낮잠을 자는 상좌가 하나라도 눈에 띄었다 하면 가만 두지 않을 만큼 후학들의 공부를 매섭게 경책하셨던 분이다. 한창 잠이 쏟아질 나이인데다가 점심을 먹은 뒤 책을 보고 있으면 졸음이 쏟아지게 마련이다. 그럴 때 잠깐 드러누웠다가 잠이라도 드는 날엔 벼락이 떨어졌다. 한번은 맞지 않으려고 산으로 도망갔다가 돌아와 보니 누웠던 자리를 곡괭이로 파놓으셨다.

'어린 나이에 부모 형제 다 떠나 절에 들어와 공부하고 있으니 얼마나 기특한가. 나라면 배 위에 방석이라도 놓아줄 텐데.'

성철 스님이 온 절이 떠나가도록 야단을 치는 날엔 그런 생각이 들곤 했다. 백련암에서 행자 생활을 하면서도 나는 마음이 급하기만 했다. 빨리 공부해서 나를 알아야 한다고 생각했다. 지금 돌아보면 사실 그때 나는 이미 공부를 하고 있었다. '나는 누구인가'에 대해 끝없는 의심을 안고 가는 게 공부인데 달리 또 무슨 특별한 공부법이 있겠는가. 그런데 그때는 특별한 공부 방법이 따로 있는 줄 알았다.

나는 성철 스님께 "공부 좀 빨리 가르쳐 주십시오. '나'란 존재를 빨리 깨닫고 싶습니다"라고 재촉을 했다.

스님은 이렇게 말씀하셨다.

"그게 급한 게 아이다. 시키는 대로 해라."

백련암에서 행자가 가장 먼저 익혀야 할 것은 『능엄경楞嚴經』의 능엄주楞嚴呪를 외우는 것이었다. 마음은 급했지만 시키는 대로 그것을 외웠다. 한 달 만에 꽤 긴 주문을 외우고 나자 출가자

가 지켜야 할 덕목을 적은 기본 규율서인 『초발심자경문初發心自
警文』과 혜능 선사의 『육조단경六祖壇經』을 보라고 하셨다. 두 책
을 읽고 나니 하루빨리 참선 공부를 하고 싶은 마음이 더 강해
졌다.

그런데 이번에는 일본어를 배우라고 했다. 나는 성철 스님 방
으로 들어가 도대체 왜 일본어를 배워야 하는지 그 이유를 물
었다.

"일본 사람들이 경전 번역은 제일 잘해놓았는기라. 경전을 보
려면 일본어를 알아야 한데이."

"스님, 달마 대사가 일본어를 했습니까? 육조 대사가 일본어
를 했습니까? 저는 일본어를 안 배우겠습니다."

이렇게 대들자 스님께서 '이노무 자슥이!' 하시면서 두드려 패
려고 주장자*를 찾았다. 잡히는 날엔 귀퉁이라도 한 대 맞을 것
이 뻔했기 때문에 쏜살같이 밖으로 도망쳤다. 아마 백련암 시자
들 가운데 나처럼 성철 스님께 말대꾸를 하거나 주장자를 피해
달아난 사람은 없을 것이다. 우물쭈물하고 있다가 맞는 일은 내
사전에 없었다.

얼마나 스님과 티격태격했는지 함께 있던 성 행자가 어느 날

---

* 좌선하거나 설법할 때 쓰는 지팡이.

"왜 방장 스님 방에 들어가 혼나고 그래?" 하고 물었다. 나는 하소연했다.

"나는 이런 공부가 하기 싫단 말이야. 이제 책은 그만 보고 빨리 참선을 하고 싶어."

일 년여의 시간이 흐르고 드디어 계戒를 받게 되었다. 행자들이 다들 성철 스님 상좌가 되고 싶어 하던 시절이었다. 보통 십 년씩 행자 생활을 시킬 때였는데 일 년도 채 안 돼 계를 주겠다고 하며 원일圓日이라는 법명을 지어주셨다. 성태룡 행자는 원명圓明이라는 법명을 받았다. 우린 서로 제 이름이 좋다며 자랑했다.

그렇게 법명도 받고 가사와 장삼까지 다 맞추어놓고 계를 받기만 기다리고 있던 어느 날이었다. 문득 '여기는 내가 있을 데가 아니다'라는 생각이 들었다.

관음사에서 비어야 자유롭다는 경험을 한 후로 그것에 분명 무엇인가 있다는 나름대로의 확신이 있었다. 그래서 참선 말고 다른 것은 하고 싶지 않았다. 『초발심자경문』과 『육조단경』을 보니 내가 생각한 게 옳았다 싶어 더더욱 다른 것은 눈에 들어오지 않았다.

'빨리 마음 찾는 공부를 해야지 여기서 일본어나 공부하고 있을 시간이 어디 있나.'

계를 받기 닷새 전 새벽 나는 보따리를 싸서 백련암을 나왔다. 스무 살밖에 안 된 것이 자기 마음에 안 맞는다고 보따리를 싸서 나왔으니 누가 봐도 당돌하고 성질머리 못된 행자였다.

가는 길에 성철 스님께 인사를 드리려고 방장실로 찾아갔다.

"가는 사람이 뭐 인사하고 갈 것 있나. 그냥 가면 되지."

방장실 시자 스님 말이었다. 그때 만약 성철 스님께 작별인사를 드렸더라면 어떻게 되었을까. 아마 백련암을 나오지 못했을 것이다. 나중에 들었더니 나를 그냥 가게 내버려두었다고 스님이 상좌들을 꾸짖었다고 한다. 내게 소개장을 써주었던 사촌 형님에게도 여러 차례 전화를 해서 '빨리 그놈 찾아 보내라.' 하고 성화를 하셨다고 했다.

좋은 스승을 만나면 공부하기가 수월해진다. 스승이 가르쳐준대로 공부하면 진척이 있는 것이다. 뭔가 답답할 때 스승이 한마디 해주는 데서 공부의 단계가 향상되어 간다. 아무도 봐주는 사람 없이 혼자 하려고 하면 서너 배는 힘들다. 나는 그걸 몰라서 많은 고생을 했다.

성철 스님 밑에서 일본어를 공부하며 승가僧家 교육을 제대로 받았다면 정석대로 수행한 잘 짜여진 수행자가 되었을 것이다. 큰 나무 밑에서는 작은 나무들이 자라기 힘들다는 말이 있다. 성철 스님은 아는 게 참 많은 분이셨다. 하지만 사람을 다룰 때 사람에 맞는 약을 써야 하는데 모든 제자들에게 같은 약을 썼다. 성철 스님의 약은 나에게 들지 않는 약이었다. 계를 받기 전 백련암을 떠나야겠다고 돌연 생각이 바뀐 것은 빨리 깨닫고 싶었던 까닭이었다. 생각해보면 나는 굉장히 건방진 행자였다.

백련암을 떠나 다시 스승을 찾아 나서는 나에게 어느 스님이 말해주었다.

"수원 용주사에 전강 스님이라는 분이 계신다는데 정말 도인이라고 합니다. 행자님은 전강 스님과 인연이 맞을 것 같아요."

용주사로 전강 스님을 뵈러 갔으나 보름을 기다려도 스님을 만나 뵐 수가 없었다. 그때는 구도심에 불타서 성철 스님도 안 맞는다고 뛰쳐나왔을 때니 얼마나 기세가 당당했겠는가. 게다가 그 무서운 성철 스님 밑에서 일 년 동안 살았으니 예의범절도 분명했다. 원주 소임을 보던 스님이 나중에 총무원장이 된 정대 스님이었는데 당신 상좌로 삼을 욕심을 내셨는지 원주실에 데리고 있으면서 전강 스님을 만나 뵐 기회를 주지 않았다.

남쪽의 최고봉으로 알려진 성철 스님을 떠나 전강 스님을 만나러 왔는데 다른 사람의 상좌가 되고 싶었겠는가. 눈치가 이상했는지 원주 스님이 내 주민등록증을 금고에 넣고 잠가버렸다. 내가 주민등록증 없다고 못 살 사람도 아니고 그냥 보따리를 싸서 나왔다.

스승을 찾는 길은 멀게만 보였다.

영주 부석사로 내려갔다가 다시 비로사로 갔다. 근처에 도를 닦는 스님들이 많이 있다는 말을 듣고 찾아갔지만 눈에 들어오는 도인을 만나지 못했다. 솔잎만 먹으면 도인이 된다는 말을 듣고 솔잎만 먹는 생식을 해보기도 했으나 몸만 엉망이 될 뿐 공부는 되지 않았다. 그러다 군대 영장이 나와 입대를 해야만 했다.

성철 스님의 냄비 라면

내가 라면을 처음 먹은 건 중학교 때였다. 당시 우리나라에는 혼분식混粉食 장려 운동이 한창이었다. 라면 값은 대략 십 원쯤 했는데 버스비도 십 원 정도했다. 정부에서는 라면 한 그릇이 웬만한 식사보다 영양가가 높다고 선전했다. 게다가 짭조름하니 맛도 좋았다.

나라에는 쌀이 많이 모자랐다. 대신 미국이 원조해준 밀가루가 넘쳤다. 박정희는 분식을 장려했다. 말이 장려지 그야말로 강제로 쌀 대신 밀가루나 잡곡을 먹게 했다. 오전 열한 시부터 오후 다섯 시까지 식당에서 쌀로 만든 음식을 팔면 안 됐다. 이걸 지키지 않는 식당은 영업정지 처분을 받았다.

그런 시대에 라면이 등장했다. 가난했던 나는 배 속이 허하면 끓는 물에 라면 대신 밀가루 반죽을 뚝뚝 떼어 넣어 수제비를 해 먹었다. 가늘고 꼬들꼬들한 면과 감칠맛 나는 국물 한 그릇만 배불리 먹으면 소원이 없겠다 싶었다. 하지만 그만한 돈도 없었다.

법주사에서 행자이자 공양주 노릇을 하던 시절 종종 다른 행자들과 밤에 옹기종기 모여 라면을 끓여 먹었다. 어떤 스님이 밉고 어떤 스님이 좋은지 수다를 떨며 꿀떡꿀떡 라면 국물을 들이켰다.

성철 스님 문하에 있을 때였다. 어느 날 성철 스님 냄비로 라면을 끓여 먹은 적이 있다. 그 냄비는 성철 스님이 무염식할 때 쓰던 것이었다. 무염식을 하면 미각과 후각이 보통 사람보다 열 배 이상 예민해지고 몸도 마음도 맑아진다. 간이 센 음식을 먹으면 쉽게 졸음이 찾아오지만 무염식을 하면 깨어 있는 상태로 수행할 수 있게 된다.

성철 스님 냄비는 딱 라면 하나 끓이기 좋은 크기였다. 마땅한 냄비가 없어서 그 냄비로 얼른 라면을 끓여 먹고 깨끗이 닦아 엎어 놨다.

다음 날 거기에다가 반찬을 담아가지고 들어갔는데, 성철 스님이 "어떤 놈이 라면 끓여 먹었어?" 하고 벽력같이 호통을 치셨다. 그렇게 닦았는데도 라면 냄새를 들키고 만 것이다. 반찬

들고 들어간 애꿎은 사람만 혼이 났다.

나에게 라면이란 그런 기억들이다. 그렇지만 계를 받은 이후로는 늦은 시간에 가급적 라면뿐 아니라 특별한 경우가 아니면 여타 음식도 먹지 않는 편이다. 아무리 배가 고파도 참는다. 야밤에 무언가를 먹으면 혈당이 올라간다. 혈당이 올라가면 피가 끈적끈적해지고 다음 날 몸이 둔해진다. 몸이 둔해지면 머리도 탁해진다. 몸이 둔하고 머리가 탁한데 수행이고 뭐고 아무것도 할 수 없다.

어쩔 수 없이 사람들과 함께 늦은 시간에 뭘 먹게 되면 다음 날 둔해진 몸을 깨우기 위해 등산을 하거나 수영을 해서 육체와 정신을 바짝 조인다. 어떤 이는 먹는 걸로 출가 수행자가 웬 야단법석이냐고 할지도 모른다. 하지만 애초에 부처님께서는 수행자들에게 절식絕食하게 했다. 음식을 너무 가려서는 안 되지만 너무 배부르게 먹으면 정신이 나태해질 수 있다.

우리가 살면서 가장 빈번하게 느낄 수 있는 만족감은 포만감일 것이다. 이런 일상의 작은 만족을 요즘은 '소확행'이라고 부르는 것 같다. 소소하지만 확실한 행복. 바쁜 하루를 보내고 야식을 먹으며 느끼는 포만감이 나쁘다는 말은 아니다. 그러나 이런 작은 호사조차 수행자에겐 나쁜 장애물이 된다. 만족을 반복해서 겪으면 취향이 된다. 취향은 틀이 된다. 또한 취향은 하나의 집착이 되고 만다.

음식에 대입해보면 식도락의 진원지는 부엌이라고 할 수 있다. 그래서 부처님 처소에는 부엌이 없었다. 옛 출가자들은 거리를 돌아다니며 시주를 받았다. 신도들이 발우에 닭다리를 담아주든 옥수수를 담아주든 감사한 마음으로 보시를 받았다.

'아침에는 하늘나라 사람들이 먹고, 점심에는 땅에 사는 사람들이 먹고, 오후에는 짐승들이 먹고, 저녁에는 귀신들이 먹는다'라는 말이 있다. 부처님은 오후 네 시 이후에는 아무것도 먹지 말라고 하셨다. 육체의 만족을 얻으면 정신은 빈곤해지기 십상이다.

2장

힘주다

깨달았다는 착각

중 사춘기

백련암에서 성철 스님 아래서 행자 생활을 하다가 뛰쳐나간 지 오 년이 흘렀는데도 성철 스님은 단박에 나를 알아보셨다.

"니 이놈 백련암 있다 도망친 놈 아이가?"

"도망간 게 아니라 제가 참도를 딴 데로 구하러 간 거죠."

"저노무 자슥 저거 사기꾼 같은 놈, 그래 니 아직도 돌아다니면서 견성見性했다고 큰소리치나?"

"요샌 안 그럽니다."

"저거 행자 때부터 알았다카고 다닌 놈 아이가. 근데 니 누구 상좌됐노?"

"예, 법주사에서 탄자 성자 스님께 계를 받았습니다."

"탄성이 상좌 됐나?"

못마땅해 하시는 표정이 역력했다.

안거에 들기 전날 방을 짜기 위해 큰방으로 갔다. 방을 짠다는 것은 삼 개월 동안 각자 할 일을 분담하는 것이다. 다들 머리를 깎고 목욕하고 새 옷으로 갈아입은 다음 방장 스님을 비롯한 어른 스님들을 모시고 큰방에 둘러앉아 시간과 방을 짠다.

방을 짤 때는 먼저 입승立繩을 뽑는다. 입승은 선방의 기강을 책임지고 전권을 갖게 된다. 규칙을 지키지 않는 사람들을 꾸짖어야 하기 때문에 서로 맡지 않으려고 한다. 그래서 대체로 입승을 뽑는 데 시간이 많이 걸린다.

입승을 뽑으면 가장 아랫자리에 앉게 되는 스님이 대중을 대표해서 입승 앞에 죽비를 올리고 삼배를 한다. 모든 대중의 잘잘못을 입승에게 위임하겠다는 뜻이다.

입승은 죽비를 받은 다음 청중清衆을 뽑는다. 청중은 입승을 보좌해서 대중을 살피고 잘못한 것을 지적하는 소임이다. 다음은 다각茶角을 뽑는다. 차 심부름 등 가장 허드렛일을 하는 소임으로 보통 첫 철이나 둘째 철을 나는 사미沙彌들이 맡는다.

내가 다각을 보겠다고 나서자 송광사에서 지난 철에 같이 살았던 스님들 몇 분이 명진 수좌는 다각을 시키면 안 된다고 말렸다. 아마도 내가 송광사에서 다각을 할 때 스님들이 불편했었나 보다.

송광사에 있을 때 선방에 다닌지 오래된 구참 스님들이 점심 공양 후 차를 마실 때면 이런저런 얘기를 하느라 오랫동안 앉아 있곤 했다. 구참 스님들이 빨리 차를 마시고 일어나야 출가한 지 얼마 되지 않은 하판 스님들이 찻잔을 치우고 산에 포행步行이라도 갈 텐데 자꾸만 얘기가 길어지는 것이다.

그래서 어느 날 "부모 형제 다 버리고 도 닦으러 온 분들이 무슨 말이 그렇게 많습니까? 거 차들 좀 빨리 드세요"라고 큰 소리로 말했다. 어찌나 사납게 굴었는지 그 이후로는 스님들이 차를 마시자마자 얼른 자리에서 일어났다.

그래서 그 철에 해인사에서는 다각 대신 화대火臺를 보게 되었다. 화대는 방에 군불을 때는 소임이다. 지금은 절마다 보일러 시설이 되어 있지만 옛날에는 거의 장작을 땠다. 해인사도 뒷산에서 참나무를 베어 장작을 만들어 땠다.

한 방에 삼사십 명이 모여 살던 때였으니까 방의 온도에 대해 이러쿵저러쿵 말이 많았다. 몸이 찬 사람이나 연세가 드신 분들은 당연히 따뜻한 것을 좋아했다.

"방에 불 좀 많이 때지. 어젯밤에 추웠어."

젊은 스님들은 또 이렇게 말했다.

"공연히 나무 없애지 말고 좀 적게 때라구. 불을 많이 때니까 앉아 있는데 잠만 오고 말이야. 선방이라는 데가 좀 써늘해야지."

하루에 한두 번씩은 꼭 그런 말이 들렸다.

'도를 닦는 스님들이 춥고 더운 것에 마음을 두다니……' 하는 생각에 같이 화대를 보던 백련 스님과 함께 퇴설당 선방 아궁이에 불을 때기 시작했다. 새벽 네 시부터 한 열 시간 쯤 불을 때자 점심 지나서부터 방바닥이 쩔쩔 끓기 시작했다. 나중에는 바닥이 시커멓게 되면서 타는 냄새가 났다. 뜨거워서 목침을 놓고 밟고 다닐 정도가 되자 난리가 났다.

연탄을 때던 지대방으로 대중들이 옮겨가서 화대를 불렀다. 화대의 허물을 대중공사大衆公事에 붙인 것이다. 절집에서 어떤 사안에 대해 대중들이 회의하는 것을 대중공사라고 한다. 나와 백련 스님이 스님들 앞에 무릎을 꿇고 앉았다.

"큰방에 불을 왜 저렇게 많이 땠느냐?"

내가 나서서 대답했다.

"어느 스님은 불을 좀 많이 때라고 하고 어느 스님은 불을 덜때라고 하시니 어떻게 합니까? 도를 닦으러 온 스님들이 방에 몸을 맞춰야지 몸에 방을 맞추라고 하니 기가 막힙니다. 저희들이 누구한테 맞춰야 합니까? 그래서 사흘은 불을 때고 사흘은 불을 때지 않으려고 합니다."

그날의 대중공사 결과는 이랬다.

"다시는 화대에게 불 때는 것 가지고 이런저런 말을 하지 말라."

또 이런 일도 있었다.

정초가 되면 선방 스님들도 기도를 한다. 관세음보살을 부르는 관음기도가 그것이다. 입승을 본 대선 스님은 공부한다고 애를 많이 쓰신 구참 스님이었다. 기골이 장대한 데다 목청이 크고 좋았다. 새벽 예불 전에 도량道場을 청정하게 하기 위해 도량석을 하면 해인사가 떠내려갈 듯이 크게 했다. 한 마디로 괴각乖角이었다. 그때는 그런 괴각이 그렇게 멋있게 보였다.

정초 기도가 시작되었는데 대선 스님이 바람을 잡았다.

"명진 수좌, 그렇게 조그만 소리로 염불念佛을 하면 부처님 귀에 들리겠는가? 힘차게 관세음보살을 불러야 정성이 들어가는 거지."

듣고 보니 그랬다. 당시 불량 스님으로 불렸던 몇몇 스님과 함께 큰 소리로 관세음보살 염불을 하기 시작했다. 나중엔 목이 잠겼다.

대선 스님이 다시 부추겼다.

"그렇게 하다가 목에서 피가 툭 터져야 목청이 살아난다네. 그러니 이번엔 목에서 피가 날 때까지 소리를 한번 질러봐."

진짜 그럴 것 같았다. 그렇게 해보았다.

대선 스님이 한 발 더 나아갔다.

"그냥 서서 그렇게 하면 되겠나? 발을 굴러가면서 관세음보살을 불러 보게. 그래야 영험이 있네."

세 불량 스님들은 '관세음' 할 때는 발을 번쩍 들고 '보살' 할 때는 쾅 내리쳤다. 옆에 있던 스님들이 깜짝깜짝 놀랐다. 나중에는 염불이 아니고 악을 쓰고 있었다.

언젠가 한번은 지대방에 앉아 차를 마시다가 한 스님이 이렇게 제안했다.

"본래 어머니 배 속에서 나올 때 우리가 옷을 입고 나왔나? 다 발가벗고 나왔는데 살다 보니 분별심이 생겨서 옷을 입는 것 아닌가. 본래 안팎이 없고 너와 내가 없고 생사가 없는데 옷 따위에 걸릴 게 뭐 있는가. 발가벗고 대적광전을 한 바퀴 돌아오면 그거야말로 일체 모든 분별심이 떨어진 도인의 경지 아니겠는가."

쑥덕공론 끝에 나를 비롯해 세 사람이 감행하기로 했다. 그러나 나는 차마 나갈 수가 없어서 나가는 척하다가 도로 들어오고 말았다. 나머지 두 스님은 아무것도 걸치지 않은 채 대적광전을 한 바퀴 빙 돌았다.

관광객들이 해인사에 적잖이 올 때였다. 난리가 났다. 세 사람은 주지 스님에게 불려갔다. 나무라는 스님에게 내가 적반하장으로 대들었다.

"스님, 함께 도를 닦는 도반道伴끼리 얼마나 공부가 되었는지 알아보는 과정에서 일어난 일을 가지고 뭘 그렇게 화를 내십니까?"

얼마나 속을 썩였는지 주지 스님은 한 철 내내 '명진이 저놈'을 입에 달고 살았다. 내 이름을 비롯해 몇 사람의 이름을 죽 써놓고는 '이놈들 때문에 내가 주지를 도저히 못 하겠다'고 했을 정도였다. 요즘도 가끔 그때를 생각하면서 혼자 피식 웃는다.

'아이고 내가 맞아 죽지 않고 산 것만 해도 다행이다. 다 부처님 덕분이다.'

순수하고 풋풋한 일들도 없지 않았다. 보름날이면 가끔 해인사 강원 학인 스님들과 축구 시합을 했다. 축구 경기에서 이기는 팀에겐 땅콩을 한 말씩 사 주었다. 물자가 귀할 때이니 땅콩은 귀한 간식거리였다. 우리는 땅콩을 차지하기 위해서 죽기 살기로 축구를 했다. 축구 한 게임 끝나고 나면 한두 명 코뼈가 부러지기도 하고 다리를 심하게 다치기도 했다. 먹을 게 귀할 때이기도 했지만 순수했기 때문에 온 힘을 다해서 축구를 했을 것이다.

그때는 어려서 출가한 사람들이 많았다. 어려서 일찍 출가한 사람을 올깎이, 늦게 출가한 사람을 늦깎이, 출가했다가 속퇴俗

選한 후 다시 들어오면 다시 깎았다고 해서 되깎이라고 불렀다. 되깎이는 사람 취급을 못 받았다. 서른 살 넘어 출가한 늦깎이도 중 취급을 하지 않던 시절이다. 요즘 출가 평균 나이가 마흔 살 이상인 걸 보면 먼 옛날의 이야기다.

그렇게 이런저런 일을 끊임없이 겪으면서 두 번째 철인 겨울 안거가 지나가고 있었다. 지금 돌아보면 나는 그때 사춘기를 앓고 있었으니 이른바 중 사춘기였다.

1978년 겨울, 이렇게 서른을 넘겨서는 안 된다는 생각이 들었다. 결제가 시작되기 전 대선 스님, 종수 스님, 종경 스님, 현진 스님 등 일곱 명이 모여 '목숨을 걸고 공부 한번 해보자'고 결의를 했다.

우리는 저녁 열한 시에 자고 새벽 한 시에 일어나 열여섯 시간 공부하는 것으로 시간을 짰다. 보통 선방에서 공부하는 시간이 여덟 시간인 것에 비하면 열여섯 시간은 가히 살인적인 시간표다.

매일 열여섯 시간 동안 벽을 보고 앉아서 '나는 무엇인가'를 물었다. 세 끼 밥 먹고 잠깐 눈 붙이는 것 빼고 하루 종일 앉아 있었는데도 한 철 내내 한 번도 제대로 공부가 된 적이 없었다.

나중에는 머리가 지끈지끈 아프고 눈알까지 벌겋게 충혈이 되었다. 옆에 있는 스님들은 "아이고, 명진 스님이 발심을 해서 정말 공부 열심히 하네"라고 했지만 나는 한밤중에 가야산 상봉에 올라가 앉아서 엉엉 울었다.

'왜 이렇게 공부가 안되는가?'

그때 나는 하루빨리 눈을 번쩍 떠서 성철 스님의 멱살을 잡아야겠다는 욕심으로 꽉 차 있었다. 참선한다, 견성한다, 해탈한다, 부처가 되어야 한다, 이런 군더더기를 잔뜩 짊어지고 앉아 있으니 의심은 사라져버리고 힘만 잔뜩 들어갔다. 빨리 깨달아야 한다는 생각에 억지로 애를 썼으니 무슨 공부가 되었겠는가.

공부가 안될 때는 결국 부딪쳐보는 수밖에 없다. 결제가 시작되고 한 달 반이 지나면 방장인 성철 스님이 법문을 하시는데 이때 법거량法擧量을 해보기로 마음먹었다.

백련암에서 성철 스님이 내려오셨다. 드디어 때가 온 것이다. 성철 스님이 법상에 올라가 법문을 하시려고 할 때 내가 벌떡 일어섰다.

"성철의 목을 한칼에 쳐서 마당 밖에 던졌습니다. 그 죄가 몇 근이나 되겠습니까?"

"백골연산白骨連山이다."

"예? 뭐라구요?"

"시끄럽다, 앉아라! 저노무 자슥, 열아홉 살 행자 때부터 알았네 몰랐네 하고 다니더니 아직도 저러나, 사기꾼 같은 놈!"

빠른 진주 사투리로 '백골연산이다'라고 했으니 내가 어떻게 알아들을 수 있었겠는가. 이는 백골이 산같이 쌓였다는 것으로 '일어서서 한마디 하는 순간 너는 이미 죽은 놈이다'라는 뜻이다. '너 이놈 이미 죽었다'라고 했으면 그래도 뭐라고 대답했을 텐데 '백골연산이다'라고 해버리니 말귀를 못 알아들은 것이다.

마이크를 잡고 있는 사람과 밑에서 올려다보고 있는 사람은 상대가 안 된다. 더 이상 뭐라고 해도 소용없겠다는 생각에 그냥 주저앉았다. 성철 스님은 심심하던 차에 잘 걸렸다 싶었는지 법문 내내 '저놈이 어떻고 저떻고……' 하면서 야단을 치셨다. 많은 대중 앞에서 톡톡히 망신을 당한 셈이었다.

법회가 끝나자 스님들이 우르르 선방으로 올라왔다. 선방 입승인 대선 스님이 나를 띄워 주었다.

"선방에서 말이여, 천하의 성철한테 '네 목을 쳤는데 죄가 몇 근이나 되느냐?' 이렇게 물어볼 놈 어디 있어? 대답을 하고 못하고가 문제가 아니여. 그거 물어본 것만 가지고도 우리 종단에는 명진 같은 사람 없네."

오랜 시간이 흘러 마흔이 넘은 나이에 다시 칼을 갈아 성철 스님을 찾아갔으나 그때는 성철 스님이 건강이 좋지 않아 더 이상 법상에 오르시지 않았다.

누구나 살다 보면 사춘기를 겪게 된다. 반항하고 대들고, 못

된 짓, 엉뚱한 짓을 도맡아 하는 시기가 그때일 것이다. 하지만 존재에 대한 가장 순수한 물음은 바로 그 사춘기 때 본능적으로 다가온다. 유년기에서 어른으로 가는 그 시기에 '왜 살까? 이렇게 사는 게 맞는 걸까? 이름이 남으면 뭐하고 남들이 알아주면 뭐하나? 나는 무엇일까?' 하는 아득한 물음이 찾아오는 것이다.

사실 사춘기 때 불현듯 나오는 그 물음만큼 순수한 게 없다. 자기를 향한 순수한 물음, 그것은 어린 새가 허공을 향해 날아가는 날갯짓과도 같다.

그런데 우리는 사춘기 때의 그 순수한 감정을 폄하해버린다. 철나기 전에 다가왔던 존재에 대한 물음, 삶에 대한 끝없이 순수한 물음을 살면서 잊어버린다. 사춘기 때의 순수한 물음 속에 답이 분명 들어 있는데 다른 데서 답을 찾고자 한다. 깨달음이니 견성이니 해탈이니 하며 힘이 잔뜩 들어가 있기 때문이다.

사춘기 때 처음 다가왔던 물음으로 돌아가는 것, 나를 향한 물음으로 끝없이 몰입해 들어가는 것이 바로 도를 향해 가는 것이다. 순수한 물음에 욕심이 붙어버리면 이미 그것은 아닌 게 되어버린다. 욕망의 세계로 빠져드는 것이다. 도를 구하려는 욕심 또한 그렇다. 도를 구하고 자비를 베풀겠다는 욕심은 좋은 욕심이기 때문에 버리기가 더 어렵다. 하지만 이런 욕심 또한 모두 버린 상태여야 사춘기 시절의 순수한 물음에 다다를 수 있다. 구하거나 바라거나 얻고자 하는 것이 없는 상태, 버리고 버린 상태가 수행의 자리다.

　나는 사춘기 때 다가왔던 그 순수한 물음을 잃고 싶지 않다. 나는 죽을 때까지 사춘기로 살고 싶다.

깨달았다는 착각

경상도 구미에 있는 어느 절에 대처승帶妻僧이지만 아주 훌륭한 스님이 있다고 해서 그쪽으로 발길을 옮겼다. 도라는 게 출가를 했는가 안 했는가, 결혼을 했는가 안 했는가, 늙었는가 젊었는가, 비구인가 비구니인가 하는 데 있는 게 아니라는 생각에서였다. '만약 사람이 나고 죽는 도리를 알 수만 있다면 누구에게서라도 기필코 그 도를 배우겠다'는 비장한 각오를 했을 때였다.

그분은 스물세 살에 동화사 조실祖室을 지낼 만큼 탁월한 선지禪旨를 지닌 스님이었다. 일제 때는 독립운동을 한다는 이유로 붙잡혀 가 고문을 당했는데 묵언수행을 지키느라 끝까지 말을 안 하셨다는 분이다.

스님을 찾아가 출가한 사연을 말씀드리자 너무 반가워하면서 좋아하셨다.

"그래, 참발심을 해서 부처님의 훌륭한 법을 이을 제자가 왔구나."

스님은 우선 『천수경千手經』을 외우라고 했다. 노스님이라 요강을 비워드리고 밥상을 차려드리면서 시봉을 했다. 그러던 어느 날 공부를 하다가 궁금한 게 있어서 여쭤보려고 갑자기 문을 톡톡 두드리고 들어갔다. 스님이 허겁지겁 뭘 감추는데 보니까 방 안에 연기가 자욱했다. 담배를 한 대 피우신 것 같았다.

"스님, 그거 뭡니까?"

"아이고, 내가 말이다 횟배가 있어서 가끔 담배를 한 대씩 피운다."

옛날 어른들은 회충 때문에 배가 아플 때 담배를 피우곤 했다.

"근데 왜 감춥니까?"

감출 수도 있다. 차라리 '이놈아, 왜 갑자기 들어와?' 했으면 어떤가. 그렇게 툭툭 터져 나오는 대답들이 그 사람이 얼마나 비워져 있는지를 알려주기 때문이다.

머뭇머뭇하는 스님께 내가 말했다.

"스님, 설령 스님이 여기서 여자하고 둘이 이불 속에 들어가 있는 걸 봤다 하더라도 저는 상관하지 않습니다. 근데 왜 감춤니까? 감출 일을 왜 합니까? 스님이 그동안 저에게 말씀해주신 부처님 법에 대해서는 동의합니다. 하지만 감출 일을 하는 스님을 스승으로 모시고 싶지는 않습니다."

그러고는 보따리를 쌌다.

나는 법주사로 가기로 했다. 법주사가 다른 곳에 비해 계를 좀 빨리 준다는 말을 들었기 때문이다. 그때는 조그만 말사_{末寺}에서도 계를 줬다. 계를 준 후에 종단에 보고만 하면 됐다. 절마다 행자 생활을 해야 하는 기간도 다 달랐다. 송광사는 한 일 년 있어야 되고 해인사 백련암은 삼 년쯤 있어야 되는데 법주사는 계를 좀 빨리 준다는 것이었다.

법주사행 버스를 탔는데 풍채가 그럴듯한 스님 한 분이 올라오셨다. 스님이 내 옆자리에 앉더니 "어디서 오냐?"고 물으셨다.

"어디 온 바가 있습니까?"

"이놈 보게."

스님이 다시 물으셨다.

"은사 스님이 누구냐?"

"석가모니입니다."

나이 어린 중이 버릇없이 구는 데도 기특하셨는지 "이놈아, 행자가 돌아다니면 어떻게 하냐. 한군데 있으면서 계를 받아야지"라고 꾸짖었다. 그러곤 냉면이나 먹고 올라가자고 하셨다.

법주사에 도착하니 어떤 스님한테 나를 데리고 가셨다.

"이놈이 엉덩이에 뿔이 나서 이 절 저 절 돌아다니는 행자인가 본데 따끔하게 혼을 내서 중 한번 만들어봐."

버스에 같이 탔던 스님이 법주사 조실로 계시던 월산 스님이었고 나를 받아주신 분이 나중에 내가 은사 스님으로 모신 탄성 스님이었다.

행자들이 머무는 방에 들어가 가부좌를 틀고 앉아 있었는데 다른 행자들이 나를 보고 절을 하며 인사했다. 나중에 들어보니 내 모습이 마치 몇 년 수행한 스님 같았다고 했다.

계를 받고 나면 보통 일 년 정도 은사 스님을 모시고 중노릇에 대한 기본적인 가르침을 받는다. 미닫이문을 열고 닫을 때 손가락을 넣어 소리가 나지 않게 닫는 법에서부터 앉고 서고 뒤로 물러날 때 어른께 등을 보이지 않고 옆으로 살짝 돌아서는 법 등 아주 세세한 부분까지 교육을 받는다. 세속에서 잘못 배운 사람들은 어른 스님들께 눈물이 쏙 빠지게 혼이 난다. 그러면서 『초발심자경문』 또는 『치문緇門』 등 초심자가 배우고 익혀야 할 기본적인 글을 배운다.

그렇게 기본적인 가르침과 일상생활의 예의범절을 배워야 나중에 선방에 나갔을 때 은사 스님에게 누를 끼치지 않게 되는 것이다. 더 나아가 정규 코스로 간다면 강원에 들어가서 사 년 동안 경전을 공부한다. 원칙적으로 하려면 그 후에 계율을 전문적으로 교육하는 율원律院에 가야 한다. 율원에서 부처님이 가르치신 계율에 대해 이 년 동안 공부하고 나서 선방에 가는 것이 정규 과정이다.

나는 정규 코스를 밟지 않고 곧장 선방으로 가고 싶었으나 은사 스님이 충주 대원사로 가라고 하셨다. 대원사는 법주사의 말사였다. 대처승에게 살림을 맡겨두고 있었는데 그 스님이 절을 다른 종단에 귀속시키려 하는 바람에 분규가 일어나 재판을 하던 중이었다. 대처승과 비구승이 한 절에 살면서 절 소유권을 두고 다툼을 벌이던 것이 당시 정화 대상 절의 생활이었다.

중노릇 첫 출발을 대처승과 싸움을 벌이고 있는 도시의 절에서 하고 싶지는 않았지만 은사 스님의 간곡한 부탁을 거절할 수가 없었다.

법당 앞의 큰 방은 비구승인 교무 스님과 총무 스님이 거처하고 있었고 요사채에는 대처승의 가족들이 살고 있었다. 그곳에 있는 비구 스님들의 시중을 드는 것이 나의 역할이었다.

돌아보면 대원사에서의 한 철이 내 일생에서 아주 중요한 시기였다는 생각이 든다. 나름대로 중노릇에 대한 각오를 새로이 하고 입지를 세웠기 때문이다.

어느 날, 절 한구석에 있던 잡지책을 뒤적이는데 사진 한 장이 눈에 들어왔다. 기아와 빈곤으로 온몸이 뼈만 앙상하고 배가 볼록 나와 있는 아프리카 어린아이의 사진이었다. 그 사진을 오래 바라보면서 이렇게 생각했다.

'지구 한편에서 이렇게 아이들이 굶어 죽고 있는데 출가한 내가 세 끼 밥을 다 챙겨 먹는다는 것은 부끄러운 일이다. 그 어린이들에게 도움을 주지는 못할망정 조금이라도 고통을 함께하는 게 수행자의 도리 아닌가. 부처님도 하루 한 끼만 먹었다는데 내가 하루에 세 끼를 다 먹어서야 되겠는가.'

그날부터 저녁을 먹지 않기로 작정했다. 다른 스님들이 저녁을 먹으면 나는 자리를 피해 법당에 들어가서 두 시간씩 절을 했다. 추운 겨울에 주린 배를 움켜쥐고 천 배씩 절을 했다.

돌을 삼켜도 소화시킬 한창 나이에 저녁을 먹지 않으니 새벽 한두 시가 되면 배가 고파 잠에서 깼다. 그러면 일어나 앉아 염불을 한 후 도량석을 돌았다. 보통 도시에 있는 포교당에서는 새벽 네 시에 예불을 올렸는데 나는 산중과 똑같이 해야 한다며 새벽 세 시에 예불을 올렸다. 처음 출가해서 나처럼 이것도 저것도 너무 잘하려고 하는 걸 보고 절집에서는 '말뚝신심이 나서 저런다'고 한다.

그래도 스님들이 대책 없이 싸우는 모습만 보아 왔던 신도들이 어린 사미가 저녁도 거른 채 법당에서 천 배씩 절을 하고 정성껏 새벽 예불을 올리자 감동한 모양이다.

은사 스님이 웃으며 말씀을 하셨다.

"신도들이 너를 보고 생불生佛이라고 하더구나."

계를 받고 나서 첫 겨울을 그렇게 치열하게 보냈다.

어느 날 조치원역 부근 논두렁을 걷다가 새가 허공을 나는 모습을 보고 갑자기 한 생각 확 바뀌면서 도에 대해 알게 되었다고 생각했다. 그 뒤로 기고만장해져서 눈앞에 보이는 게 없었다. 흥분이 되어 밤에 잠도 오지 않아 눈이 벌겋게 상기가 된 채 돌아다녔다.

출가한 지 일 년도 안 되어 자칭 깨달은 도인 행세를 하면서 가장 먼저 찾아간 분이 불국사 월산 스님이었다.

법주사를 나오기 전 은사 스님이 이르셨다.

"선방에 가려면 그래도 먼저 집안의 어른인 월산 스님께 가서 어떻게 공부를 하는가를 지도받고 가거라."

월산 스님은 내 은사 스님의 사형師兄이다. 그래서 나에게는 큰아버지가 된다. 월산 스님은 금오 스님의 상좌이고 금오 스님은 보월 스님으로부터 법을 받았다. 보월 스님은 만공 스님의 법제자이고 만공 스님은 경허 스님의 법제자다. 그래서 금오 문중은 경허, 만공, 보월, 금오, 월산으로 법맥이 이어진다.

은사 스님 말씀도 따를 겸 불국사로 월산 스님을 찾아갔다.

월산 스님께 절을 하고는 다짜고짜 물었다.

"불조佛祖를 여의고 한마디 일러주십시오."

부처와 역대 조사를 거론하지 말고 한 말씀 해달라는 뜻이다.

월산 스님이 되물으셨다.

"불조를 여의고 뭘 이르란 말이냐?"

깨달았다는 아만我慢으로 꽉 차 있을 때는 부처님이 와도 말을 듣지 않는다. 내가 대답했다.

"잘 이르셨습니다."

노장님이 화를 벌컥 내셨다.

"예의범절도 모르고 꼬박꼬박 말대꾸나 하는 놈이니 가서 기도 좀 해라. 넌 쉬지를 못했구나."

보름쯤 불국사에 있다가 이번에는 경봉 스님을 찾아갔다. 큰 스님이라는 소문을 듣고 있던 차였다. 통도사 극락암으로 가서 인사를 드리자 스님이 물으셨다.

"극락암에는 오는 길이 없는데 어디로 왔노?"

경봉 스님은 찾아오는 이들에게 주로 그렇게 묻는다.

"스님은 눈으로 눈을 보십니까?"

그러자 경봉 스님께서 물으셨다.

"이놈아, 네 은사가 누구고?"

"탄자 성자를 쓰십니다."

"객질하고 돌아다니려면 어른한테 예절부터 갖춰야지."

"스님과 이렇게 묻고 대답하는 가운데 삼세제불三世諸佛*과 역대 조사에 대한 예의가 다 갖춰져 있습니다."

"나가라, 이놈아!"

"안팎이 없는데 어디로 나가란 말입니까?"

나가면 어디로 나가라는 것인가. 스님 방에서 나가면 나가는 것인가. 어디가 안이고 어디가 밖인가. 안팎이란 게 자신이 만들어놓은 관념이고 세계이지 안팎이 어디 있나.

그렇게 혼자서 깨달았다고 생각하고 돌아다니던 중에 송광사가 공부하기 좋다는 소리를 들었다. 송광사 선방으로 가서 방부房付를 들이고 방장 스님이신 구산 스님께 인사를 드렸다.

구산 스님은 조계종 종정宗正을 지내신 효봉 스님 상좌로 열반涅槃하실 때까지 선방에서 대중들과 함께 발우를 펴고 여법하게 지내신 분이다. 구산 스님께선 방부를 받은 첫날 저녁에 수좌들을 하나씩 불러 '어떻게 공부를 하느냐? 어떤 화두를 드느냐?' 하는 것을 묻곤 하셨다. 마치 시골 할아버지처럼 자상스러운 데가 있었다.

"지난 철에는 어디서 살다 왔느냐?"

* 과거·현재·미래에 출현하는 모든 부처.

"이번이 첫 철입니다."

"응, 첫 철이야? 그럼 화두는 어디서 탔는가?"

선방에 앉아 참선을 하려면 화두를 받는 것은 기본이다.

"6·25전쟁이 나서 쌀 배급을 타는 것도 아니고 화두를 어디가서 탑니까?"

"화두를 타지 않았다고?"

"나는 누구인가 묻는 게 공부 아닙니까? 내가 나를 모르니 '이것이 뭔가?' 하고 묻는 거지 따로 무슨 공부를 합니까?"

나는 지금 생각해도 같은 결론이다. 자기 존재에 대한 물음이 간절한 사람은 따로 화두를 타고 말고 할 게 없다. 참으로 내가 누구인가를 물어가는 데 다른 무엇이 필요한가.

내가 그렇게 대답하자 노장님이 드디어 화를 내셨다.

"이놈이 건방만 잔뜩 들어가지고 어른이 말하면 듣지를 않고 대꾸만 하는구나. 너는 천불千佛이 출현해도 성불成佛을 못할 놈이다."

성불한다는 건 뭐고 해탈한다는 건 뭘까. 그때까지만 해도 나는 깨달음에는 답이 있다고 믿었다. 그 믿음 때문에 거만하게 행동했다. 하지만 수행은 나를 찾는 긴 여정일 뿐이다. 그래서 수행자는 여행자와 비슷하다. 새로운 세계는 아는 것이 없기 때문에 두렵다. 과연 모른다는 건 뭘까. 모른다는 걸 내가 정말 알

고 있을까. 안다고 착각하는 것은 견해가 되고 견해는 곧 내가
된다. 그것은 거짓되고 허망한 것이다.

한번은 고등학교 동창을 광화문광장에서 만났다. 그 친구는
고등학교 시절 나와 가장 친한 친구였다. 그는 광장에서 태극기
와 성조기를 흔들며 자신이 옳은 길을 가고 있다고 굳게 믿고
있었다. 그 친구를 보며 나 자신을 되돌아보았다. 나는 그렇지
않을까. 내가 가는 길이 과연 옳은 길일까.

진실한 사람이란 자기 확신에 차 있는 사람이 아니다. 오히려
허물을 지고 가는 자, 갈팡질팡하는 자, 번민하는 자, 회의하는
자가 진실한 사람인 것이다.

나는 확신만큼 무서운 것이 없다고 생각한다. 이 세계의 모든
다툼과 전쟁은 자기가 옳다는 믿음 때문에 일어난다. 내가, 내
생각이 과연 옳을까? 묻고 또 묻는 성찰과 회의가 있었다면 세
상이 이토록 거칠고 무섭게 변하지는 않았을 것이다.

어미 닭이 알 품듯이
고양이가 쥐 잡듯이

K리그 관중이 늘어나면서 축구 인기가 다시 올라가고 있다. 2002년 월드컵 무렵 일약 스타가 된 박지성 선수 때문에 아직까지 축구를 챙겨 보는 사람도 많다고 한다. 이제는 은퇴했지만 전성기 때 그의 경기력은 출중했다. 상대방 선수의 태클이 들어와 발이 걸리면 고꾸라질 듯하다가도 어떻게든 다시 일어나서 끝까지 포기하지 않고 공을 따라갔다. 공에 대한 집중력이 보통 대단한 것이 아니었다.

요즘 대세는 손흥민 선수다. 토트넘 홋스퍼에서 활약하는 손흥민 선수가 공을 향해 달리고 끝내 골 망을 흔드는 모습도 참 보기 좋다. 영국의 축구 전문가는 그를 이렇게 평했다.

"손흥민 선수는 놀라운 집념과 집중력으로 그라운드를 누빈다.”

‘별들의 무대’라고 불리는 메이저리그에서 풀타임 메이저리거로 십 년간 활약하고 있는 추신수 선수가 홈런을 때리는 모습도 감동적이다.

참선하는 방법을 설명할 때 ‘어미 닭이 알 품듯이 고양이가 쥐 잡듯이’ 집중하라는 표현을 쓴다. 어미 닭이 알을 품고 있다가 이리저리 놀러 다니면 알은 이내 곯아버린다. 얼른 모이만 쪼아 먹고 다시 돌아와 알을 품어야 병아리가 나올 수 있다. 고양이가 쥐를 잡을 때도 쥐가 들어간 구멍 앞에서 꼼짝 않고 지키고 서 있어야 한다.

나는 이 표현을 ‘손흥민이 축구공 쫓아가듯이 추신수가 야구공 노려보듯이’라고 바꿔 표현하고 싶다. 참선 수행을 할 때도 손흥민 선수가 포기하지 않고 공을 따라가듯, 추신수 선수가 끝까지 공에서 눈을 떼지 않고 홈런을 치듯 ‘나는 뭘까?’ 하는 물음에 집중하고 지속해야 한다. 그냥 적당히 묻다가 말다가 대충해서는 안 된다. 오 분이든 십 분이든 지극한 마음으로 물음에 집중해야 한다. 눈이 시퍼렇게 살아 있어야 되는 것이다.

가만히 한번 생각을 해보자. 우리가 밥을 먹을 때 과연 밥만 먹는가? 머릿속에서 이런 생각 저런 생각이 끝없이 왔다 갔다 하지 밥만 먹지 않는다. 법문을 들을 때도 애들 공부 걱정, 저녁 반찬 걱정 등 이런 저런 생각에 끊임없이 끌려다닌다. 조금 전에 들어왔던 생각이 금방 나가고 또 다른 생각이 들어왔다 나가면서 잠시도 집중을 하지 못한다. 그렇게 이 생각 저 생각에 끌려다니는 자신을 알아차려서 그걸 극복해야 한다.

'나는 뭘까?' 하고 물으면 알 수 없다. '나를 어떻게 설명하지?' 하는 의심이 자연스레 들어올 것이다. 그 의심을 놓치지 않도록 집중해보자. '나는 뭘까?' 물어서 알 수 없는 생각이 났을 때 알 수 없는 그 자리를 향해 지극하게 몰입해 들어가라. 마치 모기가 쇠등에 주둥이를 박는 그런 심정으로 집중해야 한다. 우리 인생에서 가장 중요한 문제를 푸는데 대충해서야 되겠는가. 오랜 생을 두고 생사의 바다에서 떴다 가라앉았다 하며 헤매고 왔던 이 문제를 이번 생에 기어코 해결해봐야 하지 않겠는가.

산 정상에 오르는 길이 여러 가지가 있듯이 나는 누구인가를 묻는 방법에도 여러 가지가 있다. 가부좌를 틀고 자리에 앉으면 호흡이 깊어지고 집중도 잘되는 사람은 참선을 하면 된다. 절을 하면 일체 잡념이 끊어지는 사람은 절을 하면 된다. 부처님의 명호名號를 부르면 일체 다른 생각이 끊어지고 일념이 되는 사람은 염불을 하면 된다.

보통 참선을 하는 사람들은 화두를 참구하는 것이 성불의 지름길이라고 말한다. 하지만 나는 조금 의견이 다르다. 참선, 주력呪力, 간경看經 염불, 절 등 여러 가지 수행법 중에서 자기가 집중이 잘되는 방법을 택하면 되는 것이지 어느 것이 최고라고 할 수는 없다.

염불은 글자 그대로 부처님을 생각하는 것이다. 그럼 어떻게 부처님을 생각할 것인가? 방편으로 마음속에서 관세음보살이라는 이름을 관하기도 하고 부처님의 모습을 관하기도 한다.

그런데 부처님을 모양으로도 이름으로도 볼 수 없고 알 수 없다고 했으니 도대체 무엇을 부처님이라고 해야 하는가? 당연히 물음이 나올 수밖에 없다. 사실은 염불도 이 물음을 묻는 것이다. '관세음보살'을 조용하게 입으로 되뇌면서 알 수 없는 물음이 끝없이 이어지도록 애써 나가는 것이다.

주력도 마찬가지다. 서산 대사의 『선가귀감』에 보면 '말세 수행자는 주력에 의지하지 않고는 근본에 도달하기가 어렵다'는 대목이 나온다. 언젠가 인천 용화사 송담 스님께 그 구절에 대해 여쭤본 적이 있다. 그러자 스님께서는 "주력이 조도방편助道方便이 되지요"라고 대답하셨다.

주력이란 부처님의 명호나 진언, 다라니陀羅尼 등을 일념으로 염송하는 것을 말한다. 왜 그것이 조도방편이 되는지 곰곰이 생각해보았다. 우리는 주력을 할 때 진언眞言이나 다라니의 뜻을 모른 채 그냥 외운다. 『천수경』에 나오는 신묘장구대다라니神妙章

句大陀羅尼는 발음 자체도 어렵다. 뜻도 모르고 발음도 잘 안되는 것을 외우기 위해 얼마나 집중을 해야겠는가. 일심으로 다라니를 외우면 오로지 외우고 있는 다라니만 있을 뿐이다. 그것만으로도 모든 앎과 분별심이 쉬게 된다.

집중해서 반복적으로 다라니를 지송하면 궁극에는 외우는 다라니도 없어지고 다라니를 외우고 있는 나도 없어진다. 바깥에서 다른 잡념이 일어나거나 망상이 일어나지 않도록 다라니나 진언을 빠른 속도로 외우면서 알 수 없는 그 자리를 향해 마음을 모으는 것이 주력인 것이다.

간경이란 소리내지 않고 경전을 눈과 마음으로 읽는 것이다. 경전을 보는 것도 훌륭한 조도방편이 된다. 『금강경金剛經』에 보면 부처님이 수보리에게 허공을 사량思量할 수 있는가 묻는 대목이 나온다. 허공을 생각해보라. 허공이 뭔지, 있는 건지 없는 건지, 어디서 끝이 나는 건지, 언제부터 있었는지 알 수 있는가? 부처님은 허공의 개념을 물으면서 우리가 갖고 있는 공간에 대한 개념을 부수어 알 수 없는 자리로 우리를 이끈다.

모든 수행법이 다 끊임없이 자신을 성찰하며 나는 누구인가를 묻는 길이다. 어떤 방법을 택하던 간절함과 정성으로 몰입하면 된다. 관세음보살 염불을 하면 관세음보살에 대한 생각이 끊이질 않아야 되고 화두 참선을 하는 사람은 '나는 뭘까?' 하는 생각이 끊어지질 않아야 한다. 경전을 보거나 절을 하거나 주력을 할 때도 마찬가지이다. 방법보다 그것을 대하는 태도와 간절함이 중요하다.

그냥 물에 물 탄 듯 술에 술 탄 듯 흥얼흥얼 하면서 관세음보살을 천 번 만 번 불러봐야 아무 영험이 없다. 마음을 모으지 않고 기도를 하기 때문에 망상이 올라오고 그러다 보면 기도가 지루하고 힘들어진다. 한 번을 부르더라도 정성을 다해서 불러야 한다.

옛날 우리 할머니들은 참 정성스러운 마음으로 절에 다녔다. 그것이 기복 불교였든 마음을 닦는 수행이었든 간에 그 정성스러움을 따라갈 수가 없다. 양지바른 쪽 논, 그중에서도 맨 가운데 벼이삭을 거두어 정갈하게 두었다가 정월에 부처님 앞에 공양미로 올렸다. 지금도 노보살님들은 절에 올 때 자식이 용돈 쓰라고 준 돈을 정성스럽게 다림질해서 올린다. 지극하기가 이루 말할 수가 없다. 그런 정성에 어찌 허튼 마음이 들어갈 수 있겠는가.

정성을 다해 수행하면 꼭 그 결과가 나타난다. 한 생각 한 생각 속에 지극한 정성이 깃들어 있을 때 그 정성스러움으로 기도가 이루어지고 수행에도 진전이 있다.

일병 한기중

나는 베트남전쟁 때 퀴논에 있었다. 퀴논은 맹호부대가 주둔했던 베트남 중남부에 있는 도시다. 1973년 맹호부대가 철수하기 직전까지 한국군 11만 명 정도가 투입된 곳으로 군사 작전이 17만 5000번 이상 행해졌다고 한다. 말하자면 한국군에게 베트남전쟁 그 자체를 상징하는 도시인 셈이다.

나는 강원도 사창리에 있는 27사단에서 군대 생활을 시작했다. 군 생활을 무사히 마치고 출가하나 싶었는데 군 입대 2년 차 때 일이 터졌다. 평소 후임병을 괴롭히던 소대 내 병장이 한 명 있었다. 그날도 주먹으로 툭툭 치며 시비를 걸었다.

"야, 너도 날 때려봐. 너도 한 주먹 했다며."

평소 쌓였던 게 폭발했다. 나는 참을 수 없었고 맞붙고야 말았다. 하극상이었다. 부대 중대장이 나를 찾았다. 작심하고 중대장한테 갔는데 중대장은 의외의 제안을 했다.

"너 영창 갈래, 아니면 베트남 갈래?"

내 선택은 베트남이었고 결국 월남으로 가게 됐다. 초등학교를 여섯 군데, 중학교를 두 군데나 다니더니 군대 생활도 한곳에서 할 수 없는 사나운 팔자를 타고났나 싶었다.

1972년 3월, 나는 부산항에서 출발하는 미국 군함을 타고 6박 7일간 항해 끝에 퀴논에 도착했다. 당시 베트남전쟁은 소강 상태였다. 내가 통신병으로 근무했던 주둔지는 연대나 중대에서 통신 신호를 보내면 그 신호를 받아서 다른 부대로 보내는 중계 역할을 하던 기지였다. 그때 쓰던 통신기기는 미국에서 지원해주던 거였는데 굉장히 고가였고 기술적으로도 첨단의 기기였다. 중계 기지는 일종의 한미합동본부 같은 역할을 하고 있었다. 그곳에서 통신병으로 근무하다 보니 베트남전쟁의 격렬함을 겪긴 힘들었다.

퀴논은 보통 봄부터 가을까지가 건기이다. 그래서 고통스러운 더위보다 기분 좋은 날씨가 매일 이어진다. 얼마 전 영국의 일간지 〈가디언〉에서 퀴논을 세계 10대 휴양지에 선정했다고 한다. 전쟁이 치러지던 그곳을 이제 관광객들이 찾고 있다.

나는 638고지에서 초소 근무를 섰다. 어떤 날은 근무를 마치고 퀴논 시내나 해변을 걷곤 했다. 무료할 때면 구형 리볼버 권총으로 작은 깡통이나 병을 쏘곤 했다. 그 권총은 위력이 약한 대신 반동도 적어서 연습용으로는 제격이었다. 종종 컨디션이 좋은 날이면 서부영화처럼 공중에 깡통을 던져서 권총을 쏴 맞추기도 했다.

전투는 하지 않지만 수색은 나갔다. 위험하지는 않은 곳이었다. 그래도 정글은 정글이었다. 돌아왔을 때 수색원 모두 더위와 땀에 절어 파김치가 됐고, 너나 할 것 없이 매점으로 달려들어서 맥주를 사 마셨다. 그때 마셨던 맥주는 대부분 크라운 맥주나 오비 맥주였다. 그때만큼 맥주가 시원했던 적은 없다.

물론 이런 평화로운 기억들만 있는 건 아니다. 죽은 사람이나 팔다리가 잘린 사람을 본 적도 있다. 동기 한 명이 병원에 입원했다고 해서 병문안을 갔다. 그는 지뢰를 밟아 다리가 절단 난 상태였다. 그 옆에는 어깨 아래로 팔이 없는 군인과 팔꿈치 아래로 팔이 없는 군인이 서로 팔을 맞붙이며 실랑이를 하고 있었다.

또 어떤 날은 군용 헬기가 거대한 그물에 죽은 사람들을 잔뜩 끌고 이동하는 걸 보기도 했다. 그럴 때면 비로소 섬뜩한 죽음의 세계를 목격한 것 같아 등골이 서늘했다. 하지만 영화나 드라마 같은 것에 등장하는 전쟁의 풍경은 아니었다. 총성이라든지, 폭발음, 신음, 고함, 사람들의 원망과 증오를 직접 경험하진 못 했다.

그때의 나는 하루하루가 무료했다. 그저 어서 빨리 절에 돌아가 수행하고 싶을 뿐이었다. 나를 베트남으로 끌고 온 국가를 원망하기도 했다. 내가 기억하던 베트남에서의 일 년은 그랬다. 그때까지만 해도 베트남에서 무슨 일이 벌어졌는지 제대로 알지 못 했다.

베트남전쟁을 다시 생각하게 된 계기는 시간이 흘러 감옥에서 리영희 선생의 『전환시대의 논리』를 읽었을 때다. 그때부터 전쟁이 무엇인지, 그리고 내가 있던 그 장소가 어떤 장소인지, 그곳을 그렇게 만든 자들이 누구인지, 무엇보다 국가란 도대체 뭔지 깊이 생각하게 됐다. 그리고 뒤늦게 부끄러웠다.

2015년 4월 베트남 민간인 학살 문제를 국내에 처음 제기한 구수정 박사가 베트남전쟁 민간인 학살 피해자 두 분을 한국에 모시고 온 적이 있다. 조계사에서 이들을 모시고 토론회를 하기로 했다. 그런데 보수 단체의 압력을 받은 조계종이 행사장 대여를 취소하고 말았다. 그 후 경북대학교에서 토론회를 진행하게 됐다.

보수 단체의 압력에 조계종이 행사를 취소한 게 미안스러워 강원도에서 대구로 내려갔다. 부끄러운 마음에 행사장 중간쯤 앉아 피해자 두 분의 증언을 귀 기울여 들었다. 참전 군인이었던 나는 고개를 들 수 없었다. 갑자기 주최 측에서 내게 인사말을 요청했다. 무대 앞으로 걸어가는데 다리가 후들거려서 도저히 걸을 수 없었다. 아무 말도 할 수 없었다. 그 자리에 무릎 꿇고 용서를 구했다. 그것 말고 달리 내가 할 수 있는 건 없었다.

그해 여름 나는 사십 년 만에 베트남을 찾았다. 빈호아 마을 입구에는 한국군 증오비가 세워져 있었다.

"하늘에 가닿을 죄악 만대를 기억하리라. 한국군들은 이 작은 땅에 첫발을 내딛자마자 참혹하고 고통스러운 일들을 저질렀다. 수천 명의 민간인을 학살하고, 가옥과 무덤과 마을들을 깨끗이 불태웠다."

나는 비 오는 땅바닥에 엎드려 참회의 절을 올렸다. 모르고 한 죄는 반복될 수 있다. 베트남 사람을 향했던 총부리가 광주 시민들을 향해 불을 뿜은 것처럼 말이다.

"너 영창 갈래, 아니면 베트남 갈래?"

다시 선택할 시간이 온다면 나는 어떤 선택을 해야 할까.

동생과 아버지의 죽음

　내 한평생 중노릇은 동생이 시키고 있다고 생각한다. 내가 다른 생각 없이 이 길을 걷고 있는 것은 순전히 동생 덕분이다.

　나는 여섯 살 때 어머니를 잃었고 스물다섯 살에 동생을 잃었다. 그때는 죽고 싶을 만큼 절망했다. 그런데 돌아보면 두 사람의 죽음이 내겐 세상의 그 어떤 것보다 큰 스승이 되어주었다. 어머니의 죽음은 나를 출가로 이끌었고 동생의 죽음은 내가 수행의 길에서 벗어나지 않도록 버팀목이 되어주었다. 두 사람은 나를 수행자로 만들기 위해서 이 세상에 왔다 간 불보살佛菩薩들임에 틀림없다.

　동생은 나와는 네 살 터울이었다. 동생은 악기를 참 잘 다루었다. 고등학교 때 친구한테 기타를 하나 빌려서 갖다놓은 적이 있다. 나는 보름이 다 되어가도 도레미파밖에 못하는데 동생은 사흘 만에 노래 한 곡을 연주할 정도로 소질이 있었다. 나중에는 배문고등학교 밴드부에서 바순을 불며 악장 노릇까지 했다.

내가 군에서 제대를 하고 오자 동생이 군대에 지원하겠다고 했다. 나는 이왕이면 해군에 지원하라고 했다. 당시 해군 군악대는 해외에서 운동경기가 있을 때 지원을 나갔기 때문에 육해공군 가운데 지원율이 가장 높았다. 동생은 해군에 지원했다가 위장에 이상이 있다는 이유로 신체검사에서 떨어질 뻔했지만 우여곡절 끝에 해군에 입대했다.

군대에 가기 전 동생이 물었다.

"형, 절에 가지 말고 그냥 나랑 같이 살면 안 돼?"

"아니, 나는 세상에서 평범하게 살 사람이 못 된다."

그것이 동생과 영원한 이별이 될 줄 몰랐다.

동생한테 면회나 한번 다녀와서 절로 들어갈까 생각하고 있던 어느 날이었다. 동생이 입대한 지 한 달쯤 흘렀을 것이다. 친구들과 시내에서 점심을 먹고 있는데 라디오에서 긴급 속보가 흘러나왔다. 통영 앞바다에서 훈련을 받던 배가 전복되어 해군 훈련병 316명 가운데 159명이 죽거나 실종되었다는 뉴스였다. 1974년 2월에 해군 예인정 YTL이 침몰한 사고였다.

설마 내 동생이 죽었으랴 생각하고 계속 밥을 먹었다. 저녁 늦게 집에 들어갔더니 불이 환히 켜진 채 일가친척들이 모두 모여 있었다. 실종자 명단에 동생이 들어 있다는 것이었다. 하늘이 무너지는 듯했다. 그래도 설마 죽었을 거라고는 생각하지 않았다. 아버지를 비롯해서 집안 어른 몇 분과 함께 서둘러 해군본부가 있는 진해로 내려갔다.

진해 통제부는 아수라장이었다. 훈련병 가족들이 천여 명이나 몰려들어 자식과 형제를 찾고 있었다. 사흘이 지나자 동생의 시신을 확인하러 오라는 연락이 왔다. 진해 통제소 강당으로 달려가 보니 바다에서 바로 건진 시신들이 줄줄이 눕혀져 있었다.

동생이 거기 있었다. 관 속에 누워 있는 게 내 동생이 맞았다. 환하게 웃던 동생이, '형.' 하고 부르며 쫓아다니던 동생이, 하나뿐인 내 동생이 거기 있었다. 180센티미터가 넘는 큰 키 때문에 머리가 한쪽으로 삐뚜름하게 구부러진 채 좁은 관 속에 눕혀져 있던 동생, 그 모습을 지금도 도저히 잊을 수가 없다.

그때의 심정을 뭐라고 표현할 수 있을까. 정말 하늘이 무너지고 땅이 꺼진다는 말로도 표현이 안 되고 억장이 무너진다고 해야 하나. 참, 기가 막혔다. 이제 막 피어오르던 스무 살 푸른 청춘의 죽음 앞에서 무슨 말을 할 수가 있단 말인가.

손윗사람의 죽음에서 오는 슬픔과 손아랫사람의 죽음에서

오는 슬픔은 그 무게가 다르다. 손윗사람의 죽음은 그저 슬플 뿐이지만 손아랫사람의 죽음은 애간장이 녹는다고나 할까. 그 어떤 말로도 표현할 수 없는 슬픔이 파도치듯 가슴을 덮쳐 갈기갈기 찢어놓았다.

나는 그때 진해에 일주일 가까이 있는 동안 시내를 가다 해군만 보면 두들겨 팼다. 그 사람이 내 동생을 죽인 것도 아닌데 그때는 제정신이 아니었다.

시신이 너무 많아 화장터에서 미처 다 화장을 할 수 없게 되자 서울에서 화장만 전문으로 하는 육군본부 영현중대가 내려왔다. 화장 시설이 되어 있는 트레일러를 매단 차가 열두 대 내려와서 화장을 했다.

하필이면 동생의 시신이 제일 낡고 오래된 트레일러에 들어가게 되었다. 아버지는 동생의 이름을 불러가며 "아이고, 살아서도 그렇게 불쌍하더니 죽을 때도 저런 고물차에 들어간다냐. 저 옆의 차는 새 건데……." 하면서 우셨다. 죽고 난 다음에 새 차에 들어가든 헌 차에 들어가든 무슨 상관이 있는가. 자식이 죽었으니 그렇게 제정신이 아니었다.

그런데 낡은 차는 길이 들어 불이 잘 붙는데 새 차는 불을 붙이면 자꾸 꺼지고 연기만 펄펄 났다. 유가족끼리 소주 댓 병을 놓고 서로 주거니 받거니 하다가 아버지가 "우리 아들은 살아 있을 때 말도 잘 듣더니 탈 때도 저렇게 잘 탄다"라고 넋두리를 하자 그 옆에 있던 사람이 "그러면 우리 아들은 살아서 말을 안 들어서 연기가 난단 말이냐!" 하며 아버지에게 달려들어 둘이 먹살을 잡고 싸웠다. 붙잡고 싸우다가 다 같이 또 엉엉 울고, 아비지옥도 그런 아비지옥이 없었다.

그렇게 화장을 해서 겨울비가 부슬부슬 내리던 날 동작동 국립묘지에 동생을 묻었다. 그때의 비통함을 어떻게 말로 할 수 있단 말인가. 만약 해군에 지원했다 떨어졌을 때 내가 아는 형에게 부탁만 하지 않았더라면 해군에 가지 못했을 테고 죽지도 않았을 텐데. 독한 구석이 있는 나지만 동생이 죽은 2월이 되면 지금도 가슴이 먹먹해진다.

동생과 나는 일찍 어머니를 잃고 서로 의지하면서 컸기 때문에 정이 남달랐다. 동생은 머리는 좋은데 조금 굼뜬 편이라 내 속을 많이 썩였다. 나는 형으로서 동생을 보호해야 한다는 책임감 같은 게 있었다. 엄마 없이 자란 아이들이라는 소리를 듣지 않으려고 매도 많이 들었다. 지금도 그 생각을 하면 눈시울이 뜨겁다.

동생이 초등학교 2학년 때였다. 여름방학이 되어 당진 바닷가에 사는 고모 댁에 놀러 갔다. 고모는 어머니를 일찍 여읜 우리들을 언제나 반갑게 맞이해주는 몇 안 되는 분이었다. 어느 날

고모가 외출한 사이에 동생이 채 익지도 않은 복숭아를 장대로 땄다. 그러자 고모부가 '왜 남의 집에 와서 말썽을 부리느냐'고 우리를 혼냈다.

나는 그 말이 그렇게 속상할 수가 없었다. 방학이면 이집 저집 돌아다니는 우리 신세에 대한 자격지심 같은 게 있었을 것이다. 나는 그 길로 짐을 싸서 동생을 데리고 고모 집을 나왔다. 바닷가로 가서 갯벌에 동생을 떠밀어놓고 마구 두들겨 팼다.

"이 자식아, 왜 말썽을 부려서 그딴 소리를 듣는 거야."

동생이 울면서 대들었다.

"왜 때려 형, 왜 때려 형."

동생이 죽고 나자 좋았던 일보다는 가슴 아팠던 일들만 자꾸 생각이 나서 가슴이 저며 왔다.

서울 선학원에 동생의 영정을 모셔놓고 사십구재를 지내는 동안 매일 동작동 국립묘지에 갔다. 아침에 일어나면 술 한 병사 들고 가서 동생에게 한 잔 따라 주고 그다음에 내가 마셨다. 한겨울 그 차가운 물속에서 고통스럽게 죽어갔을 동생을 생각하며 사십구일 동안 매일 술을 마시면서 울었다. 저녁이면 묘지를 관리하는 군인들이 와서 그만 울고 가라면서 문밖으로 내보냈다. 나중엔 위장이 상해 목에서 피가 넘어왔다. 그때 한세상 살면서 울 건 다 운 것 같다.

무엇이 왔다 간 것인가? '형.' 하고 부르던 그 목소리, '형, 절에 가지 말고 나랑 같이 살면 안 돼?' 하며 사정하듯이 바라보던 그 눈빛, '면회 한번 와 줘.' 하던 편지 속의 말은 어디로 가버렸는가. 이제는 뼛가루가 되어 묻혀 있는데 뭐가 왔다 간 건가. 도대체 사는 건 뭐고 죽는 건 뭐지?

이 세상에서 꼭 이십 년을 살고 떠난 동생을 생각하면서 존재에 대한 질문을 던지지 않을 수 없었다. 어머니가 돌아가셨을 때 그 황량한 바람 앞에서 '이게 뭐지?' 했던 그 물음이 다시 고개를 들었다. '도대체 죽음이란 뭐지?' 내가 목숨처럼 사랑했던 동생은 이제 여기 묻혀 있는데 나는 거기에 대해 어떻게 해 볼 도리가 없었다.

염불을 해서 극락을 보낸다? 극락 가면 뭐하는데?

때가 되면 나도 한 줌 재가 될 텐데 그렇다면 뭘 위해 살아야 되는 건가? 대체 왜 사는 건가?

고등학교 3학년 때 출가를 결심했을 때만 하더라도 깨달음의 세계에 대한 환상, 도에 대한 환상이 있었다. 나는 동생의 죽음과 함께 그런 환상을 모두 버렸다. '도대체 나는 뭔가? 무엇이 나고 죽는 것인가?' 하는 의심 하나만 딱 남았다.

숨 한 번 들이쉬었다가 내쉬지 못하면 죽는 게 사람이다. 그렇다면 이 몸을 끌고 다니는 주인공은 과연 무엇일까?

사십구재 마지막 날 국립묘지를 나서며 원을 세웠다.

'생사에 대한 문제, 존재에 대한 문제가 풀리지 않는다면 아무리 높은 자리에 올라간다고 한들 그게 무슨 영예가 될 것이며, 극락에 간들 무엇이 그리 즐겁겠는가. 내가 날 모른다면 석가모니 부처님이 나를 무등 태우고 문수보살文殊菩薩과 보현보살普賢菩薩이 양 옆에서 나를 부축하고 하늘에서 꽃비가 쏟아진다 한들 그것이 나에게 무슨 소용이 있겠는가.

나고 죽는 이 주인공의 본래 모습을 바로 알 수만 있다면 나는 하루에 천 번 펄펄 끓는 기름 가마솥에 들어가고, 천 번 쇠꼬챙이로 몸을 쑤시고 찌르고 토막 내는 그런 지옥에라도 아무 거리낌 없이 가겠다.'

그때 가슴에 새기고 또 새긴 원력은 몇십 년 중노릇하는 동안 한 번도 흔들리지 않았고 지금도 역시 그 원력으로 살아가고 있다. 나의 평생 중노릇은 내 동생이 시키고 있는 것이다.

나는 고통스러울 때마다 동생 생각을 했다. 추운 겨울 주린 배를 움켜쥐고 수행할 때면 '겨울 바다 그 차가운 물에서 얼마나 고통스러웠을까. 그런데 배 좀 고파서 힘들다고? 삶과 죽음의 문제를 깨닫겠다면서 이만한 고통도 참지 못하면 어떻게 도를 구하겠는가.' 하고 마음을 다잡았다.

1975년, 송광사에 머물고 있을 때였다. 종무소宗務所에서 사람이 올라와 전보를 내밀었다.

'부친 사망.'

그때 아버지는 쉰 살, 나는 스물여섯이었다. 이미 어머니, 외할머니, 거기다 동생의 죽음까지 겪은 뒤라서인지 큰 충격 없이 받아들였다. 나이 오십이면 길지도 않고 짧지도 않고 알맞게 살다 가셨구나 싶었다.

생사의 도리를 깨달았다고 생각했던 때이니 가볼 생각이 들지 않았다. 구산 스님이 이를 아셨는지 불러서 타이르셨다.

"아무리 몰인정하고 사람 노릇 안 하는 게 중이라지만 그래도 너를 낳아준 아버지가 돌아가셨다는데 가봐야 하지 않겠느냐?"

내가 대답했다.

"스님, 하룻낮 하룻밤에 만 번을 죽고 만 번을 사는데, 무슨 그걸 죽고 산다고 하십니까? 다 그렇게 죽고 사는 겁니다. 안 가도 됩니다."

노장님이 혼을 내셨다.

"이 건방진 놈아, 나중에 크게 후회하지 말고 다녀오너라."

할 수 없이 서울로 올라갔다. 1974년 2월에 동생이 죽고 그해 4월에 내가 출가를 한다고 나선 지 꼭 일 년 만이었다.

아버지는 불행한 분이었다. 결혼하고 육 년 만에 아내를 잃었고 아들 하나는 해군에 입대했다가 물에 빠져 죽는 험한 일을 당했다. 그리고 큰아들은 매몰차게 출가해버렸으니 얼마나 괴로움이 컸겠는가. 당시 아버지는 새어머니와도 따로 살고 있었는데 뇌출혈로 쓰러지셨던 것이다.

죽었다던 아버지는 산소호흡기를 낀 채 중환자실에 누워 있었다. '부친 위독'이라고 전보를 치면 오지 않을 것 같아 '사망'으로 전보를 쳤다고 했다. 큰아버지를 비롯해서 집안 어른들이 다 모여 있었다. 의사는 살아날 희망은 1퍼센트도 안 된다고 했다. 산소호흡기로 억지로 숨을 쉬게 만들어놓은 것이다. 나는 그저 담담할 뿐이었다.

"죽고 사는 걸 저렇게 억지로 붙들어놓으면 안 됩니다. 편하게 가시게 산소호흡기를 뗍시다."

그때 누가 뒤에서 등을 철썩 내리쳤다. 큰아버지였다.

"세상에, 아무리 세속을 버리고 출가한 중이라지만 제 아버지 숨을 끊자고 하는 놈이 어디 있느냐?"

옆에 있던 사촌 형님이 큰아버지를 위로했다.

"중이라는 게 어디 사람입니까? 중을 사람으로 생각하면 안 됩니다."

옛말에 인간 못 된 게 중 되고 중 못 된 게 수좌되고 수좌 못 된 게 부처된다는 말이 있기는 하다.

나는 만약 아버지가 다시 깨어나서 식물인간이라도 되면 중 노릇도 못 하고 모시고 살아야 되는 것 아닌가 싶어 걱정이 태산 같았다. 그 와중에 아버지가 살아날까봐 걱정을 하고 있었으니 불효자 중의 불효자였다.

아버지는 이틀 후에 돌아가셨다. 장례를 치르고 돌아오는데 아주 홀가분했다. 이제 나와 피를 나눈 부모나 형제는 아무도 없었다. 공부만 하면 되겠다 싶었다.

나는 중학생 때 자살하려고 했다. 두 번째 자살 시도였다. 삶에 대한 욕구도 없었고 무엇보다 살기가 싫었다. 중학교 등록금이 그 계기가 됐다. 등록금을 내려면 외가 댁에 고지서를 가져다줘야 하는데 그럴 수가 없었다. 죽은 엄마의 친정에서 생활한다는 것은 어린 나에게 힘든 일이었다. 외가 댁에서 나는 귀여운 외손자이자 딸을 죽게 한 원수의 아들이었다.

읍내 약국을 돌아다니며 수면제를 샀다. 한꺼번에 많은 양을 달라고 하면 의심하기 때문에 조금씩 여러 군데에서 샀다. 그러고는 뒷산에서 수면제를 삼키고 정신을 잃었다. 어느 등산객이 쓰러진 나를 병원으로 옮겼고 위세척을 받고 살아났다.

아버지가 세상을 떠난지 이십여 년이 되던 해에 문득 아버지 또한 나를 여기까지 이끌었다는 생각이 들었다. 처음으로 아버지에게 고마운 마음이 들었다. 어린 나를 두고 세상을 버린 어머니도 어머니를 죽게 한 아버지도 일찍 죽은 동생도 모두 나를 여기까지 이끈 관세음보살이었다. 그런 마음으로 서산에 있는 개심사에 위패를 모시고 삼칠일 기도를 드렸다.

죽고 사는 게 뭔가. 이 몸뚱이가 숨을 쉬지 못하면 죽는 거고 숨을 쉬면 살았다고 하는데, 사실 알고 보면 나를 모르는 게 죽은 것이고 나를 깨달은 게 산 것 아닌가. 내가 누구인지 모른다면 산 게 아니다. 죽음을 알면 그것이 바로 생을 아는 것이고, 생을 알면 죽음을 아는 것이다.

오빠의 따뜻하고
활달한 마음이 좋아요

법주사에서 행자 생활을 할 때 잠시 서울에 올라갈 일이 있었다. 그때 고등학교 동창과 만났는데, 그 친구가 자기 여동생을 데리고 나왔다. 내가 꾸벅 인사하자 그녀는 작게 웃으며 말했다.

"오빠, 우리 처음 보는 거 아니에요."

나는 기억 못하고 있었는데, 그녀는 내 친구와 오다가다 나를 몇 번 보았다고 했다. 그렇게 그날 이런저런 얘기를 하고 헤어졌다.

근데 얼마 뒤에 법주사로 두툼한 편지가 왔다. 그녀였다. 나에게 편지를 보낼 수는 있지만 이렇게 많은 말을 할 사이는 아니었다. 이 아이가 보통 마음으로 보낸 건 아니겠구나 짐작했다. 그때 나는 행자였다. 매일 밥하고 심부름하면서 수행까지 하느라 정신이 없을 때였다. 그래서 편지를 뜯어보지도 않고 그대로 아궁이에 던졌다.

그걸로 끝이다 싶었는데 급기야 친구와 둘이 법주사로 나를 보러 찾아왔다. 아무래도 일전에 편지를 보낸 일도 있고 해서 다음 날 그녀가 떠날 때까지 말 한마디 먼저 붙이지 않았다.

몇 년 후 스물여덟 살의 청년이 되어 해인사 선방에 살 때였다. 그녀가 또 한 번 찾아왔다. 홍류동 계곡에는 복사꽃이 흐드러지게 피어, 바람이 불 때마다 마치 눈발처럼 꽃잎이 휘날리던 날이었다. 그날 복숭아나무 아래에 서 있던 그녀는 어찌나 옷을 화사하게 입고 있던지 그걸 보고 내가 말했다.

"절에 이렇게 화려하게 입고 오면 어떻게 하라는 게야?"

"오빠에게 예쁘게 보이려고 이렇게 입고 왔어요. 이러면 안 되는 건가요?"

그 당돌한 말에 대체 나는 무어라 대꾸할 지도 몰라 말문이 막히고 말았다. 그런 나를 보고 그녀는 샐쭉 웃더니 객실에 들어가 청바지로 갈아입고 나왔다.

그녀를 데리고 장경각을 한 바퀴 돌아 구경하고 홍류동 계곡에 잠깐 앉아 있을 때였다. 계곡물을 따라 복사꽃잎이 흐르고, 멀리서 매미가 울고 있었다. 그녀는 맨발을 물에 참방참방 담그다가 문득 말했다.

"오빠, 스님 계속 할 거예요?"

"하지, 그럼."

"저 오늘 오빠 보고 싶어서 왔어요. 이게 무슨 말인지 알죠?"

기어코 이 상황까지 왔구나 싶었다. 이게 웬 수행을 방해하는 마장魔障인가도 싶었다. 그날 그녀를 한참 달래서 돌려보낸 다음 망월사로 상원사로 정처 없이 다녔다. 그러던 중 동화사에 들렀는데 망월사에서 온 어떤 스님이 물었다.

"명진 스님, 여동생 있어?"

"사촌 동생은 있습니다."

"얼마 전에 망월사에 누가 명진 스님 찾아왔었어."

그녀는 어릴 적에 몸을 다쳐서 한쪽 어깨가 삐뚤어져 있었다. 앞에서 보면 잘 모르는데, 뒤에서 보면 어깨가 한쪽이 내려앉은 걸 알 수 있었다. 그래서 걸을 때도 쉬 지치곤 했다. 스님 말에 따르면 나를 찾아온 여자가 내가 망월사를 떠나 상원사로 갔다고 하니 눈물을 주르륵 흘리더라고 했다. 쉬고 가라는 스님의 만류도 뿌리치고 홀로 걸어내려가는 뒷모습을 보는데 한쪽 어깨가 축 내려가 있었다고 했다. 망월사 오르는 길은 보통이 아니다. 건강한 사람도 한 시간은 걸리는 거리다. 그 길을 그 몸으로 올라왔다가 울면서 내려가는 모습이 그려졌다. 복숭아나무 아래에서 나를 기다리던 그 모습도 떠올랐다. 그 순간 마음이 아파왔다.

 몇 달 후 제주도 양진암에 머물고 있을 때 그녀가 대학노트 서너 권 분량의 일기장을 부쳐 왔다. 그 일기에 따르면 그녀는 나를 찾아다닌 게 망월사로 끝이 아니었다. 언젠가 내가 부석사와 인연이 깊다는 말을 듣고는 부석사로 나를 찾아가기도 했었다. 거기에 방을 얻어 연등을 만들며 나를 기다렸다고 했다. 그런 일이 몇 차례 있었다고 했다. 나를 그리워하는 마음을 차곡차곡 써 내려간 그녀의 일기가 내 마음을 흔들어놓았다.

 나는 그녀의 일기장을 한 장 한 장 찢어 바닷가로 떠내려 보냈다. 그녀가 보낸 양말도 다른 스님들에게 다 줘버렸다. 뭐 하나라도 지니고 있으면 생각이 날 것 같았다. 이삼 일에 한 번씩 땀을 뻘뻘 흘리면서 한라산에 올라갔지만 소용없었다. 자고 일어나도, 참선을 하다가도 그녀 생각이 났다. 화두도 어디론가 사라지고 없었다.

 이러다간 안 되겠다 싶어 쌀 반 말을 짊어지고 태백산에 있는 도솔암이란 토굴로 들어갔다. 용맹정진으로 견디고 넘어가보자는 생각이었다. 그런데 잊어버리려고 하면 할수록 더 생각이 났다. 고개를 막 흔들어도 안 되고, 마치 귀신이 둔갑을 하는 것처럼 이쪽을 보면 이쪽에 나타나고 저쪽을 보면 저쪽에 나타났다.

'여자 하나 때문에 정신을 못 차리다니 이러고도 내가 수행자 인가.'

별별 생각이 다 일어났다.

'손가락을 잘라봐?'

끝장을 봐야 할 것 같았다. 서울로 올라가 그녀를 만났다.

그녀를 데리고 다짜고짜 동작동 국립묘지로 갔다. 동생의 묘지 앞에서 그녀에게 물었다.

"네가 날 좋아한다는데 어디가 그렇게 좋다는 거냐? 얼굴은 화상을 입으면 다 일그러질 거고 목소리도 세월이 지나면 변하는 거다. 그렇게 변하고 난 다음에는 대체 무엇을 좋아할 테냐?"

그녀가 울면서 말했다.

"오빠의 따뜻하고 활달한 마음이 좋아요."

"내 마음을 좋아한다고? 내 마음은 간사할 때도 있고 미련할 때도 있고 화가 날 때도 있고 슬플 때도 있다. 별별 마음이 다 일어나는데 어떤 마음을 좋아한다는 거냐?"

가만히 있는 그녀에게 말했다.

"나는 동생을 이곳에 묻었다. 대체 사는 게 무엇이고 죽는 게 무엇인지, 그걸 알려고 중이 되었어. 네가 나에게 그걸 알려줄 수 있겠니? 그렇게 해준다면 네가 만나자면 만나주고 결혼하자면 결혼하고 무엇이든 해달라는 대로 다 해주겠다."

추적추적 내리는 빗속에 울고 있는 그녀를 혼자 남겨두고 국립묘지를 걸어나왔다.

기어다니는 미물도 오랜 생 동안 음양陰陽의 인연으로 만나고 흩어지는데 하물며 사람의 인연은 오죽하겠는가. 남녀가 오랜 세월 동안 다겁생多劫生을 두고 만나고 헤어졌던 인연이 지중한 것이니 그 인연의 사슬로부터 벗어나는 게 쉬울 리 없었다. 그래서 부처님도 여자와 같은 마장이 하나만 더 있었더라도 깨닫기 어려웠을 것이라고 했나 보다.

오랫동안 그녀에 대한 연민으로 마음이 아팠지만 한번은 겪고 가야 할 일이었다. 그 일을 겪음으로 해서 이성 때문에 흔들리는 나의 내면을 들여다볼 수 있었다. 그녀는 내가 세간에서 만난 또 하나의 선지식이었다.

도인 노파와 백우 거사

선지식이란 반드시 산중에 고고히 앉아 도를 닦는 스님만이 아니라는 것을 알게 해준 또 한 사람이 있다.

서른 즈음, 서산 부석사에 있던 수경 스님을 만나러 가는 길이었다. 장에 들러 수박 한 덩어리를 사 들고 서산터미널로 걸어가는데 뒤에서 누가 지나가면서 수박을 든 내 손을 쳤다. 수박은 바닥에 툭 떨어지면서 깨졌다. 뒤를 돌아보니 어떤 노파가 서 있었다.

"정신 차리고 다녀. 중이 어디 정신을 놓고 다녀?"

정신이 번쩍 났다. 범상치 않아 보이는 노파에게 물었다.

"보살님은 어디 계십니까?"

"제 눈앞에 두고 어디 있냐고 묻네?"

빰을 한 대 맞은 기분이었다. 나는 부석사로 가려던 발걸음을 돌려 노파를 쫓아 버스에 올라탔다. 한참을 가다가 버스에서 내린 노파는 막걸리를 파는 집으로 들어갔다.

"제 갈 길은 안 가고 뭐 하러 남을 따라다녀?"

한번 당하고 나니 노파가 하는 소리가 모두 법문으로 들렸다. '내가 지금까지 내 갈 길을 가지 않고 남을 따라 다녔구나.' 하는 생각이 들었다. 노파가 막걸리 사발을 내 앞으로 놓으며 말했다.

"막걸리나 마셔."

안 마신다고 했더니 면박을 주었다.

"주는 대로 먹어. 얻어먹는 사람이 이것저것 가리나?"

말끝마다 당했다.

"공부가 많이 되신 것 같아 따라왔습니다."

"공부? 공부가 많이 되고 적게 되고 하는 것이 있나?"

모든 것이 시비조니 더 할 말이 없었다. 나는 막걸리를 한 모금 마시는 시늉을 하다가 내려놓았다.

분위기가 조금 누그러지자 노파가 지난 세월 살아온 이야기를 하기 시작했다. 스물세 살에 결혼을 해서 아이를 가졌는데 남편이 세상을 떠났다. 청상과부가 되어 유복자를 낳았고 온갖 궂은일을 하면서 아들을 키워 대학에 보냈다. 아들은 대학 재학 중 유신반대 운동을 하다가 강제징집을 당해 군대에 갔다. 얼마 후 노파는 전방 근무를 하던 아들이 훈련 중 지뢰를 밟아 죽었다는 연락을 받았다.

노파는 아들의 뼈를 국립묘지에 묻지 못했다. 묻을 수가 없었다. 아들의 뼈를 고향집으로 가지고 돌아와 매일 그것을 쓰다듬으며 "아들아, 네가 어디 있느냐?" 하고 울부짖었다. 밥을 먹다가도 울고 자다가도 일어나 울었다. 동네 사람들이 실성했다고 수군댔다.

그렇게 매일 울부짖으며 자식을 찾던 노파는 죽고 사는 일을 되돌아보게 되었다. 자식에 대한 절절한 사랑이 '도대체 삶은 무엇이고 죽음은 무엇인가'에 대한 간절한 물음으로 자연스레 이어진 것이다. 참선이니 화두니 하는 겉치레 없이 곧바로 '나는 누구인가'를 묻는 수행을 한 셈이다.

미친 사람처럼 한두 해를 보내고 난 어느 여름날이었다. 노파는 처마에서 떨어지는 낙수에 물거품이 일어났다 꺼졌다 하는 것을 보다가 홀연히 생각이 바뀌었다.

'물방울이 물로 돌아가고 물이 다시 물방울이 되는구나. 큰 물방울도 있고 작은 물방울도 있고, 오래 남아 있는 물방울도 있고 금방 꺼져버리는 물방울도 있구나.'

노파는 물과 물방울이 둘이 아닌 것처럼 생과 사가 둘이 아님을 알았다. 나고 죽는 문제, 존재의 문제에 대해 한 생각이 바뀜으로써 생사 없는 도리를 깨닫고 생사에 끄달리지 않는 자유를 얻게 된 것이다.

공부는 그렇게 하는 것이다. 자식의 죽음으로 인해 삶과 죽음이 무엇인가를 물었으니 그 물음이 얼마나 간절하고 절박했겠는가. 그런 절절함을 바탕으로 나는 누구인가를 물어야 한다. 그게 수행의 핵심이다.

"나중에 수덕사에 가서 한글로 된 『금강경』을 보는데 너무 쉽고 재미있더라고. 어쩌면 내 마음을 그렇게 잘 표현해놓았나 싶더라니까. 그래서 스님들을 보면 한 번씩 시험해봤지."

그날 이후 나는 그 노파를 도인 노파라 부르며 공부가 느슨해지거나 잘되지 않을 때마다 찾아뵙곤 했다.

공부하는 데 삭발 여부는 중요하지 않다. 스승의 존재도 그렇다. 반드시 승가에만 스승이 있는 것은 아니다. 서른을 갓 넘길 즈음 그런 스승을 한 분 만났다.

해인사에서 같이 지내던 스님이 충청도에 가면 여백우라는 거사가 있는데 만만치 않은 사람이니 한번 만나보라고 했다. 별로 귀담아 듣지 않았는데 그 후 다른 스님한테서 또 그 거사의 얘기를 들었다. 알고 보니 공부 좀 한다는 스님들이 그 거사에게 탁마를 하러 갔던 적이 여러 번 있었던 모양이다. 호기심이 발동했다.

　그때는 내가 누굴 만나도 쉽게 지지 않을 거라는 자만심으로 가득 차 있던 시절이었다. 백우라는 거사를 만나기 위해 그를 소개한 스님과 함께 충청도로 길을 떠났다. 미원면 장터에서 버스를 갈아타려고 기다리고 있는데 저쪽에서 키가 작달만한 할아버지가 걸어왔다. 머리는 상투를 틀었고 눈은 노랗고 반들반들했다. 일흔네 살이라고 하는데 외양부터 만만치 않아 보였다.

　처음 만나자마자 그가 말했다.

　"스님, 막걸리나 한잔 시원하게 받아주소."

　"맥주를 한잔 사드리겠습니다."

　주차장 평상에 앉아서 맥주를 따라주려고 하자 그가 컵을 확 들이댔다.

　"생이냐, 사냐!"

　내가 호기 있게 맥주잔을 받아 바닥에 팍 집어던지면서 본래부터 생사가 없다는 뜻으로 '본무생사本無生死'라고 했다.

　그는 피식 웃으면서 말했다.

　"쯔쯧, 본무생사라. 뭐 그럴 듯한 대답이구만. 그런데 아까운 컵은 왜 깨?"

　그날 저녁 백우 거사의 집으로 같이 갔다. 개울을 건너 당도한 집은 다 쓰러져가는 초가집이었다. 들어가니 아내와 자식들

이 있었다. 저녁 늦게까지 이런저런 얘기를 하다가 그의 집 바로 뒤에 있는 빈집으로 가서 막 잠이 들려고 하는데 밖에서 엉엉 우는 소리가 들렸다. 문을 빠끔히 열고 내다보니 장맛비가 주룩주룩 쏟아지는데 그가 머리를 풀어헤친 채 진흙 바닥에 무릎을 꿇고 엎드려 있었다.

"스님, 제가 죽을 날이 멀지 않았습니다. 죽기 전에 생사 없는 도리를 한마디 일러주십시오."

눈물을 뚝뚝 흘리면서 간절하게 쳐다보는데 자신이 없었다. 생사 없는 도리를 어떻게 한마디로 일러주란 말인가.

그는 한 시간쯤 그렇게 울다가 "아, 한국 불교를 어찌할꼬!" 하고 집으로 가버렸다. 그래 놓고는 그다음 날 아침이 되자 언제 그런 일이 있었냐는 듯이 딴전을 피웠다.

이런 일도 있었다. 백우 거사 밑에서 공부를 하던 성호 거사와 같이 아침밥을 먹고 있었다. 밥을 먹다 말고 갑자기 백우 거사가 말했다.

"성호야, 마조가 와서 다 그르쳤다."

이 말은 『선가귀감』에 있는 '석가가 이 땅에 오신 것은 바람 없는 바다에 풍랑을 일으킴과 같도다'라는 구절과 맥이 상통하는 것이다.

"예, 선생님."

"마조가 와서 뭘 그르쳤느냐?"

성호 거사가 대답을 못하고 머뭇거렸다.

"나를 이십 년이나 따라다녔는데 이 쉬운 거 하나 대답을 못하느냐, 이놈아. 격외담格外談으로 하지 말고 이치로 한번 대답해봐라."

성호 거사가 눈물만 흘리고 앉아 있자 백우 거사가 밥상을 홱 뒤집어엎으며 말했다.

"여기 명진 스님이 해인사에서 공부를 많이 한 스님이시다. 스님한테 여쭤봐라."

참, 밥을 삼킬 수도 없고 뱉을 수도 없었다. 밥상은 다 뒤집어져 있고 온 방안에 여기저기 밥알이 튀어 있는데 성호 거사가 나한테 넙죽 절을 하면서 말했다.

"스님, 한마디만 일러주십시오."

분명 둘이서 짜고 나를 애먹이는 것 같기는 한데 거기서 대충 알음알이로는 답할 수가 없었다.

한번은 백우 거사가 내가 있던 괴산 공림사로 찾아온 적이 있었다. 그때 나는 외출 중이었고 마침 법당으로 예불을 올리러 가던 은사 스님과 백우 거사가 딱 마주쳤다.

"스님, 어디 가십니까?"

"예불 올리러 갑니다."

"어디로 예불을 올리러 가십니까?"

"부처님이 법당에 계시니 법당으로 가야지요."

"처처에 부처님이 아니 계신 곳 없는데 그러지 말고 저랑 마을에 내려가 소주나 한잔 하십시다. 그것도 다 부처님께 불공 올리는 겁니다."

내가 외출했다 돌아오자 화가 잔뜩 난 은사 스님이 나를 야단치셨다.

"이놈아, 어찌 그렇게 숭악한 놈과 어울려 다니느냐!"

"스님, 그 거사가 공부가 만만한 사람이 아닙니다."

"선지식이 절에 그리 많은데 왜 그런 거사와 어울리느냐?"

"무얼 보고 선지식이라고 합니까?"

"인가印可를 받아야지."

"인가를 누가 해줍니까? 부처님은 누구한테서 인가를 받았습니까?"

"너는 석가모니 부처님을 안 믿는 놈이로구나."

"스님, 제가 저를 몰라서 못 믿는데 어찌 부처를 믿겠습니까."

나는 삼 년 가량 그 거사와 함께 살면서 수도 없이 처절하게 당했다. 성격도 괴팍하기 그지없는 데다가 사람을 순간순간 들었다 놓았다 하는데 정신을 차릴 수가 없었다. 느닷없이 한 번씩 던지는 촌철살인의 한마디는 소름 끼치도록 나를 긴장하게 만들었다.

묻는 데 대답을 못하면 "쯔쯧, 속인도 그 정도는 아는데 머리 깎고 부처님 밥 먹는 이가 그것도 몰라?" 하며 혀를 찼다. 그렇게 한번 당하면 분해서 일주일씩 잠을 자지 못했다. 그는 '공부해라. 잠자지 말고 밤새워 공부해라.' 이런 얘기는 전혀 하지 않았다. 그야말로 분한 마음이 솟구쳐 올라와 저절로 공부하도록 만들었다. 그게 내게는 큰 보약이었다. 비록 일상생활은 상식에서 벗어나 있었지만 그는 사람을 있는 그대로 다룬 종장宗匠이었다.

백우 거사의 부인도 만만치 않은 사람이었다. 나는 백우 거사 집 근처에 당시 칠만 원짜리 단칸방을 얻어 안거에 들고 수행했었는데, 내가 백우 거사 집에 갈 때면 어떻게 알았는지 이른 아침에 미리 밥을 해서 아랫목에 두곤 했다. 여백우 거사는 그런 부인을 보고 "염불을 오래해서 조금 보이나 보다." 하고 말했다.

백우 거사는 자신이 가는 날과 시간을 예견하고 아흔아홉 살에 입적入寂했다. 백우 거사는 아흔아홉 살이 되던 해에 아들에게 몸이 안 좋다고 전화를 했다. 그의 아들이 백우 거사를 모시고 병원에 가는 길에 여백우 거사는 아들에게 말했다.

"틀렸다, 차 돌려라."

아들이 차를 돌리는 순간, 여백우 거사의 목이 꺾이며 숨을 거뒀다.

지금 생각해보면 백우 거사와의 만남 또한 내 운명의 큰 흐름을 바꾼 일이었다.

중국의 덕산 스님은 『금강경』에 깊이 통달하였다. 『금강경』을 앞으로 뒤로 줄줄 외웠고 성이 주씨여서 주금강이라고 불릴 정도였다. 스님은 자신이 세상에서 불법을 가장 많이 알고 깊이 안다고 자부했다.

그러던 어느 날 중국에서는 선禪이 성행하여 경전을 공부하는 교학教學이 무시당한다는 말을 들었다. 스님은 그들을 혼내주겠다면서 자신이 저술한 『금강경소金剛經疏』를 바랑에 챙겨 넣고 남방으로 향했다.

여러 날을 여행한 끝에 마침 점심 때가 되었다. 떡장수 노파를 본 스님은 배고플 때 점심點心으로 먹으려 하니 떡을 팔라고 했다. 그러자 노파가 스님 걸망 속에 든 게 무엇이냐고 물었다.

스님은 자신이 직접 주석을 단 『금강경소』라고 대답했다. 노파는 『금강경』에 대해 그렇게 잘 안다면 질문을 하나 하겠다면서 만약 질문에 답을 하면 떡을 공짜로 주고 답을 하지 못하면 떡을 주지도 팔지도 않겠다고 했다.

"『금강경』에 '과거의 마음도 얻을 수 없고 현재의 마음도 얻을 수 없고 미래의 마음도 얻을 수 없다'라는 뜻의 '과거심불가득_{過去心不可得} 현재심불가득_{現在心不可得} 미래심불가득_{未來心不可得}'
이라는 구절이 나오는데 스님께서는 지금 어느 마음_心에 점_點을
찍을 것입니까?"

그 말에 덕산 스님은 아무 대답도 하지 못했다.

세상에는 이런 도인들이 곳곳에 있다. 우리 눈이 어두워 보
지 못할 따름이다. 부처님의 법은 나이가 말해주는 게 아니다.
중노릇을 오래 했느냐 적게 했느냐가 말해주는 것도 아니다. 열
살 된 사미가 깨달았다면 백 살 먹은 큰스님이라도 엎드려 절을
해야 한다. 핵심은 오직 올바른 견처_{見處}를 가졌는가에 있다.

마조 원상 법문에 걸리다

계를 받고 얼마 되지 않았을 때였다. 깨달음에 대한 말로 다할 수 없는 갈증 때문에 밤에 잠도 잘 수 없었다. 스님들이 지대방에 앉아 차를 마시면서 웃는 모습을 보면 '생사를 벗어나야 하는 화급한 일을 눈앞에 두고 저렇게 웃음이 나오는가?' 하는 생각이 들 정도였다.

저녁을 먹지 않으니 체중이 58킬로그램 정도 되어 있었다. 바짝 마른 몸으로 혼자 앉아 웃기도 하고 고개를 끄덕거리기도 했다. 잘 짚은 것 같기는 한데 뭔가 미진했다. 내가 견성을 한 건가 아닌 건가 마음속으로 별별 생각이 다 오고 갔다.

달라진 건 확실한데 그러면서도 마음속으로 아직 뭔가 부족한 것 같으니 갈등이 엄청났다. 애간장이 녹는 것 같았다. 대중

143

들이 모두 잠든 시간에 혼자 일어나 송광사 뒷산을 올라갔다. 그렇게 나는 혼자 끙끙 앓아가면서 몸부림쳤다. 알긴 안 것 같은데 아무도 알아주지 않으니 참으로 갑갑한 노릇이었다.

하루는 구참 스님 한 분이 '구름이 벗어지면 밝은 하늘이 나오듯이 무명번뇌가 벗어져서 자성自性이 나오면 그대로 성불이네'라는 말을 했다. 자성이란 모든 존재가 지니고 있는 변하지 않는 존재성을 이른다. 나는 즉각 그 말을 받았다.

"벗어지는 구름이 있고 나오는 하늘이 따로 있다면 우리를 가리고 있는 무명이 있고 자성이 따로 있다는 말이오? 무명이 진여고 진여가 바로 무명이거늘."

그렇게 윽박지르듯 말하는 나를 구참 스님이 한참 보고 있더니 "강진 백련사에 가면 정일 스님이란 분이 계시는데 그 스님한테 가서 공부에 대해 한번 물어보시오"라고 권했다. 아마도 공부하신 분의 지도가 필요하다고 생각했던 것 같다.

출가자나 재가자를 막론하고 얼마간 공부를 하다 보면 '아 여기가?' 하는 느낌이 들 때가 있다. 내 체험에 의하면 그것은 그릇이 작아서 그렇다. 큰 독에는 물이 웬만큼 들어가도 변화가 없지만 조그만 그릇에 물을 부으면 그릇이 넘치면서 이리저리 흔들린다. 그것과 마찬가지로 그릇이 작은 사람들은 공부하다 자신이 조금만 달라져도 정신을 못 차린다. 내가 알았다는 생각이 공부에 그야말로 큰 장애가 되는 것이다.

그 시절 내가 얼마나 목에 힘을 주고 다녔는지 함께 계를 받았던 도반들이 나중에 우스갯소리로 '두 눈을 뜨고 볼 수가 없었다'고 했다.

나는 조그만 보퉁이를 하나 둘러메고 강진 백련사로 갔다. 백련사는 아름다운 절이다. 동백꽃이 흐드러지게 피는 봄에 누각에 앉아 있으면 강진만이 훤히 내려다보인다. 백련사에서 산등성이를 넘어 이십 분 정도 걸어가면 다산초당이 나오는데 그 길이 다산 정약용과 초의 선사가 오가며 교유했다는 길이다.

정일 스님은 탁마琢磨를 하겠다고 찾아오는 사람들을 하도 많이 겪어보아서인지 내가 문을 열고 들어가자 바로 내 의중을 간파했다.

스님이 『금강경』을 펴서 앞으로 내놓으며 물었다.

"격외담은 하지 말고, 『금강경』에 나오는 '범소유상凡所有相 개시허망皆是虛妄 약견제상비상若見諸相非相 즉견여래則見如來'에 대해 토 한번 떠봐."

이 구절은 '형상이 있는 모든 것은 고정된 실체가 없으니 만약 모든 형상이 실제는 형상이 아님을 본다면 곧 여래를 볼 것이다'라는 의미로 『금강경』의 핵심 구절 중 하나이다.

그러나 나는 그때 『금강경』이라는 경전을 처음 보았다. 계를 받자마자 걸망을 지고 바로 선방으로 갔으니 『금강경』이 어떤 내용인지도 몰랐다. 그런데 그걸 놓고 해석해보라는 것이었다.

나는 『금강경』을 탁 덮어서 마당 밖으로 집어 던졌다. 자연 그대로의 심성인 '본래면목本來面目을 투철히 깨달은 대선사가 경전 쪼가리에 토나 달고 앉아 있어?'라는 생각이었다.

책을 집어던지자 정일 스님이 말씀하셨다.

"음, 공부한다고 애는 썼구만. 적잖은 사람들이 그쯤에서 깨쳤다고 설치고 다니지. 그럼 '마조 원상 법문馬祖圓相法問' 한번 일러봐."

점입가경이었다. 마조 원상 법문이라는 게 있는지 없는지도 모르는데 뭘 이르란 말인가. 내가 물었다.

"마조 원상 법문이 뭡니까?"

"마조 스님이 둥근 원을 그려놓고 '들어와도 때리고 들어오지 않아도 때리겠다'고 했는데 어떻게 해야 맞지 않겠는가? 한번 대답해봐."

내가 즉시 대답했다.

"본래 없는 원은 뭐하러 만들어 놓고 들어오고 나가는 걸 따집니까? 본래 원도 없으니 지워버리면 되지요."

정일 스님이 다시 말씀하셨다.

"보통 그렇게들 대답하지. 그런데 원을 지우지 말고 한번 일러봐."

거기에서 딱 걸렸다. 원을 지우지 말고 일러야 된다는 것이다.

이 마조 원상 법문은 자칫 잘못하면 그대로 무간지옥_{無間地獄}에 빠진다고 할 정도로 무서운 공안_{公案}이다. 마조 원상 법문 앞에서 꼼짝 못하고 걸려버린 나는 스님께 엎드려 절을 했다. 그리고 분명 뭔가 달라지긴 했지만 궁극에 이른 건 아니었던 그간의 공부 과정을 말씀드렸다. 경전도 보지 않고 지도해주는 스승도 없이 혼자 깨닫겠다고 돌아다닌 얘기를 듣고 스님이 말씀하셨다.

"애를 썼으니 그만큼의 지견_{知見}이 난 거지. 애쓰지 않고야 그런 견처가 나겠는가? 선방에도 가기 전에 공부의 맛을 봤다니 전생에 공부를 많이 한 수좌가 마지막 관문을 타파하지 못하고 금생에 다시 왔구먼."

비록 내 공부를 인정받지는 못했지만 전생에 수행을 많이 했던 수좌라는 칭찬을 들으니 기분이 조금 우쭐해졌다.

송광사로 다시 돌아와서 첫 철을 정말 열심히 살았다. 그러나 한 철을 살고 난 다음에도 내가 달라졌다는 아만심은 쉽게 무너지지 않았다. 알고 있다거나 내가 옳다고 하는 고정관념의 틀을 벗어던지자는 것이 수행인데 나는 '내가 알았다.' 하는 생각에 붙들려 한참을 고생했다.

공부를 하다 보면 '아, 내가 공부가 좀 되었구나.' 하는 생각이 들 때가 있다. 그러나 그 잘된다는 생각이 오히려 공부에 장애가 될 수 있다. 나도 공부가 조금 되었던 것에 집착하여 오히려 공부가 안되었던 것이다.

다 놓아라, 모양에 있지 않다, 본래 무일물無一物 즉, 한 물건도 없다고 가르쳐 주는데도 '무일물이라는 그것이 또 있겠지.' 하고 구하는 게 중생심이다.

깨닫는 것은 세수하다가 코를 만지는 것보다 쉽다고 한다. 알고 보면 그냥 바로 그 자리인데 자꾸만 중생심으로 애써서 무엇을 구하기 때문에 안 된다. 구하려는 욕심 때문에 본성을 못 보는 것이다.

일체 구하는 마음을 다 내려놓아야 한다. 흙탕물에 빠뜨린 구슬을 찾으려면 어떻게 해야겠는가? 구슬을 찾겠다는 급한 마음에 연못에 들어가 여기저기 뒤적거리면 흙탕물이 더 뿌옇게 일어나 도저히 구슬을 찾을 수가 없다. 가만히 기다렸다가 흙탕물이 가라앉아 맑아졌을 때 구슬을 찾아 집어내면 된다.

공부를 잘해보겠다는 치구심이 지나치면 오히려 공부가 안된다. 공부는 억지로 용을 써서 되는 게 아니다. 간절하되 자연스러워야 된다. 마음에 힘을 빼고 쉽고 편안하게 하라. 공부가 좀 되었다고 좋아하지도 말고 공부를 더 잘하겠다는 욕심에 억지

를 쓰지도 말고 그저 알 수 없는 그 자리를 향해 뚜벅뚜벅 걸어
가야 한다. 그게 공부다.

3장
힘차다

스승의 한마디

용맹정진과 소머리

해인사의 용맹정진은 그 분위기가 살벌하기로 유명하다. 하안거와 동안거 결제 중 일주일 동안 총림義林*의 방장 스님부터 학인 스님까지 모여 스물네 시간 잠을 자지 않고 맹렬히 정진한다. 용맹정진을 해본 사람은 알지만 이때 제일 괴로운 것은 졸음이다. 견딜 수 없는 졸음을 수마睡魔라고 하는데 오죽하면 성철 스님께서는 졸음이 올 때의 눈꺼풀이 세상에서 가장 무겁다고 하셨을까.

선방에서 평소 정진할 때는 벽을 보고 앉지만 용맹정진을 할 때는 서로 마주 보고 앉는다. 이때는 참가한 사람들이 시간별

---

* 선원·강원·율원을 모두 갖춘 절.

로 돌아가면서 장군죽비將軍竹篦를 잡고 조는 사람을 내리친다. 총림의 방장이라도 수마가 덮친 모습을 보이면 장군죽비로 맞을 수밖에 없다.

죽비를 얇게 깎아 어깨를 치면 잠이 번쩍 깰 만큼 따끔하다. 백련암 성철 스님은 죽비를 잡으면 머리고 어깨고 어디 할 것 없이 무차별로 내리쳤다. 그러면 분위기가 살벌해져서 누구도 졸 엄두를 내지 못했다. 해인사 용맹정진은 그러한 초긴장 상태에서 진행되는데 그 기간 동안 장군죽비를 맞지 않는 사람은 거의 없었다.

아마도 해인사에서 용맹정진하면서 스님들의 어깨를 가장 많이 내리친 게 나와 백련 스님일 것이다. 보통 밤 열두 시부터 새벽 서너 시까지는 굉장히 잠이 많이 온다. 그 시간에 우리 둘 중 한 사람이 장군죽비를 잡으면 졸리지 않아도 어깨를 쳐달라고 서로를 불렀다. 우리는 어깨를 치라는 신호를 받으면 다가가서 온 힘을 다해 사정없이 어깻죽지를 내리쳤다. 그러면 그 큰 죽비가 툭툭 부러져나갔고 그걸 본 대중들은 아무도 졸지 못했다. 저들에게 걸리면 죽는다는 생각을 했을 것이다.

딱 한 사람 장군죽비를 치러 갈 생각조차 내게 하지 않는 분이 있었으니 절구통 수좌로 불리던 법전 스님이다. 스님은 한번 앉으면 여여부동이었다. 해인사에서 여러 철 모시고 살아봤는데 한 번도 조는 것을 보지 못 했다.

혜암 스님은 많이 조셨다. 그런데 아무리 까치발을 하고 살그머니 다가가도 죽비를 대려고만 하면 어느새 눈을 뜨고 계셨다. 혜암 스님은 "나는 졸아도 화두가 성성하거든." 하고 말씀하셨다. 그분에게는 여러 철 동안 한 번도 죽비를 내리쳐보지 못했다.

하루는 혜암 스님이 말씀하셨다.

"명진 수좌는 절에 중 되러 간다고 하니까 동네 사람들이 가만히 있었는가? 아마 보리쌀 됫박이라도 거둬주면서 가급적 좀 멀리 가서 중 되라고 했겠지?"

사실 죽비를 들고 경책을 하러 다니다가 어른 스님들이 졸면 때로는 슬쩍 지나치는 게 예의다. 그런데 나는 젊은 스님들이 졸면 그냥 지나치고 어른 스님들이 졸면 어떻게 해서든지 죽비를 들고 쫓아갔다.

"왜 자꾸 어른들 있는 데만 와서 죽비를 대려고 하느냐?"

노장님들이 그렇게 불만을 토로하셨다.

선문禪門 가풍이니 이러한 일이 용납된다. 어디 나이 어린 후배가 선배 어른들의 어깻죽지를 내리치고 법상에 앉은 대선배 스님에게 '이것 한번 일러 보시오.' 할 수 있는가.

용맹정진은 부처님이 깨달은 날인 성도일成道日을 기념하여 이어지고 있는 수행법이다. 내가 생각할 땐 용맹정진이 공부에 큰 도움이 되는 건 아니다. 집중해서 물어야 하는데 잠을 자지 않으니 정신이 혼미할 수밖에 없다. 심지어 화장실에서 조는 스님들도 있다. 그래도 용맹정진을 하면 '내가 해냈다.' 하고 뿌듯해서 일 년에 한두 번씩 꼭 용맹정진을 하는 스님들도 있다. 하지만 수행이라는 것이 벼락치기하듯 해서 되는 게 아니다. 그저 하루하루 물음을 놓치지 않고 간절히 애를 쓰면 자연스레 깊어지는 것이 수행이다. 옛 스님들은 시장 바닥 한가운데에서도 수행을 했다.

나는 지금도 매년 한 번, 많으면 두 번 안거에 들기 위해 노력한다. 여름이나 겨울이 되면 무엇을 하고 있든 그것을 손에 놓고 선방에 갔다. 젊은 스님들과 함께 새벽에 일어나 참선하는 삶을 오십여 년 했다.

출가해 이삼십 년이 지나면 간절했던 첫 마음을 잃고 일신의 안위를 생각하곤 한다. 적당히 참선하고 적당한 때 절집에 얼굴 비치고 청소는 남에게 맡기고 했던 얘길 또 한다. 수행보다는 종단 정치에 골몰하고 돈을 모으는 스님들도 있다. 출가의 첫 마음을 잃어버리면 누구든지 그렇게 될 수 있다.

수행은 안거에 들어서야 꼭 할 수 있는 건 아니다. 매년 안거에 드는 것은 몸과 마음의 힘을 빼고 첫 마음으로 돌아가려는

노력인 셈이다. 수행이 깊은 사람은 산속에서 석 달간 참선하지 않아도 상관없다. 수행에서 중요한 것은 형식이 아니다.

'소머리 사건'도 그러하다.

주지 스님이나 절에서 일을 보는 스님들을 청산靑山이라고 하고 선방에 다니는 스님들을 백운白雲이라고 한다. 청산은 머물러 있고 백운은 이리저리 떠돈다. 그래서 선방 스님들을 운수납자雲水衲子라고도 부른다. 구름처럼 물처럼 떠돌아다닌다는 뜻이다. 납자는 옷을 기워 입은 사람을 말한다.

어느 해였나 운수납자로 돌아다니다가 안동 봉정사에 갔다. 내가 좋아하던 도반인 종지 스님이 거기 있다기에 두말 않고 내려간 것이다. 세상과 부모를 버리고 출가한 수행자들에겐 부모나 형제보다 스승과 도반이 더 가깝다. 몇 년씩 한곳에서 장판 때를 묻히며 공부하다 보면 도반이 피붙이보다 더 가깝게 느껴지는 게 사실이다.

종지 스님은 이십 대 초반에 출가했다. 지리산 등산을 갔다가 화엄사에 앉아 저녁 종소리를 듣는데 그냥 출가하고 싶더라는 것이다. 그래서 등산 배낭을 맨 채 그 길로 출가를 했다.

봉정사에 도착해 종지 스님을 보니 얼굴이 노란 게 병색이 완연했다. 간염에 영양실조라고 했다. 게다가 정진한다고 차디찬 바위 위에 오래 앉아 있다 보니 치질이 생겨 변에 피가 묻어 나온다고 했다.

당시만 해도 절집 안에 먹을 게 귀했다. 두부를 겨우 보름에 한 번 먹었고 김도 보름에 한 번 두 장씩 받아먹었다. 보통 때는 김치와 된장만 놓고 밥을 먹었다. 과일도 지금처럼 흔하지 않아서 사과를 사분의 일이나 이분의 일로 쪼개서 한 쪽씩 나누어 먹을 때였다. 그렇게 사니 영양실조에 걸리지 않을 수 없었다.

"아니, 그럼 약을 먹어야 될 거 아니여?"

그때 우리는 출가한 지 얼마 되지 않아 아는 사람도 없고 약을 살 돈도 없었다. 내가 나섰다.

"좀 기다려봐. 내가 나가서 어떻게든 뭘 좀 구해 가지고 올게."

법주사로 불국사로 아쉬운 소리를 하며 다녔지만 아무것도 얻지 못하고 빈손으로 나왔다. 사정을 듣더니 한 스님이 일러주었다.

"간염이란 게 별 거 있나요. 못 먹어서 그러니 잘 먹으면 됩니다. 소머리 하나 삶아 먹이면 다 나아요."

간염이고 치질이고 소머리 하나 삶아 먹으면 다 낫는다는 것이다. 그 소리가 머릿속에 딱 박혔다. 결국 낙산사로 가서 어렵사리 돈을 얻어냈다. 조계사에 가서는 돈을 달라고 하기가 민망해서 쌀을 몇 가마 달라고 했다. 그 쌀을 낙원동 떡 시장에 가서 팔아 돈을 마련해 가지고 봉정사로 돌아왔다.

"딴 거 필요 없다. 소머리를 먹어야 된단다."

삼복더위에 시커먼 누비 장삼을 입은 채 소머리 삶는 데 필요한 재료를 적은 메모지를 가지고 안동시장으로 나갔다. 중이 소머리를 살 일이 내심 걱정이었지만 '에따, 모르겠다.' 하고 정육점으로 쑥 들어갔다.

"소머리 하나에 얼마요? 그거 안 보이게 잘 좀 싸주시오."

정육점 주인이 쌀부대 종이로 서너 겹 싼 다음 들고 가기 좋게 소머리에 철사를 꿰어서 주었다. 문제는 다음이었다. 바로 차를 타고 돌아왔으면 문제가 없었을 텐데 그걸 들고 옹기점이며 과일 가게, 채소 가게를 다니며 시장을 본 것이다. 시간이 지나자 잘린 소머리에서 핏물이 나와 종이가 축축하게 젖어 찢어졌다. 찢어진 종이 사이로 소뿔이 삐죽이 드러났고 입도 튀어나왔다.

사람이 수없이 오가는 장터에서 중이 핏물이 흐르는 소머리를 들고 돌아다녔으니 그쯤 되면 이제 막가게 되는 것이다. 나는 아예 종이를 뜯어내고 소머리를 그냥 들고 다녔다. 물건을 다 산 다음 택시를 불러 봉정사로 가자고 하니 택시 기사가 소머리를 보고 기겁을 했다.

절로 돌아온 나는 소머리를 찬물에 담가 핏물을 빼야 하는 걸 모르고 그냥 솥에 집어넣고 불을 땠다. 누린내가 어찌나 진동을 하는지 지금도 그 생각을 하면 진저리가 쳐진다.

안동이라는 도시가 좀 보수적인 곳인가. 시내가 발칵 뒤집어 졌다. 택시 기사가 밖에 나가 어떤 스님이 소머리를 들고 봉정사에 갔다는 얘기를 한 것이다. 소문이 나자 안동 시내 한복판에 있는 대원사라는 포교당에서 우리를 찾아왔다. 포교당 주지 스님을 비롯해 신도회장과 신도들이 항의를 하러 온 것이다.

큰절로 좀 내려오라고 해서 갔더니 주지 스님이 나에게 따지는 것이었다.

"스님이 소머리를 사왔다는데 이럴 수가 있습니까?"

"이곳 스님이 간염에다 영양실조까지 걸려서 삶아 먹이려고 사왔습니다."

여러 번 간곡히 설명했는데도 포교당 주지 스님은 "그래도 어떻게 절에서 소머리를 삶느냐, 이놈아!" 하며 반말과 욕설을 내뱉었다.

더는 좋은 말로 해서는 안 될 것 같았다. "그럼, 니 머리를 삶냐?" 하고 내가 거칠게 나오자 스님들의 얼굴이 새파래졌다.

몸이 아픈 스님이 있으면 절에서 당연히 돌봐주고 치료를 해 줘야 할 것 아닌가. 종지 스님은 한 열흘 소머리 삶은 물을 먹고 나자 얼굴이 바로 뿌옇게 되었다. 논에 물이 벙벙하게 고여 있으면 물이 좀 들어가도 표시가 나지 않는다. 하지만 날이 가물어

바짝 마른 논에 물이 좀 들어가면 금세 벼이삭이 푸르러진다. 사람도 그와 같다. 소머리 삶은 물 덕분에 종지 스님은 간염과 영양실조가 많이 나았다.

어떤 이는 이렇게 물을 수 있다.

"스님이 소머리 삶은 물을 마셔도 돼요?"

사람이 죽게 생겼는데 출가자라고 그저 보고만 있어야 할까. 이 세상에 사람 목숨보다 귀한 게 있을까? 불교이니, 예법이니 하는 틀에 얽매여 정작 중요한 것을 못 본다면 종교가 무슨 소용일까.

송담 스님

나는 자리에 집착하는 것은 수행자로서의 본분에 어긋나는 일이라고 생각해왔다. 세속의 모든 인연을 끊고 출가를 할 때 큰절의 주지가 되려고, 총무원장이 되고 조계종의 최고 통할자인 종정이 되어 세상에 이름을 널리 알리려고 출가를 한 스님은 아마도 없을 것이다. 출가할 때의 그 마음을 잊지 않고 평생 살아가는 게 중노릇을 잘 하는 거다.

인연이 얽혀서 때로는 이런 일도 맡을 수 있고 저런 일도 맡을 수 있다. 그러나 출가할 때 처음 가졌던 초심을 잃지는 말아야 한다. 가장 중요한 것은 공부이다.

출가해서 공부하는 데 영향을 준 선지식 두 분을 꼽으라고 한다면 해인사 백련암 성철 스님과 인천 용화사 송담 스님일 것이다. 성철 스님이 내가 넘어야 할 큰 산과 같았다면 송담 스님은 곁에서 그분의 기운을 느끼는 것만으로도 정신이 서릿발처럼 일어서게 한 분이다.

송담 스님을 처음 뵌 것은 내가 삼십 대 초반일 때였다. 스님을 오래 모신 중봉 스님이 '우리 스님을 꼭 한번 만났으면 좋겠다'라고 해서 용화사로 갔다. 송담 스님은 조용하면서도 싸늘한 기운이 나는 분이었다. 나도 모르게 조금도 건방을 떨지 않고 얌전하게 인사를 드렸다.

"제 본사는 법주사입니다. 은사 스님은 탄자 성자 쓰시는 탄성 스님입니다. 스님께 공부에 도움이 되는 좋은 말씀을 들으러 왔습니다."

인사를 드리자 송담 스님이 조용조용 말씀하셨다.

"뭐 특별히 공부에 도움되는 말이 따로 있겠습니까? 알 수 없는 곳을 향해 애써 나갈 뿐이지요."

'알 수 없는 곳을 향해 애써 나갈 뿐이다.'

그 말씀이 큰 울림으로 다가왔던 기억을 잊을 수 없다. 나는 그날 이후 얼음장처럼 싸늘한 분위기를 내면서 말씀하시던 스님의 모습을 마음속에서 잊지 않고 지냈다.

그리고 십오 년 정도의 세월이 흘러 송담 스님을 다시 찾아갔다. 봉암사 조실로 계시던 서암 스님이 입적하시고 난 뒤 스님을 조실로 모시자는 봉암사 대중 스님들의 의견을 전하고 허락을 받기 위해서였다. 들어가 절을 하고 "봉암사 조실로 오셔서 부족한 저희들의 공부를 가르쳐주시기를 간곡히 부탁드립니다." 하고 청을 했다. 그러자 스님께서 무릎을 꿇고 맞절을 하면서 이렇게 말씀하셨다.

"부족한 저를 조실로 오라고 하는 것은 고마운 일입니다. 저를 이렇게 높이 평가해주신 것은 고맙게 생각하지만 저도 아직까지 여러분들과 똑같이 수행하는 입장에 있습니다. 아직 조실이라는 이름을 띄울 자격이 없습니다. 이치로도 걸리는 바가 없고 사변思辨에서도 걸리는 바가 없이 두루 원만구족해서 부처님이나 역대 조사와 똑같은 존재가 아니고는 조실이라는 이름을 띄울 수가 없습니다."

봉암사 조실이 아니라 종정으로 모신다고 해도 부족할 것이 없는 분이 봉암사 조실로 갈 자격이 없다고 하니 새삼 무서운 분이라는 생각이 들었다. 조금 알았다고 동네방네 큰소리치며 소란스럽게 하고 다닌 내 자신이 부끄러웠다.

그 뒤 삼고초려했으나 스님은 끝내 우리를 만나주지 않았다. 지금도 송담 스님은 용화선원 원장이다. 돌아가신 전강 스님이 아직도 조실로 계신다.

그때가 1996년이었는데 나는 그다음 해 여름부터 오 년 동안 용화사에서 하안거를 났다. 어른으로 모시고 살면서 가르침을 받고 싶었는데 봉암사 조실로 오시기를 사양하니 내가 갈 수밖에 없었다.

용화사는 주안 공단 지역에 있다. 지금은 많이 좋아졌으나 당시는 공단에서 나오는 매연 때문에 그곳 선방에서 살 엄두를 내지 못했다. 물론 에어컨이나 선풍기가 있을 리 없었고 반드시 발우공양鉢盂供養을 해야 했다.

게다가 용화사의 여름은 몹시 덥다. 모기가 얼마나 많은지 모기장을 치지 않으면 잠을 자지 못한다. 봉암사의 산골 모기는 크고 흉측스러워도 소리라도 내는데 용화사 모기는 소리도 내지 않고 달려들어 문다. 일단 물리면 약도 잘 안 든다.

'기한肌寒에 발도심發道心'이라는 말이 있다. 배가 고프고 추워야 도심이 발한다는 말이다. 옛날 물자가 귀해 먹을 것도 부족하고 옷도 꿰매 입던 시절에는 스님들이 어려움 속에서도 더 자신을 채찍질하고 담금질했다. 그런데 요즘은 선방에도 부족한 게 별로 없다. 그러다 보니 오히려 간절한 마음이 부족해지는 것 아닌가 하는 생각이 들기도 한다. 그래서 '순경계順境界보다 역경계逆境界에서 공부가 더 잘된다고 하는 것이다. 장마가 져서 물이 불었을 때를 생각해보라. 급류를 거슬러 강을 헤엄쳐 올라가는 물고기가 힘을 얻는다.

용화사는 어느 곳보다 지내기가 고생스럽다. 그러나 그곳에서 오 년 동안 하안거를 나면서 고생이라는 생각은 별로 하지 않았다. 나는 송담 스님이 계신 선방에 가면 느껴지는 그 맑고 깊은 기운이 좋았다. 도의 힘이란 꼭 무슨 말을 하지 않더라도 우리로 하여금 정신이 번쩍 들게 한다.

스승의 한마디

　참선 공부를 할 때 스승을 잘 만나면 공부하기가 수월해진다. 어차피 스스로 해결해야 될 문제이지만 스승이 한마디 해주는 데서 공부의 단계가 향상돼 가기 때문이다.

　열심히 애를 쓰는데도 안 되거나 아무리 해도 의심이 잡히지 않고 집중이 안 될 때 스승이 한마디 해주면 안목이 바뀌게 된다. 홈런을 잘 치는 야구선수라도 코치가 폼을 보고 어깨가 조금 올라갔다거나 다리가 너무 벌어졌다는 조언을 해주면 실력이 일취월장하게 되는 것과 마찬가지다. 아무도 봐주는 사람 없이 혼자 하려고 하면 서너 배는 더 힘들다.

　젊은 시절 나는 '강원이고 뭐고 소용없어, 깨달으면 되지, 참선해서 견성하면 돼.' 하면서 모든 방법을 무시해버리고 혼자 잘

난 체했다. 이 선방 저 선방으로 돌아다니면서 때로는 알았다는 착각에 덩실덩실 춤을 추기도 했고, 그 자리가 차별이 없는 자리라는 생각에 한쪽 발에는 고무신을, 다른 쪽 발에는 운동화를 신고 미친놈같이 다녀보기도 했다.

나는 생각이 조금 바뀔 때마다 깨달은 줄로 착각했다. 뭔가 달라진 데서 오는 만족감 같은 것에 도취돼 눈앞에 보이는 게 없었다. 그때 올바른 스승을 만나 내면의 변화에 대해 지도를 받아가며 공부를 했더라면 좋았을 것이다.

산에 올라갈 때 지도를 보면서 등산로를 따라 올라가면 산행이 훨씬 수월하다. 지금 생각해보면 나는 혼자서 이리저리 가시덤불을 헤치고 땀을 뻘뻘 흘리면서 죽을 고생을 하고 산에 오르고 있었던 셈이다.

언젠가 스키장에서 보드를 배워볼 기회가 있었다. 그때 스승의 말 한마디가 얼마나 중요한지 다시 한번 절실히 느꼈다.

처음에는 보드를 신고 서 있는 것조차 쉽지 않았다. 자빠지고 고꾸라지고 난리였지만 창피해서 누구한테 가르쳐달라는 소리도 못하고 제일 낮은 초급자 코스에서 혼자 연습했다. 속도가 붙었을 때 보드 밑 에지edge로 타는 것인데 그것도 모르고 제자리에 서서 에지를 세웠으니 넘어질 수밖에 없었다. 얼마나 넘어졌는지 양쪽 팔은 올챙이배처럼 통통 부어오르고 실핏줄까지

다 터졌다. 목욕탕에 가서 보니 엉덩이에 멍이 들어 잉크 칠을 해놓은 것처럼 새까맸다.

참 독하게 했다. 영하 18도인데도 야간에 나가서 보드를 끌고 돌아다녔다. 며칠 동안 거의 미친 듯이 타다 보니 실력이 조금 늘어 중급자 코스까지는 무난히 타게 됐다. 그런데 상급자 코스에만 가면 잘 안됐다. 그쪽은 사람이 별로 없어 한적하게 타기는 좋았지만 경사가 거의 직각이라 위험했다.

그래도 욕심을 내서 제일 상급자 코스로 올라갔다. 급경사를 내려가다 하마터면 어떤 사람과 부딪힐 뻔했다. 다행히 그가 나를 싹 비켜 옆으로 돌아가면서 피했다. 척 보니 벌써 모습부터가 고수였다. 고수는 스키장에서 겨우내 살기 때문에 고글을 쓴 자리를 빼고는 얼굴이 전부 새카맣다.

"오래 타셨습니까?" 하고 묻자 십 년 정도 탔다고 했다. 내가 경사가 급한 데서는 잘 안된다고 하자 "한번 내려가보세요." 하며 내 뒤를 따라 내려왔다.

"스님, 옆으로 내려가는데 왜 자꾸 아래를 내려다보십니까?"

스키는 직활강이 되지만 보드는 옆으로 턴을 하면서 내려간다. 그런데 경사가 급해 무서우니까 내가 자꾸만 아래쪽을 내려다보는 것을 지적한 것이다.

지금도 나는 그때 그가 해준 말을 잊지 않고 있다.

"스님, 두목이란 말 아십니까? 두목은 '머리 두頭'에 '눈 목目' 입니다. 두목이 가면 졸개들이 다 따라가는 것처럼 마음과 눈 이 가는 쪽으로 우리 몸이 향하게 됩니다."

그제야 내가 왜 자꾸 넘어졌는지 감이 잡혔다.

"옆으로 가야 되는데 왜 시선은 아래를 향합니까. 시선이 아 래로 가니까 정신도 그쪽으로 가면서 몸의 밸런스가 깨져 넘어 지는 겁니다. 경사가 높은가 낮은가는 아무 상관이 없습니다. 어 차피 넘어질 거면 아래를 내려다봐도 넘어질 테고 안 내려다봐 도 넘어질 테니 아래쪽은 아예 신경을 끄고 스님이 가려고 하 는 쪽만 집중해서 바라보세요."

그때 그 고수의 한마디에 나는 넘어질까봐 신경을 쓰지 않게 되었고 제일 급한 경사를 맘대로 다닐 수 있게 되었다. 이처럼 무슨 일이든지 한 단계 도약하려면 스승의 지도가 필요하다.

그러나 아무리 좋은 스승을 만나도 자신이 노력하지 않으면 소용이 없다. '소를 물가에 데리고 갈 수는 있지만 소에게 억지 로 물을 먹일 수는 없다'는 이야기가 있다. 스승은 나에게 길을 가르쳐줄 수 있지만 그 길을 가고 안 가고는 나한테 달려 있다 는 뜻이다. 해보지 않은 사람은 아무리 얘기를 해줘도 알아듣 지 못한다. 수없는 실패와 좌절을 경험하면서 지극하게 노력했 을 때 스승이 한마디 해주면 그때 툭 열리면서 한 경지 올라서

게 되는 것이다.

도를 구하려는 마음이 간절하면 스승은 어느 곳에서라도 만날 수 있다. 머리를 깎았느냐 길렀느냐, 승복을 입었느냐 안 입었느냐 하는 것은 중요한 게 아니다. 옛말에 머리를 삭발하고 천 겹 만 겹 기운 누비를 입고 깊은 산중에 앉아서 도 닦는 체만 하는 속한 이가 있고, 저잣거리에서 하루에 소 열 마리, 양백 마리를 잡아가면서도 도를 닦는 수행자가 있다고 했다.

나는 세간에서도 많은 선지식들을 만났다. 자식을 잃고 애끓다가 물거품이 일어나고 꺼지는 것을 보며 생사의 문제를 깨달았던 노파, 압박감을 주고 분한 마음이 들게 해 끊임없이 나를 공부시켰던 여백우 거사, 그리고 나에게 사랑을 고백해 내 마음을 돌아보게 했던 친구의 여동생, 그들 모두 내가 세간에서 만난 소중한 스승이었다.

세상과 나

　민주화 운동이 활발했던 1980년대에 우리의 역사가 큰 격동기 속에 있었듯이 그 시절 나의 개인사에도 큰 변화가 있었다.

　1980년 신군부가 들어서면서 국가보위 입법회의가 구성되고 전두환 군사독재 정권이 들어서게 되었다. 그해 5월 군사정권은 민주화에 대한 광주 시민들의 강한 열망을 무력적인 방법으로 진압했고 그 와중에 많은 사람들이 목숨을 잃었다.

　신군부는 광주 시민들을 폭도로 몰았다. 용공 세력의 사주를 받아서 폭동을 일으켰기 때문에 특수부대가 무력으로 진압할 수밖에 없었다는 것이 모든 언론 매체에서 발표한 내용이었다. 당시 나는 신문에서 말한 대로 알고 믿었다.

　각 단체들이 신군부에 대한 지지 성명을 발표했다. 국보위에서는 종교계에도 지지 성명을 발표할 것을 요구했다. 기독교와 일부 천주교 평신도들은 지지 성명을 발표했지만 월주 스님이 총무원장으로 계시던 불교 조계종 종단에서는 부당한 방법으로 권력을 잡은 신군부를 지지할 수 없다며 입장을 표명하지 않았다.

얼마 안 있어 10·27법난이 일어났다. 전국 사찰에 총검을 든 군인들이 수십 명씩 난입해 스님들을 체포하고 폭력까지 휘두른 사건이 일어난 것이다. 당시 신군부 측은 '정화'라는 명분으로 조계종의 스님 및 불교 관련자 백오십여 명을 강제로 연행했고 사흘 뒤에는 전국의 사찰 및 암자 등 오천칠백여 곳을 일제히 수색했다. 군인들이 군홧발로 불교를 짓밟은 불행한 사건이었다.

당시 총무원장 월주 스님을 비롯해 직지사 조실 녹원 스님 등 여러 중진 스님들이 보안사에 끌려가 한 달 이상씩 고초를 겪었고 낙산사 주지로 있던 원철 스님은 보안사에서 구타당한 후유증으로 세상을 떠났다.

나는 그때 춘천에 있는 청평사에 살고 있었다. 소양강댐에서 배를 타고 가는 청평사는 한적한 곳에 위치하고 있는 절이다. 아침 일찍 개울가에 있는 화장실에 가는데 개울 뒤쪽에서 M16 소총을 든 군인들이 나타났다. 동도 트지 않은 이른 새벽이었다.

"손 들어!"

나는 간첩들이 나타났다고 생각했다.

그들에게 밀려 법당 앞으로 갔다. 법당 앞에서는 이미 다른 군인들이 스님들을 모아놓고 주민등록증을 걷고 있었다. 이유도 모른 채 주민등록증을 꺼내줄 수는 없었다.

"너희들이 뭔데 주민등록증을 보여달라고 해?"

큰 소리로 항의하자 장교 한 사람이 나서서 해명했다.

"스님, 광주사태로 피신해온 사람들이 각 사찰에 숨어 있다는 정보를 듣고 조사 나온 겁니다."

후에 들으니 봉암사 같은 수행처에도 군인들이 몰려들어와 스님들을 줄 세워놓고 주민등록증을 검사했다고 한다. 치욕스러운 일이었다.

1987년 노태우 정권이 들어서기 전까지만 해도 조계종 총무원 건물 안에 안기부 직원과 보안사 직원이 상근하는 사무실이 있었다. 그들은 제 집처럼 무시로 총무원에 출입하면서 모든 정보를 탐색했다.

1984년 해인사에 살 때였다. 지명수배된 운동권 청년 한 사람이 숨어 들어왔다. 그는 광주항쟁의 실상을 찍은 비디오를 가지고 있었다. 당시는 그런 것을 보다가 발각되면 바로 잡혀 들어갈 정도로 살벌한 시국이어서 몰래 숨어서 봤다.

시민들이 군인들에게 몽둥이로 두들겨 맞는 모습과 광주도청 앞에 늘어서 있는 시신들을 보면서 그동안 내가 신문이나 방송을 통해 알고 있던 정보가 잘못된 것이었음을 깨달았다. 충격이었다. 설사 민간인들이 과격한 방법으로 시위를 했다 하더라도 어떻게 군인들을 동원해서 민간인에게 총칼을 들이댈 수 있는지 경악하지 않을 수 없었다. 물론 광주항쟁은 훗날 민주화 운동으로 역사적 평가를 받았지만 그렇다고 해서 억울하게 죽은 사람들이 살아 돌아올 수는 없지 않은가.

나는 광주항쟁 비디오를 보고 마음속으로 고민을 하기 시작했다.

'이럴 때 종교인은 어떻게 해야 하나?'

생사의 문제를 해결하기 위해 출가했는데 생사의 문제와 사회의 불의는 어떤 상관관계가 있는가? 과연 출가자는 세속의 모든 시비를 버리고 들어앉아 도만 닦아야 하는가? 나는 어떻게 해야 하는가? 깊이 고민하지 않을 수 없었다.

해인사로 피신해 들어와 있던 수배자들과 대화를 나누면서 사회와 역사에 대해 진지하게 고민하던 나는 어느새 조금씩 사회참여 쪽으로 마음이 기울고 있었다. 나는 원래 불의를 보면 참지 못하는 다혈질인데다 누가 거짓말하는 것도 그냥 보아 넘기지 못하는 성격이었다. 잘못한 게 있으면 터놓고 비판받고 넘어가야 한다는 게 내 생각이었다.

길을 가는데 누군가 매를 맞고 있거나 굶주림에 떨고 있다면 아무리 목적지에 도달하는 일이 중요하다고 해도 그냥 지나칠 수 없지 않은가.

우리 현대사를 돌아보면 기독교나 천주교 쪽에서는 부당한 권력의 횡포에 저항하는 몸짓을 보인 적이 있지만 불교계에서는 그런 움직임이 거의 없었다. 박정희 대통령 말기에 거의 유일하게 유신 반대를 했던 스님이 입적하신 법정 스님이다. 법정 스님은 함석헌 선생과 함께 유신 반대 서명을 했다가 홍역을 치르고 봉은사 다래헌을 떠나 결국 불일암으로 내려가게 되셨다.

그러던 어느 날, 대구 민통련 사무국장을 하던 권오국 씨가 인천 5·3항쟁으로 수배되어 해인사로 피신해 들어왔다. 대화를 나누던 중 그가 이런 말을 했다.

"스님, 감옥에 가면 독방을 주는데 공부하기 아주 좋습니다."

귀가 번쩍 뜨였다.

"감옥? 독방이라구? 무문관無門關이 따로 없겠네."

그날부터 감옥에 가게 되기를 발원하기 시작했다. 사회참여에 대한 고민도 깊었지만 공부도 지독히 안 될 때였다. 감옥처럼 사방이 막힌 공간에서 오로지 본질적인 문제와 마주하고 싶은 욕구가 있었던 것 같다. 감옥 발원은 곧 이루어졌다.

1986년, 뜻을 같이하는 스님들이 모여 불교계에서도 할 말은 해야 한다는 데에 의견을 같이했다. 사실 나는 사회주의가 뭔지 마르크시즘이 뭔지도 몰랐다. 사상이나 이념과 관계없이 불교도 사회참여를 해야 한다고 생각했을 뿐이었다.

그해 9월 7일 해인사에서 승려대회가 열렸다. 불교재산관리법 철폐와 부천서 성고문 사건에 대한 진상규명 등을 요구했고 내가 사회자로 나서서 대회를 진행했다. 이천여 명의 스님들이 모였다.

불교재산관리법은 일제 때 제정된 사찰령이 이름이 바뀌어 내려온 것이다. 일제는 이 땅을 점령하자마자 사찰령이라는 법을 만들었다. 전국 본사 주지를 일본 총독이 임명하도록 법을 바꾼 것이다.

광복이 된 이후에는 그 사찰령이 불교재산관리법으로 바뀌었다. 총무원에서 주지를 임명하면 임명받은 주지가 군이나 시, 도에 가서 등록을 해야만 법적으로 효력이 있었다. 총무원장에 당선되었어도 문화공보부 장관에게 등록을 해야만 법적으로 총무원장 자격을 얻을 수 있었다. 이중으로 임명장을 받아야 했던 것이다. 1988년까지 그랬을 것이다.

그러다 보니 관이 불교계의 선거에 개입을 하게 되었고 그것이 끊임없는 종단 분규의 원인이 되었다. 조계종을 싸움판으로 만드는 근본적 악법이 된 것이다.

9·7 해인사 승려대회의 분위기는 몹시 격앙되어 있었다. 금산사의 스님 한 분이 갑자기 뛰어나와 단상 위의 탁자에 손을 놓더니 윗저고리에서 부엌칼을 꺼내 손가락을 내리쳤다. 그리고 하얀 천을 쭉 펴더니 그 위에 '불자여, 눈을 떠라!'라고 혈서를 썼다.

그 스님은 이천여 명의 스님들 앞에 '불자여, 눈을 떠라!'라고 쓴 천 조각을 펼쳐보이고서 온몸이 피로 범벅이 된 채 큰스님들에게 절을 했다. 그 자리에 있던 모든 스님들이 흥분해서 일어났다. 승려대회는 순식간에 과격한 시위로 변했다.

승려대회가 끝나고 시위에 참석했던 중앙승가대학교 학인 스님들이 서울에 있는 학교로 돌아가는데 안암동 로터리에서 경찰들이 최루탄을 쏘면서 개운사까지 쳐들어 왔다. 열아홉 명이 구속되었고 성문 스님이 주모자로 전국에 수배되었다.

그런데 처음부터 주모자였던 나는 어찌 된 일인지 구속도 안 되고 수배자 명단에서도 빠져 있었다. 중앙승가대학교의 학인 스님들이 여럿 잡혀갔는데 그 대회를 주도해 사회까지 봤던 내가 아무 상관없는 것처럼 멀쩡하니 미안해서 얼굴을 들 수가 없었다.

그다음 달 조계사에서 10·27법난 규탄대회를 하게 되었다.

대회 위원장을 맡으면 무조건 잡혀가 삼 년쯤 감옥에 산다고 해서 내가 위원장을 맡았다.

　대회 당일 조계사는 경찰들이 막아 들어갈 수 없었다. 그래서 집회에 모였던 사람들이 봉은사로 가서 선불당選佛堂을 차지했다. 봉은사와의 인연이 그때 그렇게 시작되었다. 밀운 스님이 주지로 계실 때였다. 밀운 스님은 총무 소임을 맡고 있던 대운 스님에게 "잘해 줘라. 밥도 해주고 절대 나가라고 하지 마라." 하고 말했다고 한다. 절과 실랑이가 생기면 힘이 빠지는데 수백 명이나 되는 사람들을 봉은사에서 모두 받아들여 밥까지 챙겨주고 잘 대해주었다.

　그날 밤을 새고 다음 날 봉은사 앞에서 가두시위를 했다. 지금은 코엑스 건물이 들어서 있지만 그때는 허허벌판이었다. 위원장인 내가 앞장서서 '군부독재 물러가라!'고 구호를 외쳐야 하는데 그게 잘 안되었다. 그런 걸 해본 적이 없었으니 구호도 노래도 제대로 못하고 우물쭈물하면서 나아갔다.

　강남경찰서는 우왕좌왕 갈팡질팡했다. 관내에 대학이 많이 있는 서대문경찰서나 성북경찰서는 데모 진압을 많이 해봤기 때문에 상황이 생기면 빨리 조처를 취하는데 강남경찰서는 데모를 진압해본 경험이 별로 없어서인지 신속하게 대응을 하지 못했다. 결국 성북경찰서에서 지원을 나왔다. 세 시간 정도 길을 막아놓고 데모를 하던 우리들은 경찰이 최루탄을 쏘아대자 더 이상 견딜 수가 없었다. 집회에 나갔던 스님들과 대학생 불교연합회 학생들, 대한불교청년회 회원들이 봉은사로 뛰어 들어갔다.

나는 뛸 수가 없었다. 승복을 입은 채 등을 보이고 뛴다는 게 자존심이 허락하지 않았다. 그대로 서 있었더니 두 사람이 뛰어와 독수리가 병아리를 채가듯 나를 붙잡아 경찰차에 실었다. 방독면을 쓴 경찰들이 나를 끌고 가는 사진이 당시 신문에 실렸다.

나는 강남경찰서에서 조사를 받고 치안본부, 안기부, 보안사에서도 조사를 받았다. 이틀 밤을 꼬박 샜다. 감옥에 들어갈 작정을 한 사람이니 모든 것을 다 내가 했다고 말했다. 나중에는 오히려 경찰들이 "스님, 이렇게까지는 안 하셔도 됩니다." 하고 말할 정도였다.

주동한 나를 비롯해 스님 세 사람, 대불련 학생 두 명에게 구속영장이 떨어졌다. 다섯 명이 포승줄에 묶여 호송 버스에 올라탔다. 아는 스님들 몇 사람이 밖에서 걱정스러운 얼굴로 쳐다보고 있기에 그들에게 손을 흔들었다.

나는 일단 동부지청으로 끌려갔다. 각 경찰서에서 구속기소된 사람들이 넘어오면 구치소 유치장 안에 있는 감옥에 집어넣는다. 유치장으로 들어가자 험상궂게 생긴 경찰관이 대번에 욕부터 시작했다.

"야, 이 새끼들아. 앉아 일어서, 앉아 일어서. 동작이 이게 뭐야!"

나 혼자였으면 무서워서 그들이 시키는 대로 했겠지만 후배들 앞이라 가만히 서 있었다.

"야, 너는 뭐 하는 놈이야? 이 새끼가 귓구멍이 막혔어?"

그러자 나도 욕을 섞어 큰소리를 쳤다.

"너 이 자식, 어디다 대고 욕이야!"

스님이 욕을 하니 죄수들이 전부 놀라 쳐다보았다. 덩치가 큰 경찰관 셋이 달려 나와 나를 질질 끌고 갔다. 나는 이왕 이렇게 됐으니 한식寒食에 죽으나 청명清明에 죽으나 죽긴 마찬가지다 싶어 고래고래 소리를 질렀다.

"형이 확정되기 전까지는 무죄야. 아직 죄인이 아니라고!"

그래도 명색이 불교탄압대책위원장이니 함부로 했다가는 시끄럽겠다 싶었나 보다.

"저 자식 독방에 처 넣어."

독방에 들어가니 안이 써늘했다. 독방 안에는 화장실이 같이 있었는데 거기서 독한 냄새가 올라왔다. 둘러보니 담요가 한 장 있었다. 담요를 펴고 가부좌를 틀고 앉아 『천수경』에 나오는 신

묘장구대다라니를 외웠다. 신묘장구대다라니를 빨리 외우면 집
중이 잘된다. 그러면서도 큰 힘이 느껴진다. 내가 뭔가를 계속
중얼거리고 있는 게 이상했는지 간수가 물었다.

"뭘 그렇게 중얼거려?"

"너희 놈들 지옥에 떨어지라고 주문 외운다."

내 독설이 기분 나빴는지 그가 나를 독방에서 꺼내 사무실
로 데려갔다. 사무실에 있던 책임자가 말했다.

"스님, 여기는 강도, 강간, 살인범에다 어린애를 성추행해서 잡
혀 들어온 놈들까지 있습니다. 점잖게 '앉으세요, 일어서세요.'
해서는 이런 놈들을 다룰 수가 없습니다. 스님께는 미안하게 됐
습니다."

그의 하소연을 듣고 나니 그들의 애환도 일면 이해가 되었다.
그가 커피를 한 잔 주었다. 추운 데서 떨다 왔으니 따뜻한 커피
를 얼른 마시고 싶었다. 하지만 안에 있는 다른 스님들과 같이
마시면 모를까 나 혼자서만 마실 수는 없다고 버텼다. 결국 경
찰관이 쟁반에 커피를 다섯 잔 받쳐 들고 내 뒤를 따라와 유치
장 안에 있는 스님들한테도 한 잔씩 갖다주었다.

복도 건너편에 있던 죄수들이 그 모습을 보고 젊은 스님이 데
모하다 잡혀 왔는데 경찰들한테 커피까지 배달시켜 먹었다고
소문을 냈다. 그 사건 때문인지 나중에 구치소로 넘어갔을 때

다른 죄수들이 나한테 잘 대해주었고 덕분에 구치소 안에서도 하고 싶은 말 다 하면서 유세를 떨고 살았다. 감옥에서 나올 때쯤에는 나의 별명이 '성동구치소 부소장'이었다.

조사를 받으러 갈 때 일반 죄수는 수갑만 채우는데 공안사범은 밧줄로 묶어 수갑을 채운다. 나는 그런 모습으로 검사에게 불려갔다. 검사에게 조사를 받는 자리에서 내가 무심코 다리를 꼬고 앉았다. 죄수가 다리를 꼬고 앉자 기분이 나빴는지 검사가 한마디 했다.

"거, 다리 푸세요."

"진술을 받을 때 다리로 말하는 것도 아니고 입을 꼰 것도 아닌데 뭐 다리 가지고 시비를 합니까? 물어보시오, 입으로 다 대답할 테니."

그렇게 검사를 기분 나쁘게 하고 성동구치소로 넘어갔다. 신체검사를 받고 방으로 들어가 보니 조직폭력배들이 있는 방이었다.

"요새는 중들도 독립운동 하나?"라고 하면서 저희들끼리 수군댔다. 거기선 데모하다가 들어온 사람들을 독립운동 하다 들어왔다고 했다. 공안 사범들은 감옥 안에서도 불의를 보곤 못 참았다. 시끄럽게 투쟁해서 반찬도 개선시키고 운동 시간도 더 받아내니 일반 재소자들이 좋아했다.

구치소 안에는 별의별 사람들이 다 있었다. 도둑들은 얼마나 손재주가 좋은지 수건의 올을 하나씩 풀어서 그 실로 별 걸 다 만들었다. 내가 감기 걸릴까봐 걱정해서 마스크를 만들어주었는데 시중에서 파는 것보다 튼튼하고 야무졌다. 얇은 비닐로 된 빵 봉지를 꼬아 입에 물고 손으로 문지르면 쭉 늘어나면서 실이 되었는데 그걸로 빨랫줄도 만들고 노끈으로도 썼다.

하루는 조사를 받으러 나가야 하는데 전날 저녁에 빨아 넌 러닝셔츠가 채 마르지 않았다.

"얘들아, 스님 조사 받으러 나가시는데 빨리 난닝구 안 말려드리고 뭐 하냐?"

그 방에서 제일 고참인 폭력배가 그렇게 말하자 졸병 죄수 둘이서 러닝셔츠 양쪽 귀를 잡고 흔들었다. 그러자 러닝셔츠가 금세 보송보송하게 말랐다.

금고털이범은 어떤 면에서 도 닦는 사람들과 비슷했다. 그들은 감옥에 있는 동안 손을 놀리는 감각이 떨어질까봐 부단히 노력했다. 날계란을 톡톡 쳐서 조금 이지러지면 속에 있는 하얀 막이 상하지 않게 껍질을 뜯어냈다. 아침을 먹고 시작하면 점심 먹을 때까지 꼼짝 않고 앉아서 계란 껍질을 뜯어냈다. 잘못해서 터지면 새 달걀로 바꾸어 처음부터 다시 시작했다.

그들의 집중력은 가히 놀라웠다. 계란 껍질을 뜯어낼 때 그들의 얼굴을 보고 있으면 얼마나 집중을 하는지 도인의 얼굴과 다를 바 없었다. 도둑도 저렇듯 정성을 다하는데 도를 닦는 사람이 건성으로 닦는 체만 해서 될 것인가 하는 반성이 절로 들었다.

한 가지 행동을 반복적으로 계속하는 사람들은 단순하다. 자기 분야에만 관심을 가지고 거기에 몰입한다. 그렇게 한 가지에 몰입하다 보면 어느새 잡스러움이 다 떨어져버린다. 어디서 무슨 일을 하든 집중과 지속이 어느 경지에 오르면 도와 일맥상통하는 것이다.

두 달 정도 감옥에 있었더니 밖에서 보다 몸이 좋아지고 얼굴도 달덩이처럼 훤해졌다. 누가 면회를 오면 하고 싶은 이야기를 마음대로 하면서 지냈다. 내 담당 변호사로 조영래 변호사가 선임되었다.

조영래 변호사는 영민하고 인품도 좋았다. 많은 사람들을 아우를 수 있는 넉넉한 가슴을 가진 분이었다. 조영래 변호사가 몇 번 면회를 오더니 나중에는 기가 막히는지 "도대체 스님은 여기 놀러왔습니까? 뭐가 좋아서 만날 싱글벙글 웃습니까?"라고 물었다.

이때의 인연으로 조영래 변호사와 가깝게 지냈다. 그는 내게 많은 진보 지식인들을 소개시켜줬다.

검찰은 공안사범을 잡아오면 일단 반성문을 받으려고 한다. 이른바 전향서다. 작정하고 감옥에 간 내가 그런 걸 쓸 리가 없었다. 급기야 은사 스님이 면회를 오셨다.

"이놈아, 네가 어쩌다가 이렇게 나라에 몹쓸 짓을 했느냐. 빨리 잘못했다고 한마디만 해라. 그러면 널 내보내준단다."

나는 걱정스런 마음으로 나무라는 은사 스님께 무례하게 대하고 말았다.

"저는 잘못한 거 없으니 그런 거 쓰라고 하지 마세요."

그 말에 은사 스님이 얼마나 화가 나셨는지 돌아가서 "그놈은 진짜 빨갱이 같더라"고 하셨다고 한다.

성철 스님은 내가 구속되었다는 소리를 듣고는 원택 스님에게 "우얏든 간에 겨울에 거기 놔뒀다가는 큰 골병 든데이. 잘못된 게 있으면 해인사 쌀 곳간에 가둬놓더라도 일단 퍼뜩 끌어내라"고 하면서 변호사 수임료로 삼백만 원을 보내주셨다. 당시로는 꽤 거금이었다.

그 와중에 전국에 있는 이천백여 명의 스님들이 석방 청원에 서명했다. 어떻게 해서든 감옥에 더 있으려고 했으나 결국 감옥에 더 이상 사는 게 어렵게 되었다. 검사도 내 형량을 좀 적게 해서 빨리 내보내려고 했는지 '반성문은 안 쓰지만 앞으로 데모는 하지 않겠다'고 한다고 동부지청장에게 보고를 했다.

검찰에서 이 년을 구형했다. 나는 '한겨울 뼈에 사무치는 추위가 아니면 어찌 코끝을 찌르는 매화의 향기를 얻으리'라는 황벽 스님 시의 한 구절을 인용해서 최후진술을 했다.

'지금 이 시대의 혹독함, 독재 권력의 가혹한 탄압을 민주화의 향기로운 꽃을 피우기 위한 시련으로 생각한다'는 내용이었다.

나중에 담당 검사는 윗사람으로부터 '이게 반성을 한 사람이냐'는 질책을 들었다고 한다. 판사는 징역 6개월에 집행유예 2년을 선고했다.

선고를 받던 날 무슨 즐거운 일이라도 있는 듯 함박웃음을 지었던 내 모습에 도반 스님들도 말이 많았다고 한다. 재판장에 왔던 어느 도반은 '좋은 수좌 하나 버렸다'고 했고 어느 도반은 '죄진 사람이 반성의 기미도 없이 신바람이 나 있다'고 비판했다고 한다. 하지만 '훗날 사람들이 다시 평가할 것이다'라고 나를 옹호한 도반도 있었다고 한다.

어쨌든 두 달 동안의 감옥 생활은 내 일생에 다시는 할 수 없는 소중한 경험이었다. 몸은 좁은 공간에 갇혀 있었지만 그곳은 세상을 배운 큰 도량이었다.

듣는 연습

출소하자마자 백련암으로 가서 성철 스님께 인사를 드렸다.

"추운데 고생 많았제?"

"국립 선원에 가서 공부 좀 하려고 했더니 밖에서 어찌나 시끄럽게 하는지 제대로 날짜도 못 채우고 나오게 됐습니다."

노장님은 어떻게 해서든지 빨리 나오게 하려고 애를 썼는데 내가 배은망덕한 소리를 하니 혀를 끌끌 차셨다.

"저 노무 자슥 하는 소리 봐라. 저거 더 살아야 하는데 괜히 꺼내 가지고."

그러더니 대뜸 물으셨다.

"니 대중이 패가, 영삼이 패가?"

한창 김대중 씨와 김영삼 씨가 정치를 재개하려고 할 때여서 시국이 궁금하신 것 같았다.

"전 스님 패입니다."

"저놈, 입은 살아가지고."

감옥에 들어갔다 나오니 불교 운동권 스타가 되어 있었다. 불교계에 공안사범으로 잡혀갔다 온 사람이 거의 없을 때였다. 해인사에서 선방으로 갈 준비를 하고 있는데 중앙승가대학교 학생들이 개운사 주지로 와 달라고 청했다. 일언지하에 거절했다. 주지를 맡는 것은 수행자가 가야 할 근본적인 길에서 이탈하는 것으로 생각할 때였다.

학생들이 여러 번 간절하게 청하기에 주변 스님들과 상의해보았더니 한국 불교를 바꾼다는 의미에서라면 갈 만하다고 했다. 개운사 안에 중앙승가대학이 있었고 불교계에선 중앙승가대학 스님들이 가장 활발하게 사회운동을 하던 때였다.

1987년 3월에 개운사 주지로 갔다. 감옥에서 금방 나온 전과자가 주지로 왔다며 신도들 사백 명 정도가 서명을 해서 총무원에 주지 교체를 청원하고 시위까지 했다.

나는 개운사 주지로 가자마자 4월 초파일에 다는 등 값에 차별을 두던 관행을 없애버렸다. 전부 '평등 등'으로 바꾼 것이다. 먼저 와서 달고 싶은 자리에 달고 가격은 알아서 내라고 했다. 절 살림을 맡은 스님들의 반발이 심했다. 하지만 부처님 오신 날이 지나고 결산을 해보니 그 전 해와 별로 큰 차이가 나지 않았다.

보시는 기쁘고 즐거운 마음으로 해야 한다. 보시함에 기쁠 희(喜) 자가 새겨져 있지 않은가. 등도 마찬가지다. 즐거운 마음으로 등을 켜야 한다. 등을 다는 데 빈부가 어디 있는가. 절에서 등 값을 결정해서는 안 된다는 것이 나의 생각이었다.

1987년에는 호헌철폐와 독재타도를 외치는 시위가 하루에도 몇 번씩 있을 정도로 사회가 매우 시끄러웠다. 6월항쟁과 6·29선언으로 혼란하던 그 시절 내가 주지로 있던 개운사에서는 반정부 시위와 집회가 끊일 날이 없었다. 개운사 주지를 하던 일 년 동안 집시법 위반으로 경찰서에 잡혀갔다가 풀려나온 적도 여러 번 있었다.

나는 10·27법난 때처럼 절이 군홧발에 짓밟혀도 정권에 항의 한번 제대로 못하는 불교의 처참한 모습이 자존심 상하고 가슴 아팠다. 이런 상황까지 오게 된 것은 우리 수행자들에게 많은 책임이 있다고 생각했다. 그래서 목사님이나 신부님들보다 더 격렬하게 사회의 불의에 항거하며 뛰어다녔다. 개운사가 '제2의 명동성당'이라는 얘기를 들을 정도였다.

김대중 전 대통령이 동교동 자택에 연금되어 있을 때의 일이다. 김병오 의원이 김대중 선생을 한번 만나지 않겠느냐고 했다.

경찰관들이 집 주위를 지키고 있던 밤에 김대중 선생과 한 시간 반 동안 얘기를 했다. 그런데 얘기를 나눈 게 아니라 일방적으로 얘기를 들었다고 해야 옳다.

말하는 것으로는 누구에게도 밀려본 적이 없는 나에게 그분은 한 번도 말할 기회를 주지 않았다. 불교에 대해서도 얼마나 아는 게 많았는지 『화엄경華嚴經』에서 『유마경維摩經』까지 술술 이야기가 나왔다. 나도 얘기를 좀 하고 싶었지만 끝까지 기회를 잡지 못했다. 한 시간 넘도록 이야기를 듣다가 시간이 되어 자리에서 일어나는데 은근히 화가 나서 한 마디 했다.

"중보다 불경을 더 많이 아시는 거 같습니다. 그렇다고 그걸 가지고 중 앞에서 자꾸 얘기를 하면 좋아할 사람 아무도 없습니다. 그리고 듣는 것도 좀 연습을 하셔야겠습니다."

그런 인연으로 김대중 전 대통령은 1987년 6월항쟁 끝에 연금이 해제되자 첫 강연을 개운사에 와서 하게 되었다.

"개운사의 개운이 열 개開 운세 운運이니 저도 이제 운이 열릴 것 같습니다."

그렇게 연설을 시작했던 기억이 난다. 훗날 대통령이 되셨으니 그 말이 틀린 건 아니었다.

사실 김대중 선생 강연회는 승가대 학생회와 교무처 그리고 개운사 주지인 내가 같이 상의해서 결정한 것이었다. 그런데 결정을 하고 나서 며칠 후에 승가대학교 쪽에서 강연을 취소하자고 연락을 해왔다. 이미 유인물도 다 만든 상태였고 불자뿐 아니라 다른 종교인이나 사회 단체들도 많이 오기로 되어 있는데 한번 약속한 걸 취소하면 우리 불교에 대한 신뢰가 무너져서 안 된다고 하며 억지로 강연을 강행했다.

결국 나는 그 일에 대한 책임을 지고 개운사 주지를 그만두게 되었다. 처음 개운사 주지로 갔을 때 주지를 교체해달라고 시위를 했던 신도들이 내가 주지를 그만둘 때는 떠나려는 나를 말리기 위해 개운사 앞마당을 돌며 데모를 하는 웃지 못할 일이 벌어졌다. 주지인 나에게 배운 게 데모 아니냐는 것이었다.

이후 봉은사에 있을 때 김대중 전 대통령과 한 번 만나기로 했었는데 김대중 전 대통령의 건강이 급속도로 나빠져서 만날 수 없었다. 그리고 얼마 후 김대중 전 대통령이 서거했다.

나는 왜 출가했을까

오랫동안 사회운동을 하면서 이런 생각도 들었다. 내가 시국의 문제를 해결하기 위해 머리를 깎았던가.

'인간의 삶이란 어디든 시비 다툼이 있고 어려움이 있는 건데, 내가 그런 곳마다 다 쫓아다닐 수는 없다. 내 마음속에 일어나는 분노와 갈등도 다스리지 못하면서 어떻게 시국의 문제를 짊어질 수 있을까?'

이런저런 회의가 들었다. 일 년 만에 개운사 주지를 내려놓고 다시 봉암사로 갔다.

봉암사가 위치한 희양산은 산세가 거칠다. 봉암사는 중 오백 명이 살지 않으면 도적 오백 명이 살 거라는 말이 있을 만큼 기운이 센 곳이다. 내가 수시로 안거를 나며 내 출가 인생의 삼분의 일을 보낸 마음의 고향 같은 곳이다.

1982년 여름, 봉암사에 방부를 들였을 때의 일이다. 어느 날 대학생들이 놀러와 옥석대 앞에 텐트를 쳤다. 나는 젊은 스님들과 함께 옥석대로 가서 이곳은 스님들의 수행 도량이니 시끄럽게 놀고 떠드는 것은 안 된다며 우격다짐으로 학생들을 몰아냈다. 그때까지만 해도 봉암사 입구의 홍문정에서부터 개울을 따라 쭉 올라오는 길은 사람들이 많이 놀러오던 곳이었다.

그다음 날 봉암사 산문山門을 폐쇄하자는 안건을 대중공사에 붙였다. 여름이 되어 관광객들이 본격적으로 몰려오기 전에 사람들의 출입을 막아버리자는 게 내 주장이었다. 봉암사 밖에서도 반대가 심했고 안에서도 반대가 심했다. 봉암사가 위치한 가은읍에서는 석탄 산업이 사양길을 걷자 봉암사를 관광지로 개발하려고 부지 선정까지 해둔 상태였고 여행사들은 '신비의 계곡' '감춰진 보물'이라며 봉암사를 새로운 관광지로 선전하고 있던 차였다. 당시 조실 스님이던 서암 스님도 스님들끼리 공부하겠다고 일체중생의 귀의처歸依處를 막는 것은 부처의 법에 맞지 않는다며 반대를 하셨다.

그럼에도 불구하고 많은 스님들이 서명 운동을 하면서까지 동참해주었고 결국 봉암사 산문을 폐쇄하는 일을 관철시킬 수 있었다. 그 덕분에 봉암사는 지금까지도 많은 수행자를 위한 청정한 수행 도량으로 남아 있게 되었다.

삼년결사를 단단히 결심하고 봉암사에 방부를 들인 어느 날 나는 지대방 앞을 지나다가 이런 소리를 듣게 되었다.

"명진이 저 사람은 운동권이여, 선방 수좌여? 툭하면 서울에 올라가서 운동한다고 돌아다니다가 또 툭하면 선방에 내려오니 도대체 뭐하는 인간인지 모르겠어."

그 말을 듣고 다시 한번 내 자신을 뜨겁게 돌아보게 되었다.

'도대체 내 실체는 뭔가?'

선방 수좌도 포교사도 운동권도 아니었다. 그동안 공부했던 시간들을 돌이켜보았다. 새벽에 눈을 떠 잠자리에 들 때까지 화두가 끊어지지 않고 지속되었던가? 생각 생각이 화두로 이어졌던가? 아니었다. 벽을 마주보고 앉아 꾸벅꾸벅 졸고 있었으면서 그걸 정진한다고 했다. 공양 시간이면 맛있는 반찬에 마음이 갔고 차를 마시면서 우스갯소리를 일삼았다.

물론 하루 열여섯 시간씩 선방에 앉아 있던 적도 있었다. 잠깐 눈 붙이고 밥 먹고 화장실 가는 시간을 빼고 하루 종일 앉아 있었다. 그렇게 미련을 떨고 공부하는 척하기도 했다. 그러나 오래 앉아 있었다고 해서 공부가 더 잘된 것도 아니었다. 무리하게 시간을 짜다 보면 실답게 공부가 되는 게 아니라 오히려 앉아 있는 것으로서 공부를 삼게 된다.

그 무렵 나는 계를 받은 지 어느덧 이십여 년이 가까워지고 있었다. 그간 나름대로 공부에 대한 견해가 서긴 했지만 밑동이 쑥 빠져버린 것같이 개운한 느낌이 든 적은 없었다. '이건 아닌데……' 하는 갑갑함이 늘 마음속에 자리하고 있었다.

분한 마음이 들었다. 그동안 공부했던 것을 다 놓아버리고 새로 시작하는 마음으로 자세를 고쳐 앉았다. 딴 생각이 들어오지 못하도록 마음을 다잡고 치밀하게 정진했다. 새벽에 눈 떠서 밤에 잠 잘 때까지 '나는 누구인가'를 묻는 물음이 끊어지지 않도록 했다.

일단 주변 사람들과 말을 하지 않았다. '이 문제를 빨리 해결하지 못하면 나는 아무것도 할 수 없다'는 간절한 마음으로 앉아 있었다. 할 수 없이 말을 할 때라도 내가 지금 공부를 놓고 있는지 내가 말에 딸려 가는지를 항상 점검했다. 24시간 깨어 있는 것이 간단하진 않았다. 중간에 화두가 끊어지면 '놓쳤구나.' 하고 바로 돌아와서 다시 챙겨나갔다.

그렇게 며칠 지나자 공부가 편해지기 시작했다. 애를 쓰지 않아도 밥을 먹을 때 그냥 알 수 없는 그놈이 밥을 먹었다. 며칠 동안 의심이 끊어지지 않았다. 밤에 누워 있어도 잠이 오지 않았다. 의식이 초롱초롱한 상태에서 알 수 없는 물음과 함께 있었다. 다른 스님들이 잠들고 나면 일어나서 산으로 올라갔다.

그렇게 한 달 정도를 지냈다.

봉암사에는 마애불이 조각되어 있는 옥석대라는 바위가 있다. 나는 자주 그곳에 포행을 나갔다. 그날도 점심을 먹고 그곳으로 갔다. 재잘거리는 산새 울음소리가 들렸다. 포행을 하고 내려오는 길에 물이 흘러가는 모습을 물끄러미 바라보다가 나도 모르게 무릎을 딱 쳤다.

> 바람이 불고 구름이 날아와도 허공에 흔적이 남지 않고
> 천년 물에 씻긴 바위의 모습이 오히려 더욱 뚜렷하구나
> 누가 조사가 서쪽에서 온 뜻을 묻는가
> 간밤 눈 덮인 산에 산새 울음소리가 그윽하구나

> 풍마운비천무흔 風磨雲飛天無痕
> 창랑교석유여골 滄浪嚙石猶如骨
> 하문조사서래의 何問祖師西來意
> 작야설산애조명 昨夜雪山哀鳥鳴

당시 봉암사에는 훗날 종정까지 지내신 서암 스님이 조실 스님으로 계셨다.

어느 날 저녁 선방에 앉아 공부에 대해 묻는 소참법문小參法問

시간이었다.

서암 스님이 법문을 하셨다.

"생각이 일어나고 꺼지는 것이 바로 생사다. 생각이 일어나고 꺼지는 것이 끊어지면 그것이 바로 성품을 본 것이다."

화두가 순일하고 의심이 끊어지지 않도록 간단없이 애를 써 나가다 보면 궁극에 이른다는 내용의 법문이었다.

그때 조실 스님은 봉암사에 108평짜리 법당을 새로 짓고 있었다. 법당을 크게 지을 때 나는 반대 입장에 있었다. 산이 거칠면 집은 작아 산에 안겨야 한다. 산이 거친데 집까지 크면 부딪친다.

법문이 끝나자마자 내가 여쭈었다.

"스님, 한 말씀 여쭙겠습니다. 지금 법당을 새로 짓고 있는데 108평짜리 법당에는 대체 몇 근짜리 부처가 들어갑니까?"

"억!"

노장이 큰소리로 할喝*을 했다. 멋진 대답이었다. 하지만 나는 거기에서 물러나지 않았다.

"스님, 어떻게 그렇게 이르실 수 있습니까? 첫 철을 난 사미도 그런 대답은 안 합니다."

---

* 말로는 표현할 수 없는 마음의 작용을 표현하거나 수행자를 호되게 꾸짖을 때 발하는 것.

"그러면 명진 수좌는 뭐라고 이르겠는가?"

내가 '억!' 하고 똑같이 소리를 질렀다.

"스님도 할을 하고 저도 할을 했습니다. 스님의 할과 저의 할이 어떻게 다릅니까?"

그쯤에서 절하고 물러나야 하는데 못된 소리를 한마디 더 했다. 지금 생각하면 얼굴이 뜨겁고 부끄러운 일이었다. 하늘 높은 줄 모르고 잘난 체하는 것이 발동하니 앞뒤가 없었다.

"한 번 더 여쭙겠습니다. 옥석대 마애불이 올 겨울 추위에 깊은 중병에 걸렸습니다. 무슨 약을 써야 그 병이 낫겠습니까?"

"나는 무슨 약을 써야 좋을지 모르겠네."

"그 약 처방을 제가 내리겠습니다."

그러고 나서 노장님에게 다시 한마디 말씀드렸다.

나는 기고만장해서 앞이 보이지 않는 상태였다. 법거량을 할 때 상대가 쓰러지면 거기서 멈춰야 한다. 그런데 나는 쓰러진 사람에게 한 번 더 발길질을 한 셈이었다.

걸망을 쌌다. 1989년 11월, 보름달이 휘영청 밝았다. 함께 공부하던 수경 스님이 봉암사 홍문정까지 같이 내려오면서 물었다.

"워쪄, 지금 기분이?"

물이 차고 더운 것은 마셔봐야 안다. 언어도단처言語道斷處 즉, 말 길이 끊어진 자리이다. 또한 미개구즉착未開口卽錯 곧, 입을 열면 그르치는 것이 아니라 입을 열기도 전에 이미 그르치는 것이다.

달은 그냥 환하게 만상을 비춘다. 달이 어디는 비추고 어디는 비추지 않으려고 하는가? 환하고 어둡고는 밑에 있는 사물의 경계일 뿐이다. 본디 진리는 환하게 드러나 있는데 받아들이는 개개인의 입장에 따라 다르게 보인다.

수경 스님과 그런 얘기를 하면서 걸었다.

깨달음을 얻었다고 생각해서 결제 중간에 보따리를 싸가지고 나왔으니 얼마나 기분이 좋았겠는가. 나는 여태껏 살아오면서 달밤에 봉암사에서 걸어 내려오던 그때가 가장 좋았다.

이후에도 나는 사회문제를 위해 동분서주 애를 쓰다가도 일 년에 삼 개월씩 한 철은 선방에 들어앉았다. 선방에 가 있을 때가 제일 행복했다. 몸과 마음에 힘을 빼고 공부하는 그 순간이 나에게 삶의 의미를 주고 힘을 불어넣었다. 수행이 선방에만 있는 게 아니고 승속僧俗이 둘이 아니란 걸 더 분명히 깨달았다. 세속에 나와 있어도 공부할 수 있고 산중에 앉아 있어도 세상과 함께할 수 있다. 나는 그 둘 중 어느 하나만 선택하는 일은 어리석은 일이라고 생각한다.

이명박 정부의 압력과 종단의 결탁으로 고초를 겪은 것도 사실이다. 봉은사에서 나온 뒤로도 쓴소리를 멈추지 않았다. 결국 조계종으로부터 승적을 박탈당했다. 열아홉에 출가해 반세기 동안 몸담았던 절에서 나이 칠십에 쫓겨난 셈이니 오십 년 근속한 직장에서 해고당한 것과 같다. 그 후 〈우리가 남이가〉라는 TV 예능프로그램에 출연했었는데, 개그맨 박명수 씨가 나보고 '프리랜서'라고 했다. 그 말에 웃음이 터졌다. 과거에는 종단에 소속되지 않은 수행자들이 많았다. 수행자에게 중요한 것은 끝없이 묻는 것이지 종단에 소속되어 한 자리 하는 게 아니다. 그래도 오십 년 몸담은 종단이 큰 의지처가 된 것은 사실이다. 나는 그 의지처조차 버려야 한다고 생각했다.

승적이 박탈되고 경기도 수원에서 거리 집회를 하며 부처님이 한 나무 아래에서 사흘을 머물지 말라고 했던 뜻을 되새겼다. 그동안 내가 집착하진 않았는지 되돌아보며 출가의 첫 마음, 첫 자리로 돌아가겠노라고 다짐했다. 어떤 것에도 걸리지 않는, '나는 누구인가?'를 묻는 그 물음의 자리로 돌아간 것이다.

승적을 박탈당하고 나는 더 자유로워졌다. 광화문광장에서 사람들과 함께 촛불을 들었다. 그때 울리던 촛불의 함성을 잊을 수 없다. 그 어떤 법당의 염불보다 아름다웠다. 나라를 바로 세우겠다는 그 간절한 염원으로 매서운 날씨에도 꿋꿋이 촛불을 든 사람들의 모습은 하나의 기도였다.

〈불교신문〉은 2017년 6월 5일 「"한전부지 개발권 넘기면

500억 주겠다"라는 제목의 기사를 냈다. 내가 봉은사 주지를 할 때 옛 봉은사 토지를 두고 종단의 승인 절차 없이 막대한 금전이 오가는 뒷거래를 시도한 정황이 드러났다는 내용이었다. 이는 법원에서 거짓으로 판결났다. 〈불교신문〉은 조계종을 대표하는 신문이다. 이런 거짓 기사를 보면 조계종의 수준을 짐작할 수 있다.

결국 나를 징계했던 것은 잘못으로 드러났다. 조계종이라는 것도 하나의 틀인 셈이다. 백기완 선생을 비롯한 신학철 화백, 이수호 전 민주노총 위원장, 함세웅 신부, 염무웅 선생, 신경림 선생 등 원로 지식인 선생들이 승적 박탈을 즉각 철회하라고 기자회견을 열었다. 어른들께서 나를 위해 나서준 것이 나에겐 어떠한 훈장을 받은 것보다 더 값지다. 내 인생에 자랑할 게 있다면 바로 이것이다.

언젠가 염무웅 선생과 김종철 선생과의 자리에서 뉴스에 보도된 남한과 북한의 저녁 풍경을 찍은 위성사진에 대해 얘기한 적이 있다. 남한의 밤은 화려한 불빛으로 빛나고 있었고 북한의 밤은 쥐 죽은 듯 조용하고 깜깜했다. 이 사진을 보고 사람들은 북한은 못 살고 남한은 잘산다고 떠들었다. 김종철 선생은 "밤에는 자야지. 밤은 깜깜한 게 정상이고 환한 게 비정상이야." 하고 말씀하셨다. 염무웅, 김종철 선생은 내게 스승과도 같은 분들이다. 이분들은 욕망만을 쫓는 세상을 비판하면서도 동시에 나 자신은 욕망을 쫓고 있진 않은지 늘 경계하셨다.

승적을 박탈당하고 나서 나는 여러 활동을 벌였다. 다만 사회 문제에 발언할 때 나도 모르게 힘주고 있는 건 아닌지 돌아보려고 애썼다. 그러던 차에 로스앤젤레스 평화의 교회 김기대 목사의 초청으로 미국에도 다녀왔다. 김 목사는 이전에도 나에게 몇 번 미국 방문을 제안했는데 그때마다 중요한 일이 생겨 거절할 수밖에 없었다.

2018년 여름, 로스앤젤레스뿐만 아니라 샌디에이고, 워싱턴, 노스캐롤라이나, 뉴욕 등을 순회하며 법회를 열었다. 어느 날 저녁 김 목사가 내게 말했다.

"스님, 제가 내일 중요한 분을 만나 봬야 하는데……"

무슨 부탁이 있는 듯하여 편히 말하라고 했다. 그러자 그는 "주님과 3차까지 길게 만나볼까 합니다. 내일 예배는 스님이 맡아주십시오." 하고 눈을 반짝였다.

나는 그날 마태복음 5장 3절로 이야기의 물꼬를 텄다. 그 구절은 이렇다.

"마음이 가난한 자는 복이 있나니 천국이 그들의 것임이요."

마음이 가난하다는 건 뭘까. '마음이 가난하다'라는 말은 모든 번뇌가 사라진 상태를 말한다. 번뇌가 마음에서 사라지기 위해서는 욕심에서 벗어나야 한다. 우리는 모르는 것을 욕망할 수 없고 생각할 수도 없다. 모른다는 것은 일체 모든 앎이 끊어진 자리, 힘 뺀 자리다. 힘을 빼면 욕심이 사라진다. 욕심뿐 아니라 미련이나 후회 따위들도 사사롭게 느껴진다.

귀국 후 사단법인 〈평화의길〉을 세웠다. 이 조직은 내 마음의 평화와 우리 이웃의 평화 그리고 한반도의 평화를 위해 걷고 또 걷는 새로운 단체다.

평생 좌충우돌 살아온 내가 〈평화의길〉이라는 단체를 만든다고 하니 주변 스님 가운데 몇몇 분들은 고개를 가웃거렸다. 하지만 내가 끊임없이 좌충우돌 살아왔기에 오히려 평화에 대한 간절함이 더 크다고 생각한다. 내가 생각하는 평화는 멀리 있지 않다. 내 마음의 평화를 위해 성찰하다 보면 어느새 행복한 나 자신을 발견하게 될 것이다. 내가 평화로워야 다른 사람에게도 평화를 전해줄 수 있다.

승적을 박탈당하고 첫 마음으로 돌아왔으니 더 부지런히 공부해야 한다. 평생 입바른 소리를 달고 살았으니 죽을 때도 큰 소리쳐야 하는데 걱정이 이만저만이 아니다.

가사를 벗다

불교 집안이 만신창이가 되어 연일 매스컴에 오르내렸을 때다. 1994년 당시 총무원장이었던 의현 스님이 총무원장 삼선三選에 나서자 그것에 반대하는 개혁파 스님들이 삼선을 저지하려고 나선 가운데 종단의 분규가 시작되었다.

나는 그때 모든 사회운동을 정리하고 봉암사에 들어가 있었다. '나는 왜 출가했는가?' '나는 정말 뭘까?' 묻는 것에 끝장을 보기 위해 젊은 스님 몇 사람과 함께 삼칠일 동안 용맹정진을 하고 있었다. 정진을 시작한지 이 주쯤 되었을 때 서울로 올라오라는 연락을 받았다. 상황이 심각하다는 것이었다.

삼칠일 용맹정진을 끝내고 서울로 올라와 보니 조계사에서 농성하던 개혁파 스님들이 모두 개운사로 물러나 있었다. 다행히 개혁파에게 힘이 실리고 점차 분위기가 좋아지면서 조계사에서 전국승려대회를 열기로 결의하였다. 드디어 4월 10일, 총무원 측의 온갖 방해에도 불구하고 전국에서 이천여 명의 스님들이 올라왔다. 그만큼 개혁에 대한 욕구가 컸던 것이다.

그런데 문제는 승려대회가 끝나면 스님들이 다시 지방으로 내려가는 데에 있었다. 스님들이 바로 흩어져버리면 그냥 대회 한번 치르고 끝나는 것이다. 어떻게 하면 지방에서 올라온 학인 스님들과 선방 스님들이 서울에 계속 남아 투쟁을 하게 할 수 있을까? 그들을 내려가지 않게 하려면 어떻게 해야 하는가?

나는 아주 긴급한 상황에 처하거나 중요한 결정을 내릴 때 '내가 만약 삼 일 후에 죽는다면 어떤 선택을 할 것인가'를 생각한다. 죽음은 가지고 있는 모든 것을 다 포기하고 내려놓게 한다. 잔뜩 끌어안고 그걸 지키기 위해 욕심을 내는 게 아니라 모든 것을 다 내려놓고 비울 때 올바른 판단력이 나온다.

4·10 승려대회가 열린 날 내가 대중연설을 맡았다. 나는 연설을 끝마치면서 이렇게 말했다.

"이번에 종단개혁이 이루어지지 않는다면 저는 불문佛門을 떠나겠습니다. 다시는 이 가사를 입지 않겠습니다."

그리고 그 자리에서 가사를 벗어서 갠 다음 원로의원 스님들 앞에 놓았다. 삼배를 하고 일어서 보니 앞에 앉아 계시던 원로 스님들이 전부 울고 계셨다. 개혁이 안 되면 중노릇을 그만하겠다는 젊은 수좌의 말에 그 자리에 참석했던 다른 많은 스님들이 울었다고 한다.

그 덕분인지 전국에서 올라온 스님들이 곧장 내려가지 않고 조계사 주변에 숙소를 잡아 일주일 이상을 총무원 청사에서 농성을 하였다. 결국 의현 스님은 물러났고 그로서 종단개혁의 발판이 만들어졌다.

승려대회가 끝나자 각 선방, 강원, 율원, 종회의원 중에서 선출된 백 명의 스님들이 개혁회의를 구성했다. 그리고 그중에서 이십 명 정도가 상임위원으로 선출되어 종단개혁을 진두지휘하는 지도부를 구성하였다. 총무원장 직무 대행에 해당하는 개혁회의 상임위원회 상임위원장으로는 나의 은사이신 탄성 스님을 모시게 되었다.

나는 상임위원이면서 개혁 세력의 중심축에 있었다. 내게 많은 제안이 들어왔다. 그러나 나는 그때 떠나야 한다는 결단을 내렸다.

'내가 조용히 지내는 성격은 아니지 않은가. 돌아다니면서 뭔가 일을 벌이는 스타일인데 만약 내가 은사 스님을 원장으로 모셔 놓고 중심 세력이라고 나서기 시작하면 어떻게 되겠는가.'

개혁위원도 상임위원도 모두 사표를 냈다. 지금도 판단을 잘

했다고 생각한다. 은사 스님께서 나에게 사서실장을 맡아달라고 부탁하셨으나 그것도 거절했다.

"아이구 스님, 제가 이 나이에 사서실장을 데리고 살면 모를까 스님 사서실장을 하겠습니까?"라며 참 버릇없게 굴었다. 그래도 은사 스님께서는 "어휴, 저놈 말하는 것 좀 봐." 하시곤 더 이상 말씀이 없으셨다.

사서실장이면 총무원장의 비서실장이다. 권력의 핵심이 되는 것을 의미했다. 인사에도 관여할 것이고 행정에도 관여할 것이니 차라리 깨끗하게 다 털고 떠나는 것이 수좌의 본분에 맞다 싶었다. 성철 스님을 시봉하던 원타 스님을 사서실장으로 추천하고 나는 봉암사 선방으로 내려갔다. 강화 보문사 주지를 하라는 제안이 들어왔을 때도 거절했다.

개혁회의가 해산되고 정식으로 개혁종단이 출범하면서 종회의원을 뽑았다. 종회는 종단의 법을 만드는 곳으로 스님들의 의견을 대변하는 곳이다. 나보고 종회의원을 하라는 추천이 있었지만 선방 다니는 사람한테는 욕이라고 생각했다.

그래도 종단이 제대로 자리를 잡으려면 열심히 개혁을 추진했던 사람이 종회에 들어가야 한다고 도법 스님과 수경 스님 등이 강력하게 나를 추천했다. 종회의원은 상근직도 아니라서 자유롭게 처신할 수 있는 데 왜 마다하느냐는 것이었다. 결국 종회의원을 하게 되었다. 이른바 종단 정치에 발을 딛게 된 것이다.

나는 종회 활동을 하면서 나에게 이익이 되는가 손해가 되는가를 기준으로 어떤 일을 판단해서는 안 된다고 생각했다. 다만 부처님의 가르침에 합당한지 아닌지만 생각하려 했다. 부처의 정법이라면 설사 그 길을 가서 손해를 본다고 해도 그 길을 가야 한다. 당장 나에게 이익이 따른다 하더라도 정법이 아니면 그 길을 가지 않아야 한다. 잘못된 길을 가면 그 과보가 필연적으로 따라오게 되어 있기 때문이다. 생각처럼 모든 일을 그렇게 했는지는 모르겠으나 기본 마음가짐은 언제나 변함없었다.

돌이켜 생각해보면 제도나 틀이 바뀐다고 해서 종단이 바뀌는 게 아니었다. 종단 개혁 전에는 총무원장이 스물다섯 개 교구 본사 주지 임명권을 갖고 있었기 때문에 총무원장이 종단을 좌지우지하면서 전횡을 하기 쉬웠다. 그런데 지금은 각 교구 본사마다 말사 주지들과 선거인단이 본사 주지를 선거로 뽑는다. 게다가 모든 위원회의 선출권이 종회의원들에게 있다. 총무원장의 권한을 대폭 종회의원들에게 넘겨준 것이다. 그러다 보니 종회가 종단 권력을 좌지우지하는 또 다른 세력이 되어버렸다. 결국 위로부터의 개혁은 성공하지 못한 셈이다.

수행자의 자리

봉은사 주지를 맡게 됐다. 주지란 단순히 절을 지키는 중이 아니라 본래 성품을 지키는 사람이다. 주지하려고 출가한 게 아니라 수행하려고 출가했으니 수행도 하고 사찰 운영도 잘하는 길을 찾아야 했다. 그게 봉은사에서의 천일기도였다.

봉은사는 우리나라 불교에서 중요한 위치를 차지해온 절이다. 보우 스님을 비롯해 서산 대사, 사명 대사 등의 걸출한 스님들이 배출된 곳이기도 하다. 그런데 현대에 들어와 봉은사에서는 이런저런 분규가 끊이지 않았고 그 과정에서 많은 신도들이 등을 돌리고 떠나갔다. 집이 가까워서, 혹은 오랫동안 다니던 절이라 마지못해 다니긴 해도 마음은 이미 떠나 있었다.

어떻게 해야 그 얼어붙은 마음을 녹이고 돌아선 마음을 다시 되돌릴 수 있을까? 포교가 방법일까? 아니면 크게 불사를 일으키는 것이 길일까?

그런 것으로 희망과 신심을 불러일으킬 수 있을까? 아니었다. 답은 부처님의 법에 있다고 생각했다. 불교는 부처님의 법을 배워서 우리 모두 부처가 되고자 수행하는 것이니 그 길로 가보자. 나는 천일기도를 생각했다. 내가 바뀌지 않고 무엇을 바꿀 수 있을까. 천 일 동안 밖에 나가지 말고 기도만 해보자.

2006년 12월 5일, 일요법회에 참석한 백오십여 명의 신도들 앞에서 천일기도에 입재한다고 말했다. 하지만 법당 안의 분위기는 썰렁하고 시큰둥했다. 말하는 내가 무안할 정도로 아무도 귀담아 듣지 않았다. 마치 벽에 대고 말하는 것 같았다. 나중에 들으니 신도들 사이에서 '얼마나 해먹으려고 저렇게 쇼를 하나.' 하고 말들이 많았다고 한다.

천일기도를 한다고 하니 주변의 스님들도 못 미더워했다. 워낙 자유롭게 살던 내가 백 일이면 몰라도 천 일 동안 기도를 하겠다니 믿기지 않았던 모양이다. '백 일도 못 버틸 것'이라며 내기를 하는 스님도 있었고, '큰절 주지를 맡아놓고 밥도 안 사려고 저런다'는 우스개로 나를 비난한 스님도 있었다.

한편에서는 큰절의 주지가 사 년 임기 중 삼 년 동안이나 밖에 나가지 않고 기도하는 게 맞느냐는 비판도 있었다. 절 살림도 살피고 불사도 해야 되는데 기도에만 매여 있으면 어떻게 하느냐는 거였다.

그러나 내 생각은 달랐다.

'봉은사를 제대로 꾸리려면 주지가 여기저기 인사나 다니고 종단 정치한다고 왔다 갔다 하면 안 된다. 그러면 절도 못쓰게 되고 나도 못쓰게 된다.'

절을 많이 하지 않던 사람이 매일 천 배씩 절을 하자 한 달이 채 못 되서 발이 퉁퉁 부어오르고 무릎도 허리도 난리가 났다. 제대로 앉지도 서지도 못하는 상황이 됐다. 그래도 끙끙 앓으면서 법당으로 갔다. 게다가 큰 절의 주지를 맡았으니 회의하랴 법문하랴 손님들 만나랴 챙겨야 할 일들이 많았다. 그렇게 하루 종일 바쁘게 지낸 다음 날 새벽에는 정말 일어나기가 싫었다. 하루만이라도 늦잠을 자고 싶었다.

기도나 수행을 하다 보면 하기 싫고 꾀가 날 때가 있다. 그렇게 몸뚱이 하나 꼼짝하기가 싫을 때 그 마음을 누르고 기도를 하면 기도에 힘이 생긴다. 어렵고 힘들다고 한 번 물러서면 두 번 물러서게 되는 것이고 오늘 할 일을 못하면 내일 할 수 있는 게 아니라 영원히 못하게 되는 것이다.

기도를 하다 어려운 고비가 생기는 것을 불교에서는 마장이라고 한다. 그런데 돌아보면 마장은 결코 밖에서 오는 것이 아

215

니다. 무너지는 건 내 마음이다. 세상을 속이기 전에 자신을 먼저 속이고 세상과 타협하기 전에 자신과 먼저 타협하는 것이다. 기도의 성취가 나 자신에게 달린 것처럼 마장을 극복하는 것도 고스란히 나 자신에게 달렸다.

드디어 천일기도를 시작한지 오백 일이 되던 날, 기도를 마치고 신도들을 향해 삼배를 했다. 내가 절을 하자 당황한 신도들이 황급히 일어나 절을 했다. 나는 그전까지 백일기도도 원만히 회향하지 못했다. 그만큼 바람처럼 구름처럼 한곳에 머물지 않고 자유롭게 살았다.

"여러분이 함께해주지 않았다면 여기까지 올 수 없었을 겁니다"라는 내 말에 신도들이 울음을 터뜨렸다.

나는 어떻게라도 신도들에게 고마운 마음을 표현하고 싶었다. 신도들은 기도하는 내내 나를 지켜준 호법신장護法神將들이었고 나와 함께 기도한 도반들이었다. 신도들은 여름에는 땀 흘린다고 수건을 가져다주었고 겨울에는 춥다고 내복과 양말을 가져다주었다. 마치 돌멩이를 하나하나 쌓아 올려 돌탑을 쌓듯 신도들의 마음 하나하나가 모여서 기도를 했던 것이다.

천일기도를 회향廻向하면서 신도들에게 말했다.

"제가 천일기도를 입재하면서 잃어버린 봉은사 땅을 되찾겠다고 했습니다. 그런데 이제 모두 되찾은 것 같습니다. 왜냐하면 그 잃어버린 땅에 사는 우리 신도님들 마음을 얻었기 때문입니다."

정말 그랬다. 처음에는 '운동권 스님'이 주지로 왔다고 마뜩찮게 생각하던 신도들이었지만 천 일 동안 하루 세 번씩 함께 기도하면서 천 갈래 만 갈래 흩어졌던 마음들이 한마음으로 모아져 갔다. 기도를 처음 시작할 때 '중창불사 원만성취'를 발원했지만 나는 신도들의 마음이 열린 것이 더 기쁘고 고마웠다.

천일기도는 내 삶을 성찰하는 소중한 시간이기도 했다. 기도를 하면서 정말 나 스스로 많이 달라졌다. 매일매일 기도하면서 부처님 법을 만난 것에 감사했고 사십 년 동안 내가 정말 진실한 수행자였는지 출가자의 본분에서 벗어난 적은 없었는지 깊이 참회했다.

천일기도 회향을 얼마 앞두고 산문을 나서야 할 일이 생겼다. 천일기도 중 907일째 되는 날 저녁에 봉하 마을에서 연락이 왔다. 노무현 전 대통령 영결식 때 불교 의식 집전을 맡아주었으면 좋겠다는 것이었다. 천일기도 중이라 갈 수가 없다고 거절했다. 기도 중에는 절 밖으로 나가지 않겠다는 약속을 했고 그 약속을 파하지 않고 잘 지키고 있던 중이었다.

다시 한 번 전화가 왔다. 권양숙 여사가 꼭 내가 집전해주었으면 한다는 것이었다. 권양숙 여사는 봉은사의 신도였다. 완곡하

게 거절했지만 밤새 잠을 이루지 못했다. 깜깜한 밤 혼자서 봉은사를 거닐었다. 이래도 난감하고 저래도 난감했다. '도대체 어떻게 해야 하나.' 뜬눈으로 밤을 새다가 결국 나가기로 결정을 내렸다.

호상이었으면 끝까지 안 나가겠다고 했을 것이다. 그런데 일국의 대통령까지 지낸 사람이 형은 감옥으로 보내고 부인과 아들도 검찰에서 조사를 받았다. 얼마나 심정이 참담했으면 목숨을 끊는 결정을 했을까, 유가족들의 심정은 어떨까 생각을 해보니 지옥이 따로 없을 것 같았다.

천일기도를 하는 중에 여러 가지 사건들이 있었다. 남대문이 불탔고 용산의 무고한 죽음이 있었고 노무현 대통령과 김대중 대통령이 서거했다. 그중 가장 힘들었던 일은 용산참사였다. 삶의 터전을 빼앗기게 됐는데 울분에 차지 않는 사람이 어디 있겠는가. 집 잃은 사람들이 망루를 설치한 건 죽겠다는 게 아니라 살려달라는 절박한 표현이었다. 그 남일당에서 목소리가 터져 나왔다.

"여기, 사람이 있다."

지장보살地藏菩薩은 고통 받는 중생이 한 중생이라도 있다면 그들을 제도濟度하기 위해 지옥까지 달려간다고 하지 않는가. 천일기도를 끝마쳐야 한다는 목적을 달성하기 위해서 저렇듯 안

타까운 청을 거절하는 것이 과연 수행자로서 맞는 것인가? 법당에 가서 절을 해야만 기도이고 선방에 들어앉아 참선을 해야만 수행인가? 세상과 더불어 같이 아파하고 기뻐하는 것이 기도이고 수행 아닌가.

우리는 매 순간 선택을 하고 결정을 한다. 다만 그런 선택이 자연스런 흐름을 거스르지 않도록 할 뿐이다. 천일기도 회향을 93일 남겨 놓고 산문을 나선 허물은 내가 안고 가는 거다. 천일기도는 끝났지만 내 기도는 아직 끝나지 않았다. 천일기도는 진실한 수행자로서 생의 마지막 순간까지 열심히 공부하고 이 땅에 부처님 법을 널리 펼치기 위해 정성을 다하겠다는 내 원력의 표현이었다. 중생의 번뇌가 끝없는데 어찌 수행자의 기도가 끝날 수 있겠는가.

내가 봉은사에 있으면서 수행 기풍을 바로 세우는 것 못지않게 중요시한 부분은 재정을 투명하게 하는 것이었다. 그동안 종단의 갖가지 분규와 불미스러운 사건들은 대부분 돈 문제로부터 비롯되었다. 재정 규모가 큰 사찰을 두고 분규를 일으키는 고질적 병폐의 치료 방법은 결국 재정을 투명하게 하는 것이다. 나는 봉은사부터 제도 자체를 근본적으로 바꾸어야 한다고 생각했다.

절에 들어온 돈은 전부 부처님의 돈이다. 그러니까 공금이다.

공금은 공금의 용처에 맞게 써야 한다. 재정을 투명하게 운영하는 시스템을 제대로 만들어 놓아야 앞으로 어떤 주지가 오더라도 돈 문제로 세간의 입에 오르내리는 일이 없게 될 것이다.

원래는 주지로 들어와 삼 년쯤 되었을 때 재정을 공개하려고 했다. 그런데 2007년에 동국대 신정아 사건과 마곡사 말사 주지 자리를 놓고 돈이 오고간 사건이 터지면서 세상이 시끄러워지고 불교의 위신이 땅에 떨어졌다. 그래서 봉은사에서라도 불교의 좋은 모습을 보여주자는 생각에 서둘러 재정 공개를 단행했다.

봉은사 내부에서는 취지는 좋지만 준비가 덜 됐으니 세부 사항을 정리한 후 2008년도 후반기에 공개하자는 의견이 많았다. 나는 '준비가 덜되었으면 덜된 대로, 신도들이 납득하기 어려운 부분이 있다면 솔직히 보여주고 고쳐 가면 되는 거다'라고 하면서 밀어붙였다. 불전함 열쇠도 신도들이 관리하도록 맡겼다.

그동안 사찰 재정을 재량껏 운영해오던 주지의 입장에서 보면 재정을 공개하는 게 불편할 수도 있다. 그런데 그것은 당연한 불편함이다. 그동안 불편하지 않게 산 것뿐이다. 재정을 공개해도 몸이 아픈 스님들의 치료비 정도는 줄 수 있지 않겠는가.

처음 주지로 왔을 때 꽁꽁 닫혀 있던 신도들의 마음이 천일기도로 조금씩 열리기 시작했고 재정 공개로 '마지막 빗장이 풀렸다'고 신도들이 말해주었다.

종교 단체의 재정 투명화는 앞으로 더욱 강화해나가야 한다. 개인적인 결단도 중요하지만 이런 것이 제도화되는 게 더 중요하다. 원칙에 따라 움직이는 시스템이 정착되면 시줏돈이 정말 귀하게 쓰인다는 것을 신도들이 알게 되어 중들을 더 신뢰하게 될 것이다. 그렇게 신뢰가 회복되면 앞으로 재정 규모가 계속 커질 것이고 종단에도 더 크게 기여할 수 있을 것이다.

나는 재정 공개나 천일기도가 너무나 당연한 일이라고 생각했는데 사회적으로 많은 관심을 받았다. 주지가 천일기도를 하고 사찰이 재정 공개를 했다는 사실이 화제가 되었다는 것은 그만큼 우리 불교 집안이 본연의 자리에서 멀어져 있었다는 뜻이기도 하다.

봉은사에서 시작된 작은 변화의 바람이 한국 불교 변화의 물꼬를 트는 계기가 되었으면 한다. 소비문화의 한복판에 서 있는 봉은사가 청정한 수행 공간으로 거듭나면 많은 사람들이 봉은사를 통해 불교를 새롭게 만나게 될 것이다.

나는 겨우 씨를 뿌린 것에 불과하다. 그 원력이 얼마나 이루어질지는 모른다. 다만 수행자로서 내가 갈 길을 계속 갈 뿐이다.

부처님도 "모두에게 칭찬받으려 말라. 언제나 칭찬만 받는 사람은 이전에도 없었고 이후에도 없을 것이고 현재에도 없다"라고 했다.

내가 처음 이명박에 대해 비판할 때 "산중의 수행 덜된 중이 하는 말이라고 고깝게 생각하지 말고 스스로 돌아볼 것은 돌아 보면서 나라가 잘되는 방향으로 이끌어달라"고 부탁했다.

여러 차례의 조언에도 불구하고 이명박은 반성하지 않았다. 내가 이명박을 비판했던 것은 중생의 행복을 위해서였다. 자기 만 옳다고 믿는 이명박은 온몸에 잔뜩 힘을 주고 사는 사람이 었다. 거짓된 것을 참된 것으로 믿고 있었으니 힘이 들어갈 수 밖에 없는 것이다.

아집과 독선은 세상을 다치게 한다. 그래서 이명박을 혹독하 게 비판한 것이다. 나를 아끼는 분들 가운데 내가 저러다 어떻 게 되면 어쩌나 하고 염려하신 분들도 더러 있었다. 그분들께 나는 이렇게 말했다.

"내가 왜 힘 있고 돈 있고 걱정할 것 없는 사람들 편에 섭니 까? 힘없고 어려운 사람들 편에 서야지요? 그게 수행자의 자리 아닙니까?"

내가 하고 싶었던 말은 나의 안위가 좋으냐 나쁘냐를 걱정하 지 말고 세상에 좋으냐 나쁘냐를 염려해달라는 것이었다. 봉은 사를 나올 때 내가 가진 모든 짐을 버려달라고 말했다. 맨몸으 로 나오고 싶었다.

우리 사회는 사회적 약자를 위해 몇 마디 거들면 정치적이라고 한다. 나는 정치를 비판할지언정 정치로부터 어떤 이익도 취한 바 없다. 정치를 비판할수록 오히려 정치와 멀어진다. 종교인들이 잘못된 정치를 비판하지 않고 국가를 위해 기도한다면 겉으로는 국가를 위하는 것 같지만 실제로는 종교와 정치의 유착 매개가 될 뿐이다.

나는 비록 실패하더라도 옳은 길을 갈 것이다. 내가 정말 옳은 길을 가고 있다면, 그것은 이미 빛나는 성공이라고 자부할 수 있을 것이다.

봉은사를 떠나며

달빛이 좋은 계절에는 배낭에 텐트까지 짊어지고 산꼭대기에 올라 밤을 보내곤 했다. 아무도 없는 산길을 혼자 걸으면서 '나는 뭘까?' 묻는 게 즐거웠다.

그러던 어느 날인가 백두대간을 종주해보려고 산에 올랐는데 무릎이 예전 같지 않았다. 덕유산을 넘어갈 무렵부터 걷기가 힘들 정도로 영 불편했다.

'아 내가 늙어가는구나. 오십이면 어깨가 탈나고 육십이면 무릎이 나빠진다더니 내가 벌써 그렇게 되었는가.'

여섯 살에 어머니를 여의고 이십 대에 동생을 떠나보내서인지 나는 쉰 살까지만 살면 된다고 생각했는데 어느덧 낼모레가 칠십이다.

한평생 구름처럼 바람처럼 자유롭게 살았다. 원타 스님은 이렇게 말했다.

"명진 스님처럼 할 말 다하고 하고 싶은 대로 다 하고 산 사람도 별로 없을 거야."

스무 살에 출가하여 지금까지 '내가 과연 중노릇을 제대로 하고 있는가'라는 물음을 잊어본 적은 단 한 번도 없다. 선방에서 '나'를 찾겠다고 몸부림쳤을 때도, 수행자가 세상일에 관심 끄고 사는 게 옳은가 고민할 때도, 1994년 종단개혁을 계기로 종단 일에 나섰을 때도, 그리고 그마저도 다 내려놓고 떠날 때도 이 물음은 언제나 그림자처럼 나를 따라다녔다.

출가한 지 오십 년. 이제 내 삶의 마지막을 어떻게 회향해야 하는 걸까? 여태까지 보고 들은 것을 내려놓을 때가 된 걸까?

2006년 5월 15일, 강원도에서 차를 몰고 가다가 3미터 가량 되는 꽤 높은 절벽에서 추락하는 사고가 났다. 차가 거꾸로 떨어질 때 '아, 이렇게 죽는구나.' 싶었다. 그런데 차는 거의 폐차를 시켜야 할 만큼 크게 부서졌는데도 나는 정말 신기하게도 멍 하나 들지 않았다. 열어두었던 운전석 창문을 통해 빠져나오면서 부처님의 가피加被가 아니고서야 내가 이렇게 무사할 수 있을까 싶었다.

지금도 내 휴대폰엔 그때 찍은 사진이 있다. 거꾸로 뒤집힌 차

사진을 볼 때마다 생각한다.

'나는 지금 덤으로 살고 있다. 부처님의 가피로 얻은 이 삶을 어떻게 살아야 될까? 지금껏 내 마음대로, 하고 싶은 대로 하며 살아왔지만 마지막은 부처님 전에 회향하고 가고 싶다. 할 수 있는 일이라면 뭐든 해야지.'

언젠가 나는 잠을 자다가 편히 죽는 것보다 암에 걸려 죽을 날을 기다리는 게 더 낫다는 말을 한 적이 있다. 그때 어느 불자가 내게 물었다.

"아무리 그래도 편히 죽는 게 복이지 않습니까?"

"물음 없이 갑자기 죽는 것보다 죽는 날까지 내가 누군지 물을 수 있다면 그게 진짜 복이지요."

그 무렵 봉은사 주지 얘기가 나왔다. 처음엔 사양했다. 봉은사 주지는 하고 싶다고 할 수 있는 자리가 아니다. 하고 싶어 하는 사람도 너무나 많다. 내 마음 한구석에는 1994년 종단개혁을 못다 이룬 것이 늘 부채로 남아 있었다. 종회의원을 하면서 총무원이 바뀐다고 불교가 바뀌고 종단이 바뀌는 게 아니라는 걸 절감했었다.

그렇다면 어떻게 해야 할까? 부처님의 가르침이 이 땅에 널리 펼쳐지고 많은 사람이 힘 빼고 편안하게 살려면 어떻게 해야 할까?

나는 봉은사 주지를 맡기로 했다. 가사를 벗어 놓고 개혁이 성공하지 못한다면 불문을 떠나겠다고 선언했던 1994년의 그 간절한 마음으로 봉은사에서 한번 일해보자, 내 중노릇을 걸고 마지막으로 한번 해보자 결심했다.

봉은사는 한국 불교의 모순이 집약된 곳이다. 강남 요지에 자리잡고 있어서 부자 절이라는 소릴 듣지만 그만큼 상처가 많은 절이다.

1970년대 강남 개발 당시 종단에서는 삼십만 평에 달하는 봉은사 땅을 법당 바로 앞까지 팔아버렸다. 1988년에는 스님들이 서로 절을 뺏으려고 깡패들을 동원해 각목 싸움까지 벌였다. 한국 불교의 문제들은 결국 스님들로부터 비롯된 것이 많다는 생각에 늘 부끄럽고 참회하는 마음이 든다.

우리나라 사찰 가운데 운영이 잘되는 절을 꼽으라면 대부분 사설 사찰들이다. 새로 세워진 사설 사찰에서는 스님들과 불자들이 주인의식과 애정을 가지고 힘을 합해 절을 운영하고 부처님 뜻을 전한다. 그런데 역사가 오래된 공찰公刹들은 그동안 빌 공空의 공찰쯤으로 인식되어 왔다. 당장 절에서 가장 영향력 있는 큰 주지부터 임기 동안 적당히 지내다가 임기가 다 되면 훌쩍 떠나버리니 불자들이 주인의식을 갖고 절에 다니는 경우가 드물었다.

임기가 정해진 주지라고 할지라도 정말 주인답게 절 살림을 챙기고 그 기간 동안에는 오로지 절과 불자들을 위해 일해야 한다. 조계종단의 뿌리인 공찰들이 잘 운영되어야 종단이 발전하고 한국 불교의 신뢰를 되찾을 수 있다.

봉은사는 역사로 보나 종단에서의 위치로 보나 중요한 절이다. 억불정책抑佛政策을 펼쳤던 조선시대 때 보우 스님은 '지금 내가 행하지 않으면 불법은 후세에 영원히 끊어질 것'이라고 절규하며 봉은사를 중심으로 불교를 다시 일으켜 세웠다.

임명장을 받던 날 나는 지관 스님께 "스님, 이전처럼 용채(용돈)는 드리지 못합니다. 대신 열심히 잘 살아서 봉은사 주지 잘 뽑았다는 소릴 들을 수´있게 신명을 다하겠습니다." 하고 말씀드렸다.

불교계 기자들과 간담회하는 자리에서 봉은사 운영의 포부를 묻는 질문이 나왔다. 나는 그때 이렇게 답했다.

"예불과 발우공양, 울력*을 잘 하겠습니다."

모두 뜨악한 표정이었다. 내가 당연한 얘기를 새삼스럽게 꺼낸 걸까? 도심 사찰에서 주지와 대중 스님들이 빠짐없이 예불에 참석하는 곳이 과연 얼마나 될까? 출가자의 본분은 수행이

---

* 수행의 한 일과로 여러 사람이 함께 모여 육체노동을 하는 것.

다. 새벽 예불로 하루를 열고 저녁 예불로 하루를 닫는 수행자라면 이미 큰 틀에서는 수행을 제대로 하고 있는 것이다. 스님들의 발우공양과 울력도 마찬가지다. 눈 온 마당을 스님들이 빗자루로 쓰는 모습을 본 어느 신도가 울먹거리며 말했다.

"수십 년 동안 봉은사에 다녔지만 스님들이 마당 쓰는 모습은 처음 봅니다."

산중 어느 절집이 눈 오는데 마당을 쓸지 않을까. 도심지에 나와 있다고 기본을 소홀히했던 것이다. 스님들이 매일 조석 예불에 참석해 불자들과 함께 여법하게 기도를 하자 대번에 절 분위기가 달라졌다. 불자들은 스님들이 열심히 수행에 정진하고 기도하는 것만 보고도 신심을 낸다. 수행자의 존재는 이런 것이다.

사람들은 여기저기 밥맛이 좋은 식당을 찾아다닌다. 밥맛이 좋은 식당은 집이 허름해도 사람들이 몰려든다. 절집도 같다. 요란스레 절에 다녀라 할 필요가 없다. 진정성 있는 수행자의 모습을 보일 때 저절로 사람이 모인다.

불교의 궁극적 목적은 수행을 통해 깨달음에 이르는 것이다. 그러므로 사찰 운영도 수행 중심으로 이뤄져야 한다. 천도재薦度齋나 제사가 주가 되는 '제사종', 관람료를 받아서 운영하는 '관람료종', 입시 기도 위주의 '입시종'이 아니라, 진정 부처님의 가르침을 구하는 조계종으로 거듭나야 한다.

내가 머물렀던 절에 대해 이렇다 저렇다 얘기하는 건 옳지 않다고 생각한다. 하지만 들리는 말에 따르면 봉은사는 내 노력과는 달리 과거와 변함없이 운영되고 있다고 들었다. 도로 아미타불인 셈이다. 조금 타협하더라도 봉은사에서 사찰 개혁을 계속했다면 어땠을까? 그러나 나에겐 타협할 여지가 없었다. 봉은사는 종단을 중심으로 정치권력에 깊이 관여하고 있었다. 타협한다는 것은 정치권력과 타협한다는 것과 같았다. 나는 사찰의 개혁이 큰 울림처럼 세상으로 퍼져나갈 거라고 생각했다.

봉은사에서 나온 뒤 월악산 자락에 있는 보광암에서 지냈다. 그땐 절집을 변화시키려는 내 노력이 수포로 돌아가서 화도 많이 나 있었다.

보광암은 산중에 있는 흙집으로 된 암자다. 전기가 겨우 들어올 정도였다. 조금이라도 전기를 많이 쓰게 되면 전기가 끊어졌다. 그 근처에 독사가 많이 나와서 고생한 기억이 난다.

나는 산중 토굴에서 혼자 시금치국을 끓여 먹거나 프라이팬에 올리브유를 두르고 토마토를 푹 익혀 먹으며 끼니를 해결했다. 봉은사에서 나오자 마자 보광암에서 목탁을 치며 백일기도를 드렸다. 백일기도, 천일기도를 드린다는 것은 온전히 나에게 집중하겠다고 다짐하는 일이다.

　그릇에 깨끗한 물을 담아도 시간이 지나면 물때가 낀다. 반짝이는 금반지도 시간이 지나면 빛을 잃는다. 이것이 수행자가 쉬지 않고 물어야 하는 까닭이다. 큰절이었던 봉은사 주지를 마치고 산으로 돌아왔다. 수행자란 절이 크건 적건 마음이 달라지지 않아야 한다.

4장

힘 빼다

삶으로 써나가야 하는 것

다비식에서 부른 유행가

행자 시절 춘성 스님을 잠시 시봉한 적이 있다. 법주사에 한 열흘 동안 객으로 와 계실 때 선방에서 모시고 죽을 쒀드리면서 심부름을 했었다. 춘성 스님은 한용운 스님의 제자로 젊은 수좌들이 존경하던 걸출한 도인이셨다.

스님은 언제나 짐이 없었다. 걸망 안에 넣고 다니는 간단한 소지품 말고는 지닌 것이 없었다. 겨울에 두꺼운 솜옷을 입고 계시다 추위에 떠는 사람이 보이면 훌렁 벗어주고 속옷 바람으로 절에 올라오신 적도 있다. 그렇게 평생을 무소유로 사셨다.

냉면을 좋아하셔서 젊은 수좌들이 냉면집에 가끔 모시고 갔는데 냉면이 당신 입맛에 맞으면 신도들이 드린 용돈을 음식점에 다 놓고 나오셨다. 한번은 도저히 안 되겠다 싶어서 냉면을 먹고 나오면서 일부러 걸망을 두고 나왔다. 나와서 조금 가다가 '스님, 걸망을 두고 왔네요.' 했더니 한바탕 욕을 하셨다.

"정신 차려라 이놈아. 화두도 그렇게 놓고 다니느냐? 걸망은 놓고 다녀도 화두는 챙겨라."

그렇게 혼나고 나서 냉면집에 다시 돌아가 걸망과 함께 스님이 놓고 나온 돈을 찾아가지고 온 적도 있었다.

춘성 스님은 요를 깔고 이불을 덮고 자면 중 취급을 하지 않았다.

"공부하는 수좌가 잠이 와서 어쩔 수 없이 잠깐 쉬는 것은 몰라도 이부자리를 깔고 베개를 베고 자빠져 자?"

그러시고는 자고 있는 사람을 발로 밟아버린 분이다.

춘성 스님을 따르던 수좌들은 선방에 있을 때 감히 이부자리를 펼 생각을 못했다. 자연히 겨울에 입는 누비 두루마기가 이불이 되었다. 이불로 쓰려면 누비옷이 일단 길어야 했다. 게다가 따뜻하게 하려고 거의 발목까지 내려오는 긴 누비에 자꾸 천을 대어 기웠다. 누비 두루마기가 너무 무거워 자주 빨기 힘드니까 나중에는 때 타지 말라고 아예 시커멓게 먹물을 들였다.

당시는 옷을 맡겨 놓거나 여벌이 있으면 제대로 된 중이 아니라고 생각했다. 나는 길고 시커먼 누비를 사계절 내내 단벌로 입고 다녔다. 춘성 스님의 가풍을 따라 이불도 덮지 않고 열심히 정진하고자 하는 결의의 표현이었다.

하지만 그런 우리를 보고 수좌들 사이에서 말들이 많았다. 발목까지 내려오는 시커먼 누비 장삼을 걸치고 서너 명이 몰려 다니자 무슨 조직처럼 보였나 보다. 사람들이 우리를 '봉암사 양산박 긴 누비파'라고 불렀고 나는 봉암사를 소굴로 하는 긴 누비파의 건달 스님으로 알려졌다.

1977년의 일이다. 춘성 스님의 열반 소식을 듣고 서울로 올라 와 보니 수유리 화계사에서 다비식茶毘式*을 치를 준비를 하고 있었다. 전국의 선방 스님들이 장례를 치르기 위해 올라와 있었 다. 상좌인 혜성 스님, 견진 스님, 그리고 해인사에서 함께 살았 던 대선 스님도 와 있었다.

젊은 수좌들이 상여를 멨다. 다비식장에서 불을 붙여 다비를 진행하는 동안 천여 명이 모여 지장보살을 불렀다.

"지장보살, 지장보살."

지옥의 중생을 모두 구제하지 못하면 성불하지 않겠다고 서 원한 지장보살을 부르는 염불이 그치질 않았다. 워낙 큰스님이 돌아가셨으니 다비식장은 많은 사람들로 붐볐고 지장보살을 외 우는 염불 소리가 도량道場에 출렁거렸다.

---

* 스님을 화장하여 유골을 거두는 의식.

대선 스님이 나를 불렀다.

"어이 명진, 이춘성이가 말이여, 지옥이나 극락에 가실 스님인 가? 자기가 알아서 제 길을 가지 그거 못 갈까봐 앉아서 지장보살 염불을 해? 수좌가 말이여 평생 화두 들다가 죽었는데 극락에 가라고 지장보살을 부르면 안 되지. 그거 때려치우게. 명진 수좌가 척 하니 알아서 분위기를 바꿔봐."

망월사에서 오랫동안 춘성 스님을 모셨던 대선 스님은 당시 젊은 수좌들에겐 영웅 같은 선배로 각인되어 있었다. 불길이 훨훨 치솟는 다비장에 노스님들이 죽 앉아 있는데 내가 그 가운데로 나갔다.

"거 춘성 스님께서 극락 지옥 그거 못 찾아갈까봐 지장보살을 염불합니까? 지금부터 전국 본사本寺 수좌 대항 노래자랑을 시작하겠습니다."

내가 먼저 법주사 대표로 〈나그네 설움〉을 불렀다.

> 오늘도 걷는다마는 정처 없는 이 발 길
> 지나온 자욱마다 눈물 고였다
> 선창가 고동소리 옛님이 그리워도
> 나그네 흐를 길은 한이 없어라

> 타관 땅 밟아서 돈지 십 년 넘어 반평생
>
> 사나이 가슴속엔 한이 서린다
>
> 황혼이 찾아들면 고향도 그리워져
>
> 눈물로 꿈을 불러 찾아도 보네

그러자 다른 스님들이 우르르 나와 노래를 한 곡씩 불렀다. 분위기가 곧 잔치판이 되어버렸다. 당시 오륙백 명의 신도들이 있었는데 일부는 너무하다고 했고 일부는 춘성 스님 다비식이니까 그럴 만도 하다는 반응을 보였다고 한다. 아마 그때 인터넷이 있었더라면 한바탕 난리가 났을 것이다.

엄숙한 분위기에서는 사람들의 입이 좀체 열리지 않는다. 그래서 나는 종종 대중 앞에서 성대모사를 하며 분위기를 부드럽게 만든다. 도올 선생부터 문재인 대통령까지 그럴 듯하게 흉내를 낸다. 몇몇 주변분들은 내가 이런 개인기 때문에 가볍게 보일까봐 걱정하신다. 이런 흉내가 남을 웃기는 것 말고 무슨 의미가 있느냐고 묻는 분들도 계신다.

하지만 유머는 무엇보다 분위기를 부드럽게 만들고 즐거움을 준다. 말하자면 사람과 사람 사이를 잇는 묘약인 셈이다. 나는 유머를 중요하게 생각한다. 유머가 수행과 비슷한 구석이 있기 때문이다. 유머에서 가장 중요한 것은 사고의 유연함이다. 사고

의 유연함은 바로 틀에 묶이지 않는 자유에서 나온다. 그 자유는 비운 만큼 크다.

나이 든 스님이라 하면 권위적이고 쓴소리나 해대는 사람일 거라고 생각한다. 사람들이 나를 어려워하는 것을 나도 알고 있다. 지나치게 조심하다 보면 보이지 않는 위계가 생기고 분위기가 경직된다. 그 순간 성대모사를 하면 예상치 못한 모습에 사람들은 웃음을 터트린다.

나는 큰스님이라는 말을 좋아하지 않는다. 불공평한 게 싫어서 출가했는데 절집에서도 크다 작다 논하고 있다. 크면 또 얼마나 크고 무엇이 크단 말인가. 단어 하나를 쓰더라도 조심해야 한다.

말하는 것만 봐도 그 사람이 얼마나 비워져 있는지 가늠할 수 있다. 언어에는 한계가 있지만 우리가 뜻을 전하기 위해서는 불가피하게 말에 기대야 할 때가 있다. 이러한 말의 힘을 잘 알기에 봉은사에 있을 때 가장 먼저 노후된 음향 장비를 점검했다.

봉은사에 도올 선생을 법사法師로 모신 적이 있는데, 도올 선생도 잘 정비된 시설을 보고는 만족해했다. 결국 뜻도 말로 전달해야 하고 특히 대중에게 뜻이 제대로 전달되려면 음향 시설이 중요하다.

도올 선생을 법사로 모실 때 선생의 첫 마디는 이랬다.

"봉은대첩 말이야. 거, 잘 보고 있어요."

도올 선생은 봉은사에서 있었던 일에 대해 소상히 알고 있었다. 그러면서 일명 '봉은대첩'이 한국 정치에 얼마나 중요한 싸움인지 역설했다. 선생을 꼭 법회에 모시고 싶었다. 하지만 한 가지 문제가 있었다. 당시 도올 선생은 외부 강의를 하지 않겠다고 선언한 상태였다. 그 대단한 성미답게 어느 곳에서 강연 제의를 하든 단칼에 거절한다는 얘기를 들었다. 설령 그 자리가 아무리 크고 중요하더라도, 아무리 높은 사람이 부탁하더라도 거절한다는 것이었다. 그런데 그런 선생이 법회 요청에 약간의 망설임도 없이 곧바로 승낙하자 오히려 내가 놀랐다. 어느 정도 설득할 걸 각오했기 때문이다. 그때 선생은 말했다.

"원칙은 중요합니다. 하지만 원칙보다 대의가 더 중요합니다."

법회는 성공적으로 치러졌다. 대략 삼천 명 정도가 모였다. 어찌나 대중이 선생 말에 귀 기울이던지 두어 시간 말씀하는 동안 일어선 사람이 단 한 사람뿐이었다. 그 사람도 화장실에 갔다가 부리나케 돌아왔다.

봉은사가 어떤 절인가. 강남 한복판에 있는 절이다. 정치적으로 보수 성향인 신도들이 많다. 그런 신도들 앞에서 선생은 보수 정권을 신랄하게 비판했다. 법당에 앉아 있는 신도들 가운데 도올 선생과 생각이 다른 사람도 많았을 것이다.

자신과 다른 생각을 하는 사람들 앞에서 자기 생각을 올곧게 전하기 위해서는 먼저 귀를 열어야 한다. 나이가 들면 귀를 닫는다. 호기심이 사라졌기 때문이다. 자기 생각에 사로잡혀 생각이 규격화됐기 때문에 궁금한 것이 없다. 이미 세상이 딱딱 정해져 있는 사람은 새로운 것을 접해도 시큰둥하다. 속된 말로 '꼰대'가 된 것이다.

　나이가 들수록 몸도 마음도 뻣뻣해진다. 나도 나이가 들었는지 몇 년 전만 해도 허리를 구부리면 손에 땅이 닿았는데 이제 닿지 않는다. 몸이 굳어가고 있는 것이다. 이것이 육신이 죽음에 이르는 과정이다. 걷다가 넘어질 때 넘어지지 않으려고 힘을 주다가는 크게 다친다. 마음도 마찬가지다. 유연하게 생각할수록 마음이 다치지 않는다. 몸도 마음도 스트레칭하여 자주 풀어줘야 한다.

　도올 선생 댁에 초대받아 몇 번 간 적이 있다. 그때마다 선생은 앞치마를 두르고 손수 요리를 해주셨다. 정성껏 요리한 음식을 천천히 먹으며 세상에 대해 격의 없이 토론을 하곤 했다. 그것만으로 부족해서 삼십 분이고 사십 분이고 전화 통화를 할 때도 있다. 도올 선생은 '말이란 쉬워야 하고 재밌어야 한다'라고 생각하는 분이다. '대미필담大味必淡'이라는 말처럼 정말 좋은 맛이란 반드시 담백한 법이다. 나는 사람들에게 쉽고 재밌게

선禪을 전하기 위해 부단히 노력했다.

우리의 앎이란 안경에 불과한 것이다. 빨간색 렌즈를 통해 세상을 바라보면 세상이 온통 붉게 보인다. 안경을 벗고 있는 그대로 사물을 바라보기 위해선 마음의 힘을 빼야 한다. 마음의 힘이 색안경이 되고 그것이 편견으로 굳어지기 때문이다.

내가 도올 선생과 가깝게 지낼 수 있는 것은 선생이 아이와 같은 사람이기 때문이다. 선생은 틀에 박힌 사람이 아니다. 모태신앙 기독교인이지만 유불선儒佛仙 어느 것이든 지독하게 공부했다. 선생은 궁금한 게 생기면 무엇이든 배우러 다닌다. 국악에 대해 궁금증이 생기면 국악인을 찾아가 묻고 재즈를 배우고 싶으면 재즈 아카데미에 다니는 식이다. 아이 같다는 건 힘 뺀 상태를 말한다. 힘주지 않으니 선입견이 생길 리 없다. 선입견이 없으면 세상에 잔뜩 낀 안개 너머의 본질을 볼 수 있다.

도올 선생은 힘 뺄 때와 힘줄 때를 아는 사람이다. 경전을 해석하거나 불교를 선적으로 바라보는 안목이 대선사와 같다. 승속을 넘어서 큰절의 조실로 모셔도 손색이 없을 정도다. 끝없이 의심하고 질문을 던지기 때문이다. 몸을 단련시킬 때처럼 마음도 훈련이 필요하다. 절집에서는 이 훈련을 수행이라고 한다.

"왜 세상은 불공평할까?"

"어떤 게 잘 사는 걸까?"

"나는 어떻게 살고 있는가?"

묻는 그 자리가 궁극의 자리다. 물음의 상태란 비어진 상태를 일컫는다. 비어졌을 때만이 고정관념이나 고정된 삶의 틀에서 벗어나 있는 그대로 세상을 바라볼 수 있다.

수행은 고정된 사유의 틀에서 벗어나기 위한 것이다. 선입견이 없으면 세상은 투명하게 다가온다. 세상을 투명하게 바라볼 때 우리는 진정 세상에 끄달리지 않고 살아갈 수 있다.

3호선 부처

누구나 행복하게 살길 바란다. 흔히 행복이 가득한 곳을 천국 이나 극락이라고 부른다. 사실 '지옥간다, 천국간다'라는 말을 가장 많이 하는 이들은 종교인들이다. 그런데 어떤 곳이 진짜 천국이고 지옥일까.

누가복음 17장 21절에는 이렇게 적혀 있다.

"또 여기 있다 저기 있다고 못하리니 하나님의 나라는 너희 안에 있느니라."

천국과 지옥에 관한 이런 이야기도 있다.

어떤 사람이 지옥에 가보았다.

큰 접시에 음식을 담아놓고 같이 밥을 먹어야 하는데 젓가락이 엄청나게 길어서 자기 입에 넣을 수가 없었다. 자기 입에만 넣으려고 하다가 잘 안되니까 짜증을 부리며 젓가락으로 상대방을 마구 찔러댔다. 그렇게 싸우다 보니 밥그릇은 엎어지고 결국 아무도 밥을 먹을 수 없었다.

어떤 사람이 극락에 가보았다.

엄청나게 긴 젓가락으로 밥을 먹어야 하는 상황은 똑같았는데 지옥과는 달리 밥을 잘 먹고 있었다. 극락에서는 다들 환하게 웃으며 젓가락으로 음식을 집어 다른 사람 입에 넣어주고 있었다.

'자신을 이롭게 하고 다른 사람을 이롭게 하는 일은 마치 새의 두 날개와 같다'라는 원효 스님의 말씀처럼 다른 사람을 돕는 것은 결국 나 자신을 돕는 것이다. 불교는 너와 나를 둘로 보지 않는다. 절에 오면 가장 먼저 지나게 되는 불이문不二門도 그런 의미를 담고 있다.

너와 내가 다르지 않은데 어찌 나만 좋은 세상에 살겠다고 할 수 있는가. 함께 그 세상으로 가야 한다. 이웃의 눈물과 배고픔을 내 일처럼 아는 것은 보살행의 기본이다. 보살이 실천해야 할 여섯 가지 수행 덕목인 육바라밀六波羅蜜에도 보시가 제일 먼저 나온다.

보살행은 자비심으로부터 나온다. 자비심은 선심 쓰듯 베푸는 시혜심施惠心이 아니라 너와 나를 둘로 보지 않는 평등심平等心이다. 내 발에 가시가 박혔을 때 그걸 빼줄까 말까 고민하는가? 아얏! 하는 순간 지체 없이 손으로 가시를 뺀다. 내 몸이 아프니 당연히 내가 아프지 않게 해주는 것이다. 어려운 이웃을 돕는 것도 마찬가지다. 너와 내가 둘이 아니기 때문에 내가 나를 돕듯 당연히 돕는 것이다. 그것이 자타불이自他不二이고 동체대비同體大悲이다.

현상 세계에서는 분명 온갖 모습으로 따로 존재하고 있는데 왜 너와 내가 둘이 아니라고 하는가. 그것은 인연 따라 모양을 달리 나투어 다르게 보일지라도 본질에서는 하나이기 때문이다. 수많은 파도가 일어도 그것이 똑같은 바닷물이듯 일체 만물은 서로 개별적으로 존재하는 것같이 보이지만 본질적인 면에서는 하나이다.

행복하게 살려면 천국의 일화처럼 평화롭게 나누고 살아야 한다. 그동안 나는 평등 없는 평화는 있을 수 없다고 말해왔다. 그런데 평등의 가치를 어디서 찾아야 할까.

얼마 전 제주 4·3 길을 걸으며 제주분들에게 제주의 문화에 대해 들었다. 흔히 제주도를 도둑이 없고 거지가 없으며 대문이 없는 '3무'의 섬이라고 한다. 사실 제주도에 대문에 없는 게 아니다. '정낭'이 대문 역할을 했다. 정낭은 대문 위치에 세운 큰 돌 혹은 나무 사이에 울타리처럼 걸쳐놓은 기둥을 말한다. 정낭 세 개가 가로로 모두 걸쳐져 있으면 며칠 장보러 간다는 표식이고, 하루 종일 집을 비울 때는 두 개, 한나절 비울 때는 하나의 정낭을 걸쳐놓았다. 집에 사람이 없다는 걸 알리기 위한 신호였다. 빈부의 격차가 크면 문을 열어놓을 수 없다. 이런 제주 문화를 통해 진정한 평등에 대해 생각해볼 수 있다.

나와 남이 같은 몸이라는 것을 알 때 참다운 사랑과 자비가 나온다. 나와 남이 본래 둘이 아니기 때문에 어디에도 머물지 않고 아무것도 바라는 바 없는 무주상보시無住相布施를 해야 하는 것이다. 극락과 지옥은 멀리 있지 않다. 우리 곁의 어려운 이웃에게 도움을 주면 그 자리가 극락이 되고 그들을 외면하고 나 혼자만 잘 먹고 잘 살려고 하면 그 자리가 지옥이 된다.

평화롭고 평등하게 산다는 건 말로는 쉽지만 삶으로는 참으로 어려운 게 사실이다.

한 불자에게 들은 이야기가 있다.

볼일을 마치고 3호선 지하철을 타고 집에 가는데 늦은 시간이라 열차 안이 한산했다. 앞에 앉아 있던 청년이 갑자기 머리를 숙이더니 지하철 바닥에다 잔뜩 토를 해버렸다. 불자는 '아이고, 저걸 어쩌나…' 생각하며 지켜보고 있었다고 한다. 같은 칸에 탔던 사람들은 다른 칸으로 옮겨 갔다. 다음 역에서 지하철을 타는 사람들도 그걸 보더니 다른 칸으로 가버렸다. 그런데 어느 젊은 여성이 핸드백에서 휴지를 꺼내서 청년이 뱉어낸 오물을 수습하기 시작했다. 그걸 본 사람들이 가지고 있는 휴지를 꺼내 손에 오물을 묻혀가며 바닥을 닦는 것이 아닌가. 그 젊은 여성은 휴지를 종이 가방에 담고서는 백석역에서 내렸다.

어쩌면 남이 토한 것을 보고 치울 생각을 안 하는게 당연하다. 지하철 역무원이라면 모를까 왜 지하철에 타고 있는 사람이 오물을 치워야 하겠는가. 안 치워도 미안할 일 없고 치운다고 알아주는 사람도 없다. 그런데 아무 상관없는 남이 토한 것을 치운 젊은 여성의 이야기를 듣고 '그게 부처님이다.' 하고 생각했다. 수행이 깊고 도를 통한 고승이 그 지하철에 타고 있었다면 엎드려서 그 오물을 치웠을까. 내가 나를 돌이켜봤다. 나라면 그걸 치웠을까. 그 얘기를 한 불자에게 이 시대의 부처님을 만났는데 따라가서 이름이라도 여쭤보고 따듯한 밥이라도 한 끼 사드리지 그냥 오셨냐고 했다.

그동안 불교는 다른 종교에 비해 사회적인 역할이 미미한 편이었다. 봉사와 헌신, 소외된 계층에 대한 배려, 더불어 나누려는 체계적인 노력이 상대적으로 부족했다. 삶의 현장을 떠나서는 부처의 모습도 없다. 힘없고 소외받는 이웃들의 고통과 아픔을 함께할 때 자타불이 동체대비의 정토淨土를 이 땅에 실현할 수 있다.

평화롭고 행복하게 살려면 최소한의 조건이 갖춰져야 한다. 모든 사람이 최소한으로라도 자기 자신을 성찰하며 살아갈 정도의 여건이 갖춰진 세상, 그것이 내가 바라는 세상이다. '밥이 하늘'이라는 말이 있다. 배가 고파 죽을 지경인데 '나는 뭘까?' '어떻게 사는 게 잘 사는 것일까?'라는 고민을 하는 사람은 없다. 적어도 의식주에 대한 걱정은 없어야 자신의 존재에 대한 철학적 고민을 할 수 있다.

내가 종종 세상일에 대해 발언하는 것도 같은 차원에서다. 사람들은 흔히 시비하지 말라, 분별하지 말라는 불교의 가르침을 세상일을 외면하고 마음이나 잘 닦으라는 것으로 잘못 이해한다. 그러나 과연 현실의 삶을 놓아두고 초연한 듯 물러서 있는 것이 불교일까?

부처님은 삿됨을 깨뜨리고 바름을 드러내라는 파사현정破邪顯正을 말씀하셨다. 잘못된 것에 대한 꾸짖음이 사회정의를 세우는 길이다. 유마 거사도 '중생이 아프니 나도 아프다'고 했다.

물론 시끄러운 세상일에서 한발 떨어져 가만히 있으면 거룩한 스님, 큰스님이라는 소리를 들을 수 있을 것이다. 그러나 당장은 내가 손해를 보더라도 그것이 옳은 길이면 가야 하지 않겠는가.

수행자가 가야 할 길은 잘 차려진 비단길이나 고상한 길이 아니다. 가시밭길이고 진흙탕 길이라도 그 길이 옳다면 기꺼이 가야 한다. 세상을 등지고 홀로 산중에서 도를 구하는 것이 아니라 진흙탕 속에서 연꽃을 피워 올리듯 혼탁한 현실 속에서 참되고 옳은 것을 구해야 한다.

삶으로 써나가야 하는 것

나에겐 몽블랑 만년필이 한 필 있다. 십여 년 전에 생긴 귀한 만연필이다. 수행자의 삶이란 묻고 답하는 것의 연속이다. 묻고 답하려면 깊이 생각해야 한다. 생각을 정리하기 위해선 글로 써야 한다. 나는 지금도 법회를 하기 전에 무슨 말을 할 것인지 글로 정리해보곤 한다.

지금까지 살아오면서 수많은 필기구로 수도 없이 쓰고 지우곤 했다. 그런 내 경험에 비춰봤을 때 만년필은 참 신기한 필기구다. 볼펜처럼 대충 가방에 넣고 다니면 잉크가 쏟아지고 손에 힘을 주면 펜촉이 벌어진다.

한 마디로 쓰는 사람으로 하여금 힘을 빼게 하는 필기구인 셈이다. 만년필로 글씨를 쓴다는 건 수행과 비슷하다. 잠깐 딴 생각에 빠지면 손에 힘이 들어가 글씨가 엉망이 되기 때문이다. 신기한 건 이렇게 까탈스러운 만년필에 손이 길들여지면 긴 글을 쓸 때 그 어느 펜보다 편안하다는 점이다. 힘을 뺀다는 것은 처음에는 힘든 일이지만 그것이 몸에 뱄을 때 오히려 몸과 마음이 편안해진다.

봉은사에 있었을 때 사회복지법인 봉은을 세우면서 내 명의로 된 빌라 한 채를 내놓았다. 그 빌라는 한 신도가 임시 거처로 사용하라고 마련해준 것이었다. 주지 임기도 얼마 남지 않았을 때라서 빌라를 내놓았을 때 봉은사를 위해 그렇게 큰돈을 내놓을 필요가 있느냐고 주변에서 만류하기도 했다. 하지만 나는 신도에게 그 빌라를 받을 때부터 세상에 내놓을 심산이었다. 그런 내가 이 몽블랑 만년필만은 소중히 보관하고 있다.

이 만년필이 내 것이 된 경위는 이렇다.

어느 날 한명숙 전 국무총리에게서 전화가 왔다. 당시 야인野人이었던 문재인 대통령을 설득해달라는 전화였다. 마침 비슷한 때 리영희 선생도 할 얘기가 있으니 보자고 하셨다. 문재인 대통령을 설득하려면 리영희 선생과 함께 만나는 게 좋겠다 싶어 다 같이 만나서 점심을 하자고 했다.

그날 식사 전에 리영희 선생께서 내게 몽블랑 만년필을 주셨다. 리영희 선생이 평생 소장하셨던 만년필이었다. 존경하는 리영희 선생에게 선물을 받은 게 어쩌나 기쁘던지 식사 자리에서도 여러 번 이 만년필을 자랑하기도 했다. 그땐 그저 천일기도를 응원하고자 하는 의미로만 받아들였다.

그 자리에서 문재인 대통령에게 양산시 국회의원 재보궐 선거에 출마를 권유했다.

"저 같은 중도 노무현 전 대통령의 죽음을 바라보며 강남 신도들에게 욕 먹어가면서 이명박을 비판합니다. 당신은 노무현의 동지이자 비서실장 아니었습니까. 노 대통령의 한 맺힌 죽음을 생각해서라도 출마해야 하지 않겠습니까?"

그가 정치를 통해서 올바른 세상을 만들어야 하지 않을까 하는 마음에서 나온 말이었다. 그러나 그는 대답했다.

"스님, 저는 정말 정치에 뜻이 없습니다."

그 뜻이 너무 엄정해 더는 말을 붙일 수 없었다.

노무현 전 대통령은 살아생전에 어느 연설장에서 이렇게 말했다.

"그 사람을 제대로 알기 위해서는 그 친구를 보라고 했습니다. 저는 제가 아주 존경하는 나이는 저보다 적은 아주 믿음직한 친구 문재인이를 제 친구로 둔 것을 정말 자랑스럽게 생각합니다. 나는 대통령 감이 됩니다. 나는 문재인을 친구로 두고 있습니다. 제일 좋은 친구를 둔 사람이 제일 좋은 대통령 후보 아니겠습니까?"

식사가 끝나고 리영희 선생의 뜻을 헤아려보니 내가 받은 것은 단순히 20그램짜리 만년필이 아니라 그보다 더 무거운 것이었다. 그날을 생각해보면 참으로도 중요한 날이었다. 정치를 하지 않겠다고 말했던 문재인이 이제 한 나라의 대통령이 됐다.

리영희 선생은, 내가 한명숙 선생의 부탁을 받아 문재인 대통령을 설득한 것처럼, 내가 봉은사에서부터 시작되는 불교계의 개혁을 꿈꿨던 것처럼, 앞으로도 내가 책임 있는 일을 해나갔으면 하는 마음이었을지 모른다. 그렇게 나아가라는 전언이었을 것이다.

광주민주화운동을 담은 비디오를 보고 세상에 눈을 떴을 때, 수행이란 산속에서만 하는 것이 아니라 자비를 실천해야 하는 것이라고 깨달았을 때, 내게 많은 영향을 준 사람이 리영희 선생이었다. 선생이 내게 물려준 만년필의 의미가 얼마나 무거운 것인지 걸음걸음마다 선명해졌다.

오래된 몽블랑 만년필은 두껍고 투박했다. 어찌나 시달렸던지 펜촉이 모두 뭉툭하게 닳아 없어진 상태였다. 이 만년필로 리영희 선생은 『전환시대의 논리』를 집필했다. 사십여 년 동안 선생의 사상을 세상에 쏟아낸 만년필인 셈이다. 나는 그것을 수리하여 지금까지 쓰고 있다.

나는 이 만년필로 무엇을 써야 할까. 그것은 꼭 글로만 쓰는 것이 아닐 것이다. 필히 삶으로 써나가야 하는 것이다. 다만 그때에도 그 무게에 짓눌려 손끝에 힘이 들어가지 않도록 늘 경계해야겠다고 다짐했다. 리영희 선생이 내게 이 만년필을 주면서 책임도 함께 물려준 것처럼, 언젠가 나도 이 만년필을 누군가에게 물려줘야 할 것이다. 그것이 신념을 지키며 평생 살아온 사람들에게 주어진 생의 마지막 과제다.

　그렇기에 내가 가진 것 모두 남에게 주어도 이 만년필을 아직 가지고 있다.

저 개도 부처가 될 수 있습니까?

석가모니 부처가 가섭 존자에게 세 번 법을 전했다. 그것을 삼처전심三處傳心이라 한다. 그중 하나를 영산회상에서 부처님이 꽃을 들어 보이자 가섭만 홀로 미소를 지었다 하여 '영산회상거염화靈山會上擧拈華'라 한다. 그다음은 부처님이 법문을 할 때 가섭이 오자 당신 자리의 반을 내주었다 하여 '다자탑전반분좌多子塔前半分座'라 한다. 그다음이 '사라쌍수곽시쌍부沙羅雙樹槨示雙趺'다. 부처님이 돌아가셨을 때 가섭이 뒤늦게 소식을 듣고 달려오자 부처님 두 발을 관 밖으로 내보였다는 것을 말한다. 부처님은 왜 가섭에게 법을 세 번 전했을까?

'파자소암婆子燒庵'도 유명한 공안이다. 한 노파가 공부하는 스님을 이십 년 동안 시봉했다. 나중에 딸을 보내 스님을 안고

"지금 어떠십니까?" 하고 물어보게 했다. 그러자 그 스님은 "마른 나무가 찬 바위에 기댔으니 한 겨울에 온기가 하나도 없구나"라고 대답했다. 젊은 처녀가 와서 끌어안았는데 찬 바위와 고목이 서로 닿은 것과 같다고 대답할 정도면 공부가 많이 된 것일까?

딸이 내려와서 어머니에게 그 말을 전하자 "내가 십 년 동안 보잘 것 없는 속한俗漢을 밥해 먹였구나." 하면서 암자에 불을 지르고 스님을 쫓아버렸다. 어떻게 해야 속인을 면하고 암자에서 쫓겨나지 않을 것인가?

이는 모두 존경받는 조사祖師 스님들이 많이 묻던 화두로 함부로 입을 댈 수 없는 까다로운 화두들이다. 이런 물음에 거침없는 대답이 나와야 한다.

부처님은 왜 대중 앞에서 꽃을 들어 보였을까? 만약 부처님이 찻잔을 들어 보였으면 '부처님이 왜 찻잔을 들어 보였을까?' 이렇게 물어야 한다. 꽃을 들었든 찻잔을 들었든 그것이 중요한 게 아니다. 부처님이 왜 꽃을 들어 보이셨는지 그 '뜻'을 묻는 게 화두다.

조주 스님이 공부가 많이 되었다는 소리를 듣고 어떤 스님이 찾아왔다. 뭘 물으려고 하는데 앞에 개가 한 마리 지나갔다. 그래서 조주 스님에게 "스님, 저 개도 불성이 있습니까?"라고 물었다. 그러자 조주 스님이 "무無"라고 했다. 무라고 대답을 한 것도 결국 언구의 낙처落處는 다른 데 있다는 뜻이다.

법거량을 할 때는 주고받은 말의 낙처를 잘 알아야 한다. 말이나 문자 그 어디에도 떨어지지 않고 말 속에 숨겨져 있는 진리성을 바로 보아야 한다. 그 말이 무엇을 요구하고 있는가를 알아야 하는 것이다. 돌을 던지면 개는 그 돌을 쫓고 사자는 돌을 던진 사람을 문다고 한다. 어리석은 사람은 말을 따라가지만 지혜로운 사람은 말 속에 숨겨져 있는 뜻을 따라간다는 것이다.

"부처님은 일체 만물에 불성이 있다고 했는데 조주 스님은 왜 개한테 불성이 없다고 하는가. 왜 '무'라고 그랬지? 거 참 이상하다."

이렇게 물을 때 '무'자를 보고 묻는 것인가? 아니다. '무'라고 대답한 조주의 뜻을 묻는 것이다. '무'라는 글자를 전제로 해서 조주의 마음을 보려고 하는 것이다. 조주가 왜 '무'라고 했는가에서 시작은 했는데 묻다 보면 조주의 진면목은 무엇일까를 묻게 된다.

만약 조주가 개한테 불성이 '있다'고 대답했다면 조주의 마음을 알 수 있는가? 그래도 역시 모른다. 그러니까 있다 없다 즉, 유다 무다 하는 건 문제가 안 된다. 나중에는 유다 무다 하는 것도 없어지고 결국 알 수 없는 한 생각만 남게 된다. 마찬가지로 삼천 년 전 부처님이 꽃을 들자 가섭이 웃은 이유를 우리가 어떻게 알 수 있겠는가?

이 알 수 없는 놈, 생각할 수도 없고 설명할 수도 없는 것을 어쩔 수 없이 말로 표현하기 위해서 삼처전심이나 파자소암 같은 화두들이 나왔다. 중생의 업을 그대로 척결하고 '알 수 없음의 세계'로 끌어들이기 위해 조사 스님들이 각고의 고뇌 속에서 제시한 물음이 화두인 것이다.

이 같은 물음에 일반적인 통념과 상식적인 생각들로 대답해서는 안 된다. 익혀온 고정관념으로 말해서도 안 된다. 업으로는 아무리 계산을 해도 업의 소산인 대답밖에 안 나온다.

우리는 오랜 세월을 두고 중생의 업으로 이 생각 저 생각 분별을 지으면서 살아왔다. 그런 망상이 자기인 줄 착각을 하고 살아왔기 때문에 그것이 주인공이 되어버렸다. 주인공 노릇하고 있는 객을 내쫓고 '알 수 없는 그놈'이 주인공이 되어야 한다.

옛사람들은 '시詩'를 절[寺]에서 쓰는 말[言]이라고 생각했다. 왜 시를 절에서 쓰는 말이라고 했을까? 시는 짧은 언어로 일상의 낡은 고정관념을 깨뜨리고 새로운 사유와 감수성을 일으키기 때문이다. 따라서 시는 우리의 고정된 사유를 부수는 도끼질이고 망치질이다.

모든 고정관념을 내려놓고 묻고 또 물어 알 수 없는 물음 속으로 들어가 보자. 참으로 알 수 없는 그것만 딱 남아 생각 생각 끊어지지 않고 그대로 이어지면 알 수 없는 물음과 내가 하나가 된다. 내 자신이 모름 자체가 되는 것이다. 그리하여 묻고 있다는 생각조차도 끊어지면 그 자리가 바로 텅 비어 공한 자리요, 오직 하나인 일여—如한 자리다.

부처님이 숲속의 나무 아래에서 휴식을 취하고 있을 때였다. 화려하게 차려입은 사람들이 허둥지둥 숲속을 헤매고 있다가 부처님을 보자 다짜고짜 물었다.

"한 여자가 지나가는 것을 보지 못했습니까?"

젊은이들의 눈동자는 잠시도 가만있지를 못했다.

"여자는 왜 찾는가?"

"그 여자는 도둑입니다."

"그대들이 잃어버린 것이 무엇인가?"

"저희는 모처럼 아내와 함께 숲으로 나들이를 나왔습니다. 친구 한 명이 아내가 없어 기녀를 데려왔는데 저희가 노는 데 정신이 팔린 사이 귀한 패물을 몽땅 훔쳐 달아났지 뭡니까. 그 도둑을 빨리 잡아야 합니다."

부처님이 말했다.

"젊은이들이여, 잃어버린 패물을 찾는 일과 자기 자신을 찾는 일 중 어느 것이 더 중요한가?"

패물을 잃어버리고 헤매던 서른 명의 젊은이들은 부처님의 말씀을 듣고 진리의 눈을 떴고 그 자리에서 부처님에게 귀의하고 출가했다.

눈앞에 보이는 현상들, 재물을 얻는 것, 높은 지위에 올라가는 것, 명예를 얻는 것은 모두 저녁노을이나 아침 이슬처럼 허망한 것이다. 재물, 지위, 명예 등이 나를 자유롭게 한다면 그것들을 위해 모든 것을 바쳐도 좋을 것이다. 그러나 그것들은 나를 자유롭게 하는 게 아니라 집착하게 하고 결국에 불행에 이르게 한다. 그렇게 허망한 것들을 쫓아다니면서 생을 허비해서야 되겠는가. '찰나 간에 지나가는 인생, 나는 과연 어떻게 살아야 할 것인가?' 하는 물음 속으로 끝없이 자기 자신을 몰아가야 한다.

항상 열려 있는 자세로 '나는 누구인가'를 묻는 것은 우리를 진리의 세계, 깨달음의 세계로 이끌고 가는 가장 빠른 길이다. 그렇게 묻는 물음이 모든 번뇌와 고정관념을 끊어내는 날카로운 보검이 되고, 어리석음에서 벗어나 지혜의 문으로 들어가게 해주는 소중한 열쇠가 된다.

사람들은 참선이라고 하면 굉장히 어려운 것으로 알고 지레 겁을 먹는다. 도라는 것은 산중에 들어가서 십 년 이십 년 앉아 참선하고 염불하고 기도해야 겨우 터지는 것이라고 생각하기 때문에 점점 더 도에서 멀어지는 것이다. 하지만 공부는 꼭 머리를 깎고 출가하거나 깊은 산중의 선방에 앉아서만 할 수 있는 게 아니다. 그동안 참선을 너무 신비화하고 어렵게만 이야기해왔다. 내가 나를 묻는 것이 참선이다. 참 쉽다. 그래서 옛 스님들은 세수하다 코 만지기보다 쉽다고 했던 것이다. 이제는 참선을 신비화하고 어렵게만 가르치지 말고 누구나 쉽게 이해할 수 있게 합리적으로 불교의 가르침을 이야기할 때가 왔다. 결국 수행이나 참선이라는 것도 일상적 삶 속에서 고민하고 애써나가다 보면 얼마든지 삶과 죽음의 본질적 문제를 해결할 수가 있는 것이다.

이런 고뇌 없이 하루하루를 적당히 살다가 우리한테 다가온 배움의 기회를 놓쳐서는 안 된다. 진리를 코앞에 두고도 멀리하는 어리석음을 범해서는 안 되는 것이다. 무엇이 공부라는 걸 알면 이제 거기서부터는 본인이 게으른지 아니면 부지런한지의 차이가 있을 뿐이다.

도는 어려운 게 아니다. 격식이 까다롭고 골치 아픈 것도 아니다. '나는 뭘까'를 묻는데 왜 꼭 형식과 틀에 끄달려야 하는가. 선방에 점잖게 가부좌를 틀고 앉아 있어도 마음속에서 이런저런 생각이 꼬리를 물고 일어나면 그건 정진하는 게 아니라 망상을 피우고 있는 것일 뿐이다.

물론 형식도 중요하다. 그러나 형식 이전에 내용이 중요하다는 뜻이다. 내용이 제대로 갖춰진 다음에 형식을 같이했을 때 수레가 양바퀴로 잘 굴러가듯 흐트러짐 없이 수행의 길로 가게 된다.

'나는 누구인가'에 대한 간절한 물음을 물을 때 주변의 방해를 받지 않으려고 조용한 곳을 찾아가게 되는 것이고 함께 물음을 물을 도반이 있으면 도움이 되니 도반을 구하는 것이고 또 공부를 하다 나타난 경계를 어떻게 넘어설 것인가 가르침을 받기 위해 스승이 필요한 것이다. 그렇게 도를 닦는 자리와 도반과 스승, 이 세 가지가 있으면 공부에 많은 도움이 될 따름이다.

'평상심시도平常心是道'라는 말은 흔히 '밥 먹고 똥 누고 오줌 누고 하는 그런 평상심이 도다'라고 풀이한다. 하지만 나는 그렇게 풀이해서는 안 된다고 생각한다. 평상심이 도가 되기 보다는 도가 평상심이 되어야 한다. 아침에 눈 떠서 밤에 잠들 때까지, 행주좌와行住坐臥 어묵동정語默動靜 일체처一切處 일체시一切時에 오직 알 수 없는 물음이 간단間斷없이 지속되어야 한다. 묻는 물음이 일상이 되면 도가 평상심이 되는 것이다.

생업에 종사하는 걸 포기하라는 게 아니다. 집에서 가사를 돌보면 가사를 돌보는 대로, 공부하는 학생은 공부하는 대로, 사업하는 사람은 사업하는 대로, 틈날 때마다 물으면 된다. 일터를 오가는 차 안에서나 집에서 설거지를 할 때 아니면 잠자리에 들기 전에 '도대체 나는 뭘까?' 하고 물으라. 이렇게 묻는 습관이 몸에 배면 그것이 바로 일상에서 여여如如하게 정진하고 공부하는 것이다.

열심히 공부를 하다 보면 '아, 이렇게 자유로워지는구나'라는 조그만 견처가 생길 것이다. 그때부터 그것을 향해 끝없이 애써나가면 된다. 물론 다겁생으로 익힌 업력과 몸으로 익힌 습習이 있으니 하루아침에 될 일이 아니다. 순간순간 번뇌가 일어나고 끝없이 망상이 생겨날 것이다. 그럴 때마다 '이건 번뇌심이로구나.' 하고 알아서 그런 마음을 턱 제쳐놓고 또다시 물음으로 돌아가면 된다. 그 길을 가기 위해, 잡스럽지 않고 순일한 의심 하나만 딱 담기 위해 절도 하고 기도도 하고 선방에도 가는 것이다.

수행은 세속을 버리고 산중에서 쓸쓸하고 외롭게 하는 게 아니라 일상적 삶 속에서도 얼마든지 할 수 있는 것이다. 우리의 사유를 무한하게 확대시켜 더 큰 자유와 지혜를 얻게 해주고, 비우고 버림으로써 오히려 더 풍요롭고 행복하게 만들어주는 공부가 바로 수행이다.

한 물건

서산 대사가 쓴 『선가귀감禪家龜鑑』을 처음 보았을 때 첫 문장
이 곧장 가슴을 쳤다.

유일물어차 有一物於此

종본이래 소소령령 從本以來 昭昭靈靈

부증생 부증멸 不曾生 不曾滅

명부득 상부득 名不得 狀不得

여기 한 물건이 있으니

시작 없는 옛날부터 밝고 또렷하다

일찍이 생겨난 적도 없고 없어진 적도 없었으니

이름 붙일 수도 없고 모양을 그릴 수도 없다

나는 이 첫 구절을 보고 '한 물건'에 대한 상념이 그치지 않았다. 지금 여기 이 몸을 끌고 다니는 주인공, 눈뜨고 꿈벅꿈벅하는 그 자리는 그대로 밝고 또렷하다. 그것에 이름을 붙일 수도 없고 그림을 그릴 수도 없어서 마음이라고도 해보고 진여眞如라고도 해보고 불성이라고도 해보지만 그건 붙인 이름일 뿐이다.

'그 한 물건은 과연 무엇인가.'

태어나 강보에 싸여서 울다가 어린 시절을 보내고 초등학교, 중학교, 고등학교, 대학교를 졸업한다. 사회에 나와서 취직하고 돈도 벌고 결혼도 하고, 때로는 즐거운 일도 때로는 어려운 일도 겪으며 살아간다. 그런데 어느 날 보니 머리는 새하얗고 얼굴에는 주름이 가득하다. 그것을 인생이라고 한다.

도대체 산다는 것은 무엇인가. 삶의 가치는 어디에 둬야 하는 것인가. 돈과 명예를 얻기 위해서인가. 오래 살면 왜 좋은가. 매일매일 숨 쉬며 살고 있는 이놈은 뭘까.

'한 물건'을 화두로 몰입해 있던 어느 날 은사 스님이 법주사의 말사인 음성 가섭사로 심부름을 보냈다. 해제解制를 보름쯤 남겨둔 무렵이었다.

비구니 스님들이 살고 있는 가섭사는 조용했다. 용무를 보고 나서 밥을 먹다가 내가 말했다.

"절이 조용해서 공부하기 참 좋겠습니다."

그러자 젊은 비구니 스님이 바로 대답했다.

"절이 조용하면 뭐합니까? 마음이 조용해야지요."

나는 말문이 막혀서 달게 먹던 밥숟가락을 슬그머니 내려놓았다. 자존심이 상하고 뭔가 의표를 찔린 듯한 느낌에 기분이 좋지 않았다. 살아가면서 이런 고수를 만나는 일은 사실 고마운 일이다. 자신이 어느 정도 왔는지 성찰하게 하기 때문이다. 나는 하루빨리 선방으로 가야겠다는 생각밖에 안 들었다.

해제 날을 기다려 법주사로 은사 스님을 찾아가 선방으로 공부하러 가겠다고 선언하듯 말했다. 그러자 은사 스님이 말씀하셨다.

"발우도 못 펴고 가사도 입을 줄 모르면서 다른 데로 간다고 하느냐? 여기 법주사에서 공부하면서 발우 펴고 가사 입는 것은 배워서 가거라."

그 말씀이 맞는 것 같아 강원에 들어가 공부하기로 했다. 원래는 치문반으로 들어가야 되는데 나는 대원사에서 대혜 선사의 『서장書狀』을 보다 왔으니 그 윗반인 서장반으로 가겠다고 고집을 부렸다. 다행히 서장반 반장으로 있던 스님이 다른 스님들을 설득해서 서장반에 넣어주었다.

그런 말도 안 되는 과정을 겪으며 겨우 강원에 방부를 들여놓은 다음에 며칠 동안 발우 펴고 가사 입는 것을 배웠다. 그런데 막상 강의가 시작되려 하자 '강의를 꼭 들어야 하나?' 하는 생각이 슬그머니 올라왔다.

나는 하루빨리 참선만 하고 싶은 생각이 간절했다. 오직 '한 물건' 하나에만 몰입하고 싶었다. 방으로 돌아와 보따리를 쌌다. 어렵게 서장반에서 공부하는 것을 허락받았는데 강의 한번 듣지 않고 선방으로 가겠다고 하자 강원의 스님들이 안타까워하며 말렸다. 하지만 걸망을 지고 법주사 문을 나서는 내 발걸음은 가볍기만 했다.

나는 꼬불꼬불한 속리산 말티고개를 걸어서 넘었다. 열흘 정도 걸었더니 조치원에 도착했다. 길을 걷는 동안 '한 물건'에 대한 물음이 끊임없이 이어졌다.

'한 물건'이 무엇인가? 나는 누구인가? 나를 모르면 사는 게 사는 게 아니다. 이걸 알아야 한다.

나는 절실히 물음에 매달렸다. 지금 돌이켜보면 그때만큼 절실하게 나를 향한 물음에 빠져 있었던 적도 없는 것 같다. 출가 후 선방에서 수십 안거를 지냈지만 아무런 형식과 틀에 매이지 않고 오직 나는 누구인가를 향해 그렇게 끝없는 물음을 던진 적이 있었을까.

조치원역 근처 논두렁에 앉아 잠시 쉬고 있을 때였다. 스산한 늦겨울의 논에서 새 몇 마리가 푸르르 날아올랐다.

'삶의 행로는 허공을 날아가는 새들의 날갯짓과 같다. 때로는 높이 비상하고 또 때로는 여유를 부리면서 천천히 날 수 있는 것은 허공이 텅 비었기 때문이다. 삶 속의 모든 행복과 불행, 만남과 이별, 생과 사 모두 허공 속에서 일어나는 변화일 뿐 실재하는 것이 아니다'라는 생각이 번개같이 들었다.

'아, 내가 이제 나고 죽음이 없는 도리를 알았구나.'

삶과 죽음의 의미를 깨달았다는 생각이 들어 어쩔 줄을 몰랐다. 좋기도 하고 두렵기도 하고 정신이 없었다. 그렇게 나름대로 한 생각이 달라지면서 내 앞에 새로운 세계가 열렸다. 그러나 그 세계는 다른 세계로 이어졌다.

나는 종종 수행의 단계를 등산에 비유한다. 근기根機 수승한 사람들은 배낭을 짊어지고 스틱을 짚은 채 뒤를 돌아보지 않고 묵묵히 산에 오른다. 그러나 근기가 낮은 사람은 조금 올라가다 보면 힘도 들고 내가 지금 어디쯤 올라와 있는지 궁금하기도 해서 뒤를 돌아본다. 5부 능선까지만 올라가도 뒤돌아보면 안 보이던 게 보인다.

'저기에는 마을이 있고 저기에는 냇물이 졸졸 흐르네.'

그동안 자기가 살아왔던 곳의 모습만 보다가 이처럼 다른 세계가 눈앞에 열리니 '아, 이게 뭐야. 내가 깨달았구나!'라고 착각을 하게 된다. 깨달은 것은 아니지만 그래도 뭔가 달라진 건 분명하기 때문에 스스로 착각을 하게 되는 것이다. 내가 조치원에서 깨달았다고 생각했던 것도 마찬가지였다. 열심히 올라가긴 했지만 사실 산을 조금 올라가다가 뒤돌아 본 것에 불과했다.

그렇게 공부에 대해 조그마한 알음알이가 생기면 자칫 그 자리에 눌러 앉아 도인 노릇을 하게 된다. 그러나 참으로 생사의 문제를 타파하고자 하는 진실한 수행자라면 그걸 버리고 다시 산으로 올라가야 한다. 돌아서면 다시 올라가야 할 산이 분명히 있기 때문이다. 아래를 돌아보지 말고 정상을 향해 그냥 묵묵히 올라가야 한다.

8부 능선이나 9부 능선까지 올라가면 더 많은 것이 보일 것이다. 그러나 그때도 끝없이 '나는 누구인가'를 물어가는 수행자의 자세를 버려서는 안 된다. 정상에 서서 사방을 다 둘러보기 전에는 아직 산 너머 일은 모르는 것이다.

'걸사비구'라는 말이 있다. 공부하는 거렁뱅이라는 뜻이다. 수행자는 한곳에 머물지 않고 떠돌며 공부하는 자이다. 하루하루 살아가는 것이 수행이다. 끝없이 자신을 되돌아봐야 한다.

지금도 나는 오직 알 수 없는 그 자리를 향해 열심히 가고 있

다. 내가 과연 몇 부 능선까지 올라왔는가, 확실치 않은 자리에
서 말하고 있지는 않은가, 조심하고 또 조심할 뿐이다.

허공의 끝은 어디일까

참선을 하는 사람들은 대부분 큰스님을 찾아가 화두를 받는다. 그러나 나는 화두를 따로 받아 공부하지 않았다. 처음 출가했을 때부터 '나란 존재가 누구인지 모르니 그걸 묻는 게 화두지 다른 무엇이 필요한가'라고 생각했다.

화두란 존재에 대한 물음이다. 사십 년 동안 수행을 해 오면서 모든 화두의 근본은 '나는 누구인가'를 묻는 것이라고 생각해왔다. 나라는 존재는 세상의 무엇과도 바꿀 수 없는 귀한 존재다. 그렇다면 나란 존재를 아는 것이 가장 궁금하고 절박한 화두가 아닌가.

부처님도 '나고 늙고 병들고 죽는 이것이 뭔가?' 하는 물음 하나를 안고 출가했다. 육 년 동안 고행을 했어도 이 문제가 해결되지 않자 보리수 아래서 그 생각 하나에 몰입해 들어갔다.

나는 화두를 탄다거나 화두를 챙긴다는 표현도 바꿔야 한다고 생각한다. 전쟁이 나서 쌀 배급을 타는 것도 아니고 무슨 화두를 타러 다니는가? 화두가 보따리도 아니고 무슨 화두를 챙기는가? 내가 나를 모르니까 그것만 알면 됐지 뭘 따로 타서 의심을 하는가?

참으로 진실하게 자기 존재의 문제를 생각하는 사람은 어디가서 따로 화두를 탈 필요가 없다. 그런데 이 물음이 없거나 간절하지 않아 할 수 없이 큰스님들이 방편으로 화두를 주기 시작한 것이다. 간절한 의심이 저절로 올라오지 않으니 억지로 의심을 짓는 것이다.

부모가 죽었는데 별로 정도 없었고 슬프지 않아 눈물이 안 난다고 하자. 그런데 상주가 울지 않으면 안 되니 신주를 놓은 상청喪廳 앞에 앉아서 '아이고, 아이고' 우는 흉내를 낸다. 그렇게 억지로 곡을 하다 보면 갑자기 울컥 설움이 복받쳐 정말로 눈물이 뚝뚝 떨어지게 된다. 화두를 받아 수행하는 것은 이런 식으로 거짓 의심에 의지해 참 의심자리를 찾아가는 것이다.

'개에게는 불성이 없다.' 이는 조주 스님의 무無 자 화두다. 많은 사람들이 이 '무'자 화두를 받아서 공부한다. 인도의 달마대사가 중국으로 오셨다. 달마대사가 왜 서쪽 인도에서 동쪽 중국으로 오셨는가 묻는 것이 '조사서래의祖師西來意'다.

그랬더니 '판치생모板齒生毛 정전백수자庭前柏樹子'라고 답했다. '판자때기 이빨에 털 났느니라, 뜰앞의 잣나무니라'라는 게 도대체 무슨 소리인가. 모르겠다. 그러니 그걸 화두로 삼아 물어가는 것이다.

이런 물음이 궁금하지 않다면 결코 내 화두가 될 수 없다. 이럴 때는 과감하게 그 화두를 버리고 나에게 가장 절박한 물음을 물어야 한다. 허공의 끝은 어디일까, 시간은 어디서 시작해서 어디서 끝나는가, 지렁이는 왜 꿈틀꿈틀 기어가는가, 버들은 왜 저리 푸를까, 만약 그것이 더 궁금하다면 그게 바로 살아 있는 화두이다.

경전을 보는 것으로는 견성을 못하는가? 진실한 마음으로 경전을 보면 경전 자체가 그대로 화두다.

부처님이 제자인 수보리에게 묻는다.

"수보리야. 남방의 허공을 헤아릴 수가 있느냐?"

"헤아릴 수 없습니다."

"사방의 허공은 알 수 있느냐?"

"헤아릴 수 없습니다."

부처님의 말씀대로 남방의 허공을 생각해보라. 사방의 허공도 생각해보라. 생각해보면 모르겠다는 답이 나온다. 『금강경』

을 통해서 허공을 화두로 삼을 수도 있는 것이다.

어떤 절의 스님이 사람들에게 즉심시불卽心是佛*이라고 말하는 것을 그 절에 사는 일꾼이 '짚신시불'로 잘못 알아들었다. 그 일꾼은 '짚신이 부처라고? 이상하다. 왜 스님은 짚신이 부처라고 그랬을까?'라고 계속 묻고 또 묻다가 결국 깨달음을 얻었다고 한다. 그렇게 순수하게 물어가서 자연스럽게 알 수 없는 자리로 들어갈 수 있다면 그런 물음이 바로 화두이다.

나는 국립묘지에 어린 동생을 묻어 놓고 사십구일 동안 매일 가서 울면서 '내가 날 모르면 사는 게 아니다, 나고 죽는 이 주인공의 본래 면목을 바로 알 수만 있다면 지옥에라도 기꺼이 가겠다'는 원을 세웠다. 나고 죽음의 문제, '나는 뭘까?' 하는 간절한 물음, 그것이 나에게는 참으로 살아 있는 화두이다.

꼭 무無자를 타서 의심하고 마삼근麻三斤을 타서 의심해야만 화두인 것은 아니다. 선방에 자리 잡고 앉아서 물어야만 되는 것도 아니다. 언제 어디서나 자신에게 절박한 물음을 자연스레 물어가면 된다. 그 간절한 물음이 끊어지지 않도록, 생각 생각에 이어지도록 애써나가면 되는 것이다.

『육조단경』에도 보면 '선지식들아, 또한 어떤 사람이 사람들에

---

* 사람은 번뇌로 말미암아 마음이 더러워지나 본성은 불성이어서 중생의 마음이 곧 부처의 마음이나 마찬가지임을 이르는 말이다.

게 앉아서 마음을 보고 깨끗함을 보되 움직이지도 말고 일어나지도 말라'고 가르치고 이것으로써 공부를 삼게 하는 것을 본다. 미혹한 사람은 이것을 깨닫지 못하고 문득 거기에 집착하여 전도顚倒됨이 곧 수백 가지이니, 이렇게 도를 가르치는 것은 크게 잘못된 것임을 짐짓 알아야 한다'고 되어 있다.

'다른 스님들이 조주 무無자 화두를 들다 깨달았으니 나도 든다. 그러다 보면 확 터지고 탁 깨치겠지.' 하는 막연한 생각을 버려야 한다. 입으로는 '이 뭐꼬'를 하면서 머릿속에서 딴 생각을 하는 건 진정으로 묻는 게 아니다. 내가 왜 이 화두를 드나, 왜 공부를 하는가에 대한 진실한 물음이 먼저 있어야 한다.

수행자는 올바른 관점을 갖는 것이 무엇보다 중요하다. 선방에서 열네 시간씩 가행정진加行精進을 하던 사람도 막상 대화를 나눠보면 그릇된 견해를 가지고 있는 경우가 있다. 그래서 겉모양만 보고는 수행의 정도를 판단할 수 없다.

상대방이 얼마만큼 일상생활 속에서 의단疑團을 근거로 사물을 받아들이는지 알아보기 위해, 그 도의 심천深淺을 엿보기 위해 화두공안을 물어보는 것이 법거량이다.

그때 나는 이 정도만 되어도 성철 스님과 한 검을 겨뤄볼 수 있겠다는 자신감을 갖고 있었다. 검객이 완벽해서 고수를 찾아 떠나는 것은 아니다. 한번 대결해보는 것이다. 거기서 상대방을

베어도 상대방에게 베임을 당해도 다 공부다. 베고 베이는 가운데서 공부가 되는 것이다.

성철 스님과의 대결을 한창 준비하던 1991년 하안거 때였다. 어느 날 노장님이 백련암에서 내려오셨다. 정진하고 있는 우리들 사이를 말없이 거니시던 스님이 갑자기 선언해버리듯 말씀하셨다.

"이제 다음 반산림半山林부터는 법전이 법문한다. 법전이만큼 공부 잘한 사람 누가 있노? 나와 보라 캐라. 내 힘들어서 이제 결제와 해제 때만 법문하고 나머지는 법전이 법문한다."

그리고 휙 나가버리셨다. 반산림은 안거에 든 후 한 달 반이 지난 때를 말하는데 이때 방장 스님이나 조실 스님이 법문을 한다. 법전 스님은 성철 스님의 법제자인 전 종정 스님을 말한다. 당시 해인선원 수좌 소임을 보면서 방장을 대신해 공부를 지도하고 계셨다. 후학들을 향해 '화두가 떨어지면 죽는다고 생각하면 어찌 졸 수 있으며 안일하게 수행할 수 있는가'라고 경책하며 선방에 한 번 앉았다 하면 너더댓 시간을 꼼짝하지 않고 정진해서 수좌들의 존경을 받고 계신 분이었다.

선문의 가풍은 좀 살벌하게 얘기하면 날이 바짝 선 작두에 맨발로 올라서서 걸어가는 것과 같다. 그만큼 예리하고 준엄한 곳이다. 나는 적어도 결제 중의 법문만큼은 총림에서 가장 어른인 성철 노장님이 해야 한다고 생각했다.

시자인 원택 스님에게 내 의견을 말했다.

"법전 스님이 대신 법문을 하려면 깨달은 견처를 밝히는 오도송惡道頌이 있어야 되고 법을 전해주는 전법게傳法偈가 있어야 되지 않은가. 그리고 어느 공안을 갖고 어떻게 탁마를 했는가 하는 게 있어야 된다. 그냥 '누구 법문해라.' 하는 건 선문 가풍에 맞지 않는 일이다."

내 의견이 전해지진 않은 것 같았다.

그런 가운데 반철 결제날이 다가왔다. 법전 스님이 『육조단경』을 가지고 법문을 하게 되었다. 법전 스님이 법문을 하려고 법상에 올라가 앉은 다음 입정을 파하는 죽비를 치자마자 내가 벌떡 일어났다. 삼배를 하고 여쭈었다.

"선원의 지객知客*을 보는 명진입니다. 스님께 한말씀 여쭤보겠습니다. 『육조단경』을 설하신다고 하는데 단경의 참뜻은 언어나 문자에 있지 않습니다. 육조의 진면목을 한마디 이르시고 단경을 설하십시오."

그러자 법전 스님이 조용히 말씀하셨다.

"그것은 나중에 방장 스님께 물어보도록 해."

---

* 절에서 오고 가는 손님을 접대하고 안내하는 일.

칼을 뽑았는데 거기서 물러설 수 없었다.

"청정한 대중의 삼배를 받고 법상에 오른 법사가 대답을 해야지 어째서 방장 스님한테 미루십니까? 스님한테 죽음이 다가와도 그걸 방장 스님한테 미루시렵니까?"

스님께선 가만히 계셨다. 상대하지 않을 작정이신 것 같았다.

"이 도리는 남녀노소와 승속이 따로 없습니다. 여기 대중들 중에 누가 눈을 반이라도 떴으면 한번 일러 보십시오."

물을 끼얹은 듯 조용했다.

"에이, 썩은 송장 놈들이 밥만 축내는구나!"

나는 그렇게 소리를 지르고 나서 대웅전 어간문御間門을 발로 박차고 나왔다.

나중에 노장님을 시봉하고 있던 원타 스님에게 노장님이 뭐라고 하시더냐고 물어보았더니 "이놈 이거 와 또 이라노?" 하시면서 혀를 끌끌 차셨다고 한다. 적어도 백련암으로 올라오라고 해서 '네가 공부가 얼마나 되었느냐? 한번 얘기를 해보자.' 하실 줄 알았다. 나는 혼신의 힘을 다해 도전을 해본 건데 무시해버리니 화도 나고 힘이 빠졌다. 다음을 기다리는 수밖에 없었다.

시간이 흘러 다시 해제날이 되었다. 그런데 그날 아침, 해제법문을 법전 스님이 대신 읽는다는 소식이 들렸다. 백련암 노장님의 기력이 쇠하셨을 때이니 그러셨을 테지만 실망이 이만저만이 아니었다. 법전 스님이 법상에 올라가자 삼배를 올리고 여쭈었다.

"부처님께서 가섭에게 법을 세 번 전하셨습니다. 한 번만 전해도 되는데 왜 세 번을 전했습니까?"

"그런 것은 방장 스님한테 물어봐."

"만약 제가 묻는 말에 대답을 못하면 법상에 올려 보낸 성철 스님도 대갈통이 깨지고 법상에 올라가란다고 올라간 스님도 창사구가 끊어집니다. 대답을 하십시오."

스님은 묵묵히 앉아 계셨다.

"성철이 대가리 터지는 소리, 법전이 창사구 터지는 소리가 천지에 가득하구나."

호통을 내지르고 나서 밖으로 나왔다.

'쥐고양이'라는 말이 있다. 쥐를 잡아먹는 쥐를 일컫는다. 여러 마리의 쥐를 한곳에 모아두면 쥐가 쥐를 잡아먹게 되고 결국 한 마리만 남게 된다. 나는 깨달아야 한다는 생각 하나로 마음의 쥐를 잡는 쥐고양이를 풀었던 셈이다. 이제는 깨달아야 한다는 생각마저 버릴 때가 왔다.

나는 내가 누구인지 알기 위해 치열하게 수행했다. 때로는 그 생각에 앞을 볼 수 없었고 나도 모르게 몸과 마음에 힘이 잔뜩 들어가 있었던 적도 있다.

법전 스님께 심하게 굴었던 것은 내가 오만했던 탓이다. 하루하루가 수행이다. 출가를 결심했던 때의 물음이 아직도 이어지고 있는지 지금도 나는 나 자신에게 묻고 있다.

오십 년 수행 동안 내가 깨달은 게 하나 있다면 모른다는 것뿐이다. 격식, 체면, 권위가 아니라 얼마만큼 자기 마음을 비우고 지혜의 눈으로 세상을 보는지 그것 하나로 잣대를 삼는 게 수행이다.

알 수 없는 생각

천 길이나 되는 낚싯줄을 곧게 드리우니
한 물결 겨우 일어나자 만 파도가 따라 인다
밤은 고요하고 물은 차서 고기는 물지 않고
빈 배에 달빛만 가득 싣고 돌아온다

천척사륜직하수 千尺絲綸直下垂
일파재동만파수 一波纔動萬波隨
야정수한어불식 夜靜水寒魚不食
만선공재월명귀 滿船空載月明歸

송나라 때 야부冶父 **스님의 시다. 나는 이 시를 좋아한다. 고**

기를 잡으러 갔으면 고기를 잔뜩 싣고 와야 하는데 어쩌자고 달빛만 싣고 돌아오는가 말이다. 고기 잡을 욕심으로 나갔지만 달빛 아래 앉아 있다가 빈 배에 달빛만 가득 싣고 돌아온다는 이 시에 기가 막힌 공空의 도리가 있다.

마음을 흔히 허공에 비유한다. 하지만 '마음이 허공 같다'고 비유하는 것보다는 '마음이 바로 허공이다, 마음과 허공은 둘이 아니다'라고 표현하는 것이 더 확실하게 의미가 전달된다.

황벽 스님의 『전심법요傳心法要』에 보면 '심외무물心外無物이라, 마음밖에 한 물건도 있지 아니하다. 어떤 것이 마음인가? 바로 허공이니라'라는 내용이 있다. 마음과 허공이 둘이 아니고 마음과 부처가 둘이 아니라는 뜻이다.

그렇다면 허공은 무엇인가? 허공이라는 것이 있는 건가 없는 건가? 허공이라는 어떤 분명한 실체가 있는 것은 아니다. 다만 텅 비어 있는 그 자리를 허공이라고 부를 뿐이다. 하지만 허공이 없는 것도 아니다. 우리는 허공이 있다는 걸 안다. 허공이 있다는 것을 어떻게 알 수 있는가? 허공 가운데 온갖 사물이 들어가 있고 그 사물이 주변에 영향을 끼치기 때문에 허공이 있음을 알 수 있다.

허공 가운데 일어나고 있는 삼라만상의 묘한 작용들, 겨울이면 눈이 내리고 얼음이 얼고 여름이면 천둥 번개가 치고 장맛비가 오는 것은 허공 가운데 일어나는 변화일 뿐 허공 자체는 아니다. 하지만 작용을 떠난 허공이 있는가? 삼라만상의 작용이 있기 때문에 허공이 있음을 알게 되는 것이고 허공이 있으니까 삼라만상의 작용이 있는 것이다. 그러므로 삼라만상과 허공은 본래 둘이 아니다.

마음도 마찬가지다. 마음은 본래 허공과 같이 텅 비어서 있는 것도 아니요 없는 것도 아니다. 묘한 작용을 일으키는 이 한 물건을 마음이라고 하지만 마음이라는 게 어디 실체가 있는가.

내 마음 가운데 일어나고 있는 슬픔이나 기쁨, 욕심이나 자비심 같은 모든 감정은 허공같이 텅 비어 있는 마음속에서 일어나고 있는 작용이다. 작용이 일어나기 때문에 마음이 있음을 알게 되는 것이며, 마음이 텅 비어 있기 때문에 그 속에서 작용이 일어나는 것이다.

달리 말하면 번뇌가 있음으로 인해서 텅 비어 공적한 마음에 실체가 있음을 알게 되는 것이며, 텅 비어 공적하기 때문에 그 속에서 번뇌라는 작용이 일어나는 것이다. 그래서 번뇌가 즉 보리菩提*요 보리가 즉 번뇌라고 한다.

허공에 어떤 때는 뭉게구름이나 새털구름, 또 어떤 때는 먹장

* 궁극적인 깨달음.

구름이 일어나지만 아무런 흔적이 남지 않는다. 마찬가지로 우리가 살면서 마음속에 슬픔과 기쁨, 괴로움과 분노, 사랑하는 마음과 미워하는 마음 등 온갖 변화가 있었지만 그 변화가 지금은 어디 있는가? 내 마음에 무슨 흔적이 남아 있는가?

허공이 텅 비어 있기 때문에 그 가운데 새들은 자유롭게 날고 꽃은 붉게 피고 버들은 푸르며 가을이 되면 낙엽이 지는 것이다. 그것이 진공묘유眞空妙有의 도리이다.

냉철하게 자기 자신을 살펴서 내 마음이 허공과 조금도 다를 바가 없다는 것을 깨달아야 한다. 내 마음이 허공같이 텅 비어 공적한 것임을 알고, 마음에서 일어나는 모든 작용들이 하나의 작용일 뿐 실체가 없는 것임을 투철하게 깨달으면 그 어디에도 집착하지 않는 대자유를 얻게 된다. 내 마음이 바로 허공인 그 자리는 능히 모든 것이 자유자재한 자리이다.

그런데 이렇게 마음이 허공과 같이 텅 비어 헤아림으로써 알아낼 수 없다고 해도 '헤아릴 수 없는 특별한 그 무엇'이 있는 게 아닌가 하는 생각을 또다시 일으켜 그것을 알려고 한다. 그것은 우리가 오랜 세월 동안 있다 없다, 이것이다 저것이다 하는 이분법적이고 상대적인 관점으로 보는 게 익숙해졌기 때문이다. 모든 사물을 유무有無의 상相으로 보도록 익혀온 게 우리의 업이 되어버린 것이다.

그 업의 안경을 벗어던지지 않고는 올바로 세상을 볼 수가 없다. 업을 벗어버리려면 '안다'는 생각을 모두 내려놓고 '모름' 속으로 들어가야 한다. 있다 없다, 옳다 그르다고 분별하는 생각들을 비우고 버리다 보면 불현듯 모든 '앎'이 다 끊어지고 '알 수 없는 그것'이 내가 되어버린다. 그렇게 모든 앎이 끊어지고 조금의 빈틈도 없이 '알 수 없는 생각'으로 꽉 차 있는 그 자리에서 보면 내 마음과 허공이 둘이 아니다.

끝없이 버려야 한다. 깨달았다면 깨달은 걸 버려야 한다. 버리지 않으면 깨달음의 포로가 되기 일쑤다.

허공처럼 텅 비어 공적한 그 자리는 모든 관념이 떨어져나가 생사조차 끊어진 자리이다. 중생의 업력에서 비롯된 관점으로 생사를 보는 게 아니라 텅 비어진 모름의 자리에서 생사를 보게 되면 나고 죽는 것이 큰물에 거품 하나 일어났다 꺼지는 것과 같음을 알게 된다. 그때 이미 생사는 생사가 아니다. 생사가 없어지는 게 아니라 나고 죽음은 분명히 있는데 나고 죽음에 집착하지 않으니 생사에 끄달리지 않는다. 그것을 보고 생사 없는 도리를 깨달았다고 하는 것이다.

내가 나를 물을 때 부처가 온다

  곤충박물관에 가보면 벌의 눈으로 사람의 모습을 볼 수 있게 끔 보여주는 장치가 있다. 벌의 눈에는 세상이 타원으로 찌그러 져 보인다. 곤충의 눈은 홑눈이 아닌 수천 개가 모여서 이뤄진 겹눈이다. 그래서 곤충이 바라보는 세상은 마치 모자이크 같다. 이런 눈으로 세상을 보면 움직이는 물체의 움직임이 과장되기 때문에 어떤 움직임도 놓치지 않는다.

  뱀은 사람이 볼 수 없는 가시광선의 붉은색 바깥쪽을 감지하 는 눈을 가지고 있다. 뱀의 눈은 적외선 투시카메라와 비슷해서 사람을 볼 때 피부에서 보낸 적외선을 먼저 감지한다. 옷을 입 은 사람이라도 알몸을 보는 것과 같다. 그 모습은 흑백이고 명 암만 구별할 수 있다고 한다.

사람이 보는 시선이 세상의 전부가 아니다. 곤충에게도 뱀에게도 그 나름의 세계가 있다. 인간이 보는 세계가 다는 아니다. 우리가 보는 세상은 그저 사람 눈으로 바라본 세상이고 그렇게 바라본 세상으로 '나'를 정의할 뿐이다. 그런데 우리는 안다고 생각한다. 우리가 본 것을 전부라고 여긴다.

　인간의 눈으로 본 세계, 내 눈으로 본 세계는 하나의 견해일 뿐이다. 진리가 아니다. 얼마든지 틀릴 수 있다. 인간이라는 업, 나라는 안경을 쓰고 세상을 바라보면 제대로 볼 수 없다. '인간의 눈' '나의 견해' 같은 좁은 틀을 벗어 던질 때 세상을 제대로 볼 수 있다.

　세상을 있는 그대로 바라보려면 마음에서 힘을 빼야 한다. 힘이 들어가면 틀 속에 갇히게 되고 틀 속에 갇히면 선입견에 눈이 가려져 제대로 볼 수 없다. 나는 누구인가, 사는 건 무엇이고 죽는 건 무엇인가, 어떻게 살아야 잘 사는 것인가, 이런 물음을 치열하게 물으면 몸과 마음의 힘이 자연스레 빠진다. 그러면 세상이 거울에 비추듯 나에게 비춰진다.

　그때 다시 나는 묻는다. 나라는 존재는 과연 뭘까. 히죽히죽 웃기도 하고 펑펑 울기도 하고, 남한테 심술을 부리기도 하고 불쌍한 사람을 보면 착한 일을 하기도 하는 변화무쌍한 존재, 이 몸뚱이를 이끌며 기기묘묘한 작용을 일으키는 그 무엇, 그것은 과연 무엇인가?

명진이란 이름도 나에게 붙여진 이름일 뿐이다. 미국에서 태어났다면 영어 이름으로 불렸을 것이다. 내 마음대로 다른 이름을 지을 수도 있다. 이름은 이름일 뿐 내가 아니다. 그러면 마음이 나인가? 수시로 변하는 마음, 즐거울 때도 있고 괴로울 때도 있는데 어느 마음이 나의 마음인가. 슬프면 눈에서 눈물이 나오고, 속상하면 가슴이 저릿하니 애간장이 녹는 것 같은 이런 마음은 또 뭘까? 시시때때로 변하는 마음을 '나'라고 할 수 있을까?

우리 몸은 또 어떨까? 나이가 드니까 몸이 뻣뻣해지는 게 느껴진다. 수영할 때도 보드탈 때도 예전 같지 않다. 나에게도 어린 시절이 있었고 청년 시절이 있었다. 젊은 시절의 나와 칠십이 다된 지금의 나, 어떤 게 진짜 나일까? 신체는 아무리 잘 먹고 잘 입고 잘 거둬도 언젠가 나를 버리고 떠날 것이다. 내가 죽어서 지수화풍地水火風으로 흩어지면 남는 건 무엇일까?

사람의 몸과 마음은 세월 따라 조건 따라 끊임없이 변하는데 과연 어느 것을 진정한 나라고 할 수 있을까. 이름 떼고 계급 떼고 모두 다 떼어버리고, 모양으로도 그릴 수 없는 나는 뭘까?

알 수 없다. 막막할 뿐이다. 힘 빼고 사는 건 막막한 일상 속에서 어떠한 견해에도 묶이지 않고 시시각각 달라지는 세상을 유연한 사고로 대처하며 사는 것과 같다. 참선이란 특별한 수행이 아니다. 알 수 없는 물음, 그 물음이 던져주는 막막함이 끊어지지 않도록 물어나가는 게 참선이다. 말하자면 막막함을 지속하기 위한 틀이며, 틀을 벗어나기 위한 틀인 셈이다. 영구혁명론에 보면 '혁명은 곧 부패한다'는 말이 있다. 아무리 좋은 것도 고이면 썩는다. 진정한 변화란 끝없이 혁명해야 한다는 의미다. 결국 우리는 부처의 틀이든 조사의 틀이든 벗어던져야 한다.

내가 누구이고, 어디에 살고, 살고 있는 때가 어느 때인지도 모른 채 그 외의 것들만 열심히 매달려 산다면 괴로울 수밖에 없다. 명예의 노예가 되고 돈의 노예가 될 뿐이다. 사회적으로 높은 위치에 오르고 많은 돈을 벌려고 갖은 애를 쓰지만 그것들이 과연 우리에게 참다운 행복을 가져다주는 걸까?

손아귀에 돈과 명예를 모두 쥔 사람도 나이 들어 죽는 것만은 면할 수 없다. 결국 무상한 것이다. 그러면 무엇이 우릴 행복하게 할까? 이 본질적이고 근원적인 문제를 풀어야 한다. 스스로 묻고 또 물어야 한다. 그것이 힘을 빼는 가장 좋은 방법이다.

어떤 이들은 이러한 문제를 신에게 맡겨버린다. 그것은 사람의 문제가 아니고 신의 뜻이라고 믿는다. 이 모든 걸 관장하는 절대적인 힘이 있고, 그 힘을 가진 절대자에게 존재의 문제를 맡겨버리는 것이다. 나는 막연한 추측이나 무조건적인 믿음을 거부한다. 부처님을 믿고 부처님에게 내 문제를 맡겨버리는 게 아니라 내가 나 자신에게 묻는다.

하다못해 시장에서 과일 하나를 사더라도 유심히 살펴보고, 옷을 한 벌 사더라도 직접 입어보고 산다. 아주 간절한 마음으로 내가 누구인지 물어가는 것, 그 물음이 끊어지지 않도록 애써나가는 것이 바로 수행이다. 그 물음 속에 부처님의 팔만사천 법문이 다 들어 있다.

나는 열아홉 살 때 관음사에서 우연히 만난 스님에게 "너 자신이 누군지도 모르고 사는데 대학을 가면 뭐하고, 영어를 잘하고 수학 공식을 많이 알면 뭐해?"라는 말을 듣고 전기에 감전된 것 같은 큰 충격을 받았다. 그 물음에 모든 걸 다 내려놓고 보따리를 싸서 출가했다.

선방 문고리를 잡으면 지옥고地獄苦는 면한다는 말이 있다. 선방이 무얼 하는 곳인가? 힘 빼고 나는 누구인가를 묻는 곳이다. 나를 묻는 그 자리가 바로 지옥에서 벗어나 해탈로 가는 자리라는 뜻이다. 묻고 또 물어 내가 날 모른다는 걸 깨닫는 순간 어느새 진리가 당신 곁에 와 있다.

나는 누구인가 물을 때 '부처'가 오는 것이다.

힘을 빼면 생각이 바뀐다

출가한 지도 오십 년이나 되니 사람들이 내게 자신이 처한 상황에 대해 조언을 구하곤 한다. 봉은사 주지를 하고 있을 때 찾아온 이재용 삼성전자 부회장은 "스님, 어떤 게 잘 사는 겁니까?" 하고 묻기도 했다. 최근에는 갓 서른이 된 젊은 친구가 직장 생활에 대한 어려움을 토로했다.

"일보다 사람이 힘들어서 회사를 관두고 싶을 때가 많아요. 이럴 땐 어떻게 해야 할까요?"

사실 나는 직장 생활이라는 걸 해본 적이 없기에 그 문제에 대해 구체적으로 조언해줄 수 없다. 게다가 조계종에서 승적을 박탈당한 나의 상황을 속세에 빗대 말하자면, 오십 년 근속을 하고도 회사에서 쫓겨난 상황이 아닌가.

군이 따지자면 그런 경험이 없었던 건 아니다. 어린 시절 절집에서 수행할 때 나는 미운 사람이 있으면 엄청 미워하곤 했다. 안거에 들면 전국 각지에서 모인 오십여 명의 스님과 공동생활을 한다. 별의별 사람이 다 있다. 자다가 잠꼬대하는 사람도 있고 방귀를 뿡뿡 뀌는 사람도 있다.

한번은 함께 김장을 해야 하는데 자기 절 김장을 해야 한다고 핑계를 대고 빠져나가는 스님이 있었다. 그렇게 함께해야 하는 일에는 동참하지 않고 자꾸 요령을 피웠다. 어느 날 발우공양하려고 줄 서서 기다릴 때 그 스님 뒤에서 내가 한마디했다.

"거, 김장할 때 자기 절에 가서 김장하는 사람은 김치 먹을 때도 자기 절 것 가져다가 먹어야지 왜 여기 김치를 먹어?"

나는 그 스님보다 한참 어렸다. 일부러 그 스님이 지나갈 때마다 뒷짐을 졌다. 결국 그 스님이 한마디했다.

"왜 어른 앞에서 그렇게 뒷짐을 져?"

그래서 내가 대꾸했다.

"뒷짐 지면 안 되나요? 손을 뒤로 하는 것과 앞으로 하는 것은 무슨 차이가 있습니까?"

결국 그 스님은 동안거 석 달 중에 이십 일만 살다가 짐을 싸서 나가버렸다.

이런 내가 회사 생활이 어렵다는 젊은 친구에게 적절한 조언을 해줄 수 있을까? 지금 생각해보면 젊은 시절 내가 그 스님께 했던 행동이 치기 어린 행동이었다는 생각도 든다. 허나 그렇다 하더라도 직장 생활이 힘들다는 젊은 친구에게 마냥 "미운 마음을 다스려라." 하고 말하고 싶진 않다.

나는 내가 모르는 일이라면 "모른다." 하고 말한다. 그 스님은 왜 그렇게 미운 짓을 했을까? 그렇다고 나는 왜 그렇게 행동했을까? 젊은 친구는 왜 직장 생활이 힘들까? 과연 이런 문제에 해답은 있는 걸까?

불교에 심취했던 독일 철학자 쇼펜하우어가 어느 날 사색에 잠겨 공원을 산책하다 자기도 모르게 화단에 들어가고 말았다. 화단에는 들어가지 말라는 팻말이 세워져 있었다. 이를 본 공원 관리인이 달려와 소리쳤다.

"당신은 지금 무슨 짓을 하고 있는지 알고 있소? 당신이 어떤 인간인지 알고 있느냐 말이오!"

쇼펜하우어가 한숨을 내쉬며 답했다.

"정말 그 대답을 알기만 한다면……."

내가 그 대답을 알았다면 나는 출가하지 않았을 것이다. 사람들이 내게 하는 질문에 속 시원하게 답할 수 있었다면 수행 생활을 오십 년 동안 하지 않았을 것이다.

우리가 사물을 보는 견해는 각자 자기가 처해져 있는 상황이

나 입장에 따라 모두 다르다. 사는 게 힘들다는 사람들이 처한 상황도 짊어진 짐도 모두 다르다. 그러기에 답은 스스로 찾고 따져봐야 한다.

이처럼 개인마다 사물을 바라보는 관점에 차이가 있는 것은 무엇 때문일까? 그것은 업이 다르기 때문이다. 객관적 사실과 상관없이 내 주관과 내 입장이라는 업에 따라 각자 다르게 판단하고 행동한다.

그렇다면 업은 무엇일까. 죽은 뒤 생사를 거듭하는 다겁생 속에서 습득한 지식이나 정보, 그리고 살아오면서 익혀온 습관들이 모여서 고정관념을 만든다. 그 고정관념을 불교에서는 업이라고 한다. 그런데 과연 나의 견해나 나의 관점이 옳은가? 내가 세상을 바로 보고 있다고 자신 있게 말할 수 있을까?

아메리카 대륙이 유럽 사람이 봤을 때는 신대륙이지만 원주민들한테는 신대륙이 아닌 오래된 그들의 땅이다. 미국의 서부 개척사라는 것도 원주민들 입장에서는 대학살이고 약탈이다. 역사도 입장에 따라서 다 다르게 평가한다.

중세 유럽 사람들은 지구가 평면이라고 생각했다. 지구가 둥글다고 주장한 사람들은 종교재판을 받고 처형당했다. 그 시대 사람들이 자기의 지식으로 세상을 바라봤기 때문이다. 앞으로 과학이 더 발달하면 지금 우리가 옳다고 믿고 있는 것들도 더

이상 옳지 않은 것으로 드러날 수 있다. 지금 우리가 알고 있는 지식은 결코 완벽한 게 아니다.

도덕적 규범이나 관습도 지역이나 시대에 따라 달라진다. 조선시대에는 양반들이 첩을 두는 게 예사였고 부인들은 거기에 대해 질투하는 게 금기시되었다. 아랍 국가들은 지금도 부인을 여러 명 두는 일부다처제를 허용한다. 우리가 잘못되었다고 생각하는 것이 시대가 달라지거나 다른 지역으로 가면 아무 문제가 없는 경우가 많다.

가치 기준도 그렇다. 우리가 지금 옳다 그르다, 좋다 싫다고 규정하는 것들은 우리 스스로가 만들어놓은 것에 불과하다. 아프리카에서는 사람들이 입술에 둥그런 원반을 넣기도 하고 코를 뚫어 막대기를 꽂기도 하고 고리를 여러 개 걸어 목을 길게 늘이기도 한다. 우리가 보기에는 이상해도 그들에게는 그것이 아름다운 것으로 통한다.

도덕적 규범이나 관습, 가치 기준, 심지어 우리가 알고 있는 과학적 상식이나 역사적 사실까지도 시대적 상황이나 공간적 상황에 따라 다 다르다. 이처럼 우리가 '알고 있는 것'은 완벽한 게 아니다. 그런데 그런 것들이 옳다고 생각하고 영원하다고 생각하고 거기에 집착하는 데서 우리의 모든 괴로움이 생긴다.

그런데 왜 우리는 업에서 벗어나려고 하지 않는가? 그것은 업

안에 있는 것이 편하고 익숙하기 때문이다. 우리 안에만 가둬놓고 키우던 개를 밖으로 내보내면 그것들은 불안해서 자꾸 우리 안으로 들어오려고 한다. 우리 안에 먹을 것과 편안한 잠자리가 있기 때문이다.

우리가 모름의 세계, 즉 깨달음의 세계로 가는 것은 울타리에 갇혀 있던 개가 늑대가 되어 밀림으로 나가는 것과 같다. 아는 것에 의지해 모든 것을 해결하던 다겁생의 업이 작용하기 때문에 알 수 없는 생각이 들어오면 불안해진다. 그래서 자꾸만 익숙해진 습관 속으로 다시 들어오려고 한다. 그러나 알 수 없는 그 물음을 지속해 한번 완벽한 자유를 맛보면 다시는 어디에도 의지하지 않을 수 있다.

토굴에서 지낼 때 '내가 먹는 것 만큼은 직접 심어서 가꾸자.' 하는 생각으로 오일장에 가서 고추와 오이 모종을 샀다. 텃밭에다 모종을 심고 기르는 동안 서울에 일이 생겨 갑자기 바빠졌다. 어느새 텃밭이 잡초로 뒤덮였다. 어느 날 잡초 속에 자란 고추와 오이를 된장에 찍어 먹었는데 그 맛이 어릴 적 먹던 그 맛과 같았다. 오이의 향긋한 향과 고추 특유의 매운맛이 일품이었다. 잡초 사이에서 살려고 용을 쓰다 보니 자기 맛을 찾게 된 것이다.

수행은 우리가 길들여져 있던 습관과 우리가 갖고 있는 모든 고정관념으로부터 벗어나고자 하는 것이다. 업대로 살아가는 것이 운명에 속박되는 것이라면 수행은 그런 자신의 업을 벗어던지는 것이다. 모든 앎, 모든 업의 사슬을 끊고 진정한 지혜와 자유를 얻는 것, 그것이 수행의 궁극적 목표다.

육조 선사는 자신을 잡으러 온 혜명 존자가 한마디 가르침을 구했을 때 '불사선불사악不思善不思惡'이라고 했다. 선도 생각하지 말고 악도 생각하지 말라는 뜻이다.

이 말이 참 묘한 말이다. 착한 일이면 해야지 왜 생각하지 말라고 하는가? 그것은 선善이라는 것이 좋은 업이기는 하지만 그래도 역시 업이기 때문이다. 선악의 개념 자체가 우리의 업으로 비롯된 고정관념이다. '좋은 것'도 고정관념인 것이다.

선업에 묶여 있는 것은 명주실로 부드럽게 잘 짠 밧줄로 나를 묶어놓은 것과 같고, 악업에 묶여 있는 것은 가시가 촘촘히 박힌 철조망으로 나를 묶어놓은 것과 같다. 명주실로 짠 보드라운 밧줄에 묶여 있는 게 가시철조망에 묶여 있는 것보다 훨씬 나을까? 아무리 보드라운 밧줄에 묶여 있어도 묶여 있긴 매한가지다.

선업이나 악업이나 본래 성품을 가리기는 마찬가지여서 선도 놓아버리고 악도 놓아버리라고 한 것이다. 좋은 밧줄이든 나쁜 밧줄이든 나를 묶고 있는 모든 업의 밧줄을 다 끊어내야 걸림

없는 완전한 자유를 얻을 수 있다. '운산만리雲山萬里 고월독조孤月獨照'라는 말처럼 구름이 흩어지면 달이 드러나듯 모든 시비 분별을 다 벗어 던지면 진리를 볼 수 있다. 그것이 해탈이고 불교의 궁극의 목적이다.

그렇다면 업의 굴레에서 벗어날 수 있는 길은 무엇인가? 그 길은 멀리 있지 않다. 복잡한 것도 신비로운 것도 아니다. 우리가 그동안 '아는 것'을 통해 모든 것을 해결하려고 했다면 이제는 아는 것을 버리고 '모름'의 세계로 뛰어들어보는 것이다.

모름으로 들어가는 가장 좋은 방법이 간화선이다. 화두의 낙처인 모름의 상태를 깊이 관하는 것이다. 모름의 상태는 어떤 판단이나 규정을 짓지 않은 상태다. 이것만이 옳다고 확신하지 않고 이것이 과연 옳은가 묻는 성찰의 자리다. 그러므로 모름 그 자체만 가지고도 우리는 이미 분별의 세계에서 벗어나게 된다. 모름의 자리에, 알 수 없는 그 자리에 너와 내가 어디 있으며 늙음과 젊음이 어디 있으며 생과 사가 어디 있는가. 그 자리는 고정관념으로 사물을 잘못 보는 인식의 틀을 깨버린 자리이고 모든 이원성과 상대성을 떠난 자리다.

봉은사 다래헌에 머물 때 '단지불회但知不會'라고 쓴 액자를 걸어두고 지냈다. 이는 인천 용화사에 계시는 송담 스님이 써주신 것으로 수행에 대한 나의 입장을 대변한다고 할 수 있다.

'단지불회 시즉견성是卽見性'은 보조 스님의 『수심결修心訣』에 나오는 구절로 '다만 알지 못함을 아는가, 그것이 깨달음이다'라는 의미다. 나는 뒤의 '시즉견성'이라는 구절은 군더더기라고 생각한다. 이미 '단지불회'만으로 모든 설명을 하고 있지 않은가.

다만 모를 뿐이다. 잠을 자거나 밥을 먹거나 오직 모를 뿐이다. 그렇게 모름의 세계 속으로 끝없이 몰입을 해가다 보면 일어났다 꺼졌다 하는 번뇌煩惱의 물거품이 전부 가라앉아 잔잔해진다. 참으로 알 수 없는 의심 하나만 홀로 드러나 있게 된다. 그렇게 되면 알 수 없는 그놈이, 밥을 먹고 알 수 없는 그놈이, 잠이 들고 알 수 없는 그놈이 꿈을 꾼다.

허공같이 텅 비어 알 수 없어진 그 자리, 오직 알 수 없는 그놈 하나만 남아서 알 수 없음과 내가 일체된 자리가 바로 진리의 바다에 직통으로 들어가는 길이다.

모든 앎이 끊어지고 오직 알 수 없는 그것만이 간단없이 이어지는 완벽한 비어짐의 자리에서 부처님은 별을 보았고 어느 조사 스님은 닭 우는 소리를 들었고 또 어느 조사 스님은 기왓장이 대나무에 부딪히는 소리를 들은 것이다.

당장 하루하루 살아가는 게 힘에 부치는가? 사람이 미워서 회사를 그만두고 싶은가? 누군가를 잃고 깊은 슬픔에 빠졌는가?

한평생 선방으로 돌아다닌 내가 세상 사람들에게 전하고 싶은 메시지는 단 하나다.

'마음에서 힘을 빼라!'

마음에서 힘을 빼는 가장 좋은 방법은 바로 '나는 누구인가'를 묻는 것이다. 내가 누구인가? 모른다. 그 알 수 없는 물음 속으로 끝없이 몰입하다 보면 자연히 힘이 빠진다. '안다'라는 생각이 모두 비워지면 내가 정말 '모른다'라는 생각만 오롯이 남게 된다.

모든 앎이 끊어지고 완전히 힘이 빠진 자리, 그 완벽한 비어짐의 자리가 진정한 자유이다.

두 해 전 조계종에서 벗어났다. 열아홉 살에 출가해 오십 년 동안 의지처가 되었던 조계종이라는 틀에서 벗어난 것이다. 조계종에서 내게 누명을 씌워 징계를 추진할 때 함세웅 신부님 같은 분들은 조계종 안에서 방법을 찾아보자고 하셨다. 좋은 말씀이셨다. 하지만 나는 택하지 않았다.

그 후 첫 법회가 수원 팔달문 앞에서 연 거리 법회였다. 그 자리에서 "부처님께서 한 나무 아래서 사흘도 머무르지 말라"라고 하셨는데 그 가르침대로 살았는지 스스로를 돌아보겠다고 했다. 한 나무 아래서 사흘도 머무르지 말라는 말씀은 그 어떠한 것에도 집착하지 말고 끄달리지 말라는 뜻이다.

출가 오십 년, 많은 일들이 있었다. 나는 처음 출가를 결심했을 때처럼 '사는 게 뭔가?' '나는 누구인가?' 투철하게 물었던가? 깨닫겠다, 부처가 되겠다는 생각 없이 첫 마음으로 순수하게 물어왔는지 돌이켜본다.

틀을 벗어나는 것은 두렵고 막막한 일이다. 하지만 한 생각 돌리면 꼭 두려운 일만은 아니다. 본래 늑대였던 개의 목줄을 풀어주면서 네가 살던 야생으로 돌아가라고 하면 처음에는 신나서 뛰쳐나간다. 하지만 얼마 되지 않아 다시 돌아와 목줄을 묶어달라고 한다. 먹을 것이 있는 편안한 삶에 길들여졌기 때문이다. 우리는 과연 다르지 않을까.

지공誌公 선사의 시는 우리를 생각하게 한다.

농계유식탕와근籠鷄有食湯鍋近
야학무량천지관野鶴無糧天地寬

울안의 닭, 배불러도 솥 안에 삶아지고
들판의 학, 배고파도 천지가 자유롭네

삶이란 끊임없는 선택의 연속이다. 어떤 삶을 선택할 건가? 묶여 있지만 익숙한 삶인가? 불안하지만 자유로운 삶인가?

자유로운 삶은 막막하고 불안하다. 나는 이 막막하고 불안한 상태가 중요하다고 생각한다. 자유롭다는 것은 무엇이든 할 수 있기 때문에 새롭고, 새로운 것은 낯설고, 낯선 것은 불안하다. 하지만 막상 그 불안과 마주하면 생각했던 것보다 별것 아니다. 그럼에도 우리는 익숙한 삶을 쫓는다. 그러면서도 괴로워한다.

사람이 죄를 지으면 가장 먼저 자유를 빼앗아 감옥에 가둔다. 자유를 빼앗긴 삶은 잠자리가 있고 먹을 게 있다고 한들 사는 게 아니다. 인생에서 가장 소중한 가치는 바로 자유다. 영화 〈쇼생크 탈출〉은 인간에게 자유가 어떤 의미인지 알려주는 소중한 영화다. 감옥을 탈출한 앤디는 쏟아지는 빗줄기를 맞으며 두 팔을 벌려 자유를 느낀다. 이 장면을 배경으로 한 영화 포스터에는 "두려움은 너를 죄수로 가두고, 희망은 너를 자유롭게 하리라!"라는 구절이 적혀 있다.

우리가 이 영화에서 놓치지 말아야 할 대목이 있다. 바로 브룩스의 이야기다. 브룩스는 오십 년 동안 감옥살이를 한 뒤 가석방으로 나가게 되자 웬일인지 동료를 죽여서라도 교도소에 남고자 난동을 부린다. 이를 본 동료들이 이렇게 말한다.

"브룩스는 안 미쳤어. 교도소에 길들여졌을 뿐이야."

"길들여져?"

"오십 년을 있어봐. 바깥세상을 몰라. 여기선 그가 대장이야.

모르는 게 없지. 하지만 사회에선 아무것도 아냐. 쓸모없는 쓰레기지. 내 말 알겠어? 너도 잘 알아둬. 이 철책이 웃기지? 처음엔 싫지만 차츰 길들여질 거야. 그렇게 세월이 지나면 벗어날 수 없어. 그게 길들여지는 거야."

감옥 밖으로 나온 브룩스는 결국 자살하고 만다. 자유가 주어졌지만 그는 어찌할 바를 모르고 죽고 만 것이다.

감옥은 내 안에도 있다. 내가 내 마음대로 내 삶을 결정할 수 없는 삶, 아무리 많은 돈을 가지고 있다 한들 행복할까? 우리는 내 삶의 노예가 아니라 주인으로 살아야 한다. 그런 삶을 향해 나아가는 것이 불교다. 불교에서 말하는 해탈은 해방이고 자유다. 그동안 우리가 익혀온 습관과 고정관념에서 벗어나 자유롭게 사유하며 사는 것이 불교의 궁극적인 목적이다.

자유의 길을 걷는 가장 좋은 방법이 '나는 누구인가?' 묻는 것이다. 내가 나를 물으면 아는가? 모른다. 모른다는 것은 어떠한 것도 결정하지 않은 상태다. 막막하고 불안한 상태다. 동시에 어떠한 것도 선택할 수 있는 자유의 상태다.

고정관념에 사로잡히면 세상을 제대로 볼 수 없다. 모든 틀을 벗어 던지고 있는 그대로 세상을 바라봐야 한다. 불교는 부처를 믿고 따르는 종교가 아니다. 내가 나를 찾는 공부이자 삶의 의미가 무엇인지 끊임없이 묻는 종교다.

어떻게 살아야 할까? 나는 뭘까? 같은 질문 없이 세상이 만들어놓은 기준대로 대학에 입학하고 대기업에 취직하는 삶이 우리 인생에 어떤 의미가 있을까?

답이 중요한 것이 아니라 질문 그 자체가 중요하다. 질문의 크기가 사람의 크기를 만든다. 질문이 깊을수록 생각도 깊어진다. 답이 없는 아득한 질문, 그것이 우리를 무한의 사유로 이끈다. 그 알 수 없는 세계, 무한의 세계가 궁극의 깨달음이다.

그렇기에 "내가 나를 물을 때 부처가 온다." 하고 말하는 것이다. 내가 나를 물을 때, 그 막막하고 알 수 없는 물음의 자리에 설 때 우리는 부처가 된다. 그 어떤 것도 끄달리지 않고 자기 길을 가는 사람이 부처다. 부처가 오더라도 따를 일이 없다.

마음 수행은 그런 것이다. 내가 나를 바로 알면 내 길을 가면 된다. 남 따라 살 필요도 세상의 요구를 쫓을 필요도 없다.

'나는 누구인가?' 끊임없이 물었기에 지금의 내가 있다. '안다'라는 그릇된 생각을 내려놓고 몸에서 힘을 빼듯 마음에서 힘을 빼고 살면 더없는 자유가, 무한한 행복이 거기 있다.

2019년 6월
명진

힘 좀 빼고 삽시다

아픔을 끌어안고 사는 우리들에게

초판 1쇄 발행 2019년 7월 3일
초판 3쇄 발행 2020년 4월 20일

지은이 명진
펴낸이 김선식

경영총괄 김은영
책임편집 최지인 **디자인** 박수연 **책임마케터** 기명리
콘텐츠개발6팀장 이호빈 **콘텐츠개발6팀** 임경섭, 박수연, 정다움
마케팅본부장 이주화
채널마케팅팀 최혜령, 권장규, 이고은, 박태준, 박지수, 기명리
미디어홍보팀 정명찬, 최두영, 허지호, 김은지, 박재연, 배시영
저작권팀 한승빈, 이시은
경영관리본부 허대우, 하미선, 박상민, 윤이경, 권송이, 김재경, 최완규, 이우철
외부스태프 QWAYA(過夜+Q)

펴낸곳 다산북스 출판등록 2005년 12월 23일 제313-2005-00277호
주소 경기도 파주시 회동길 357 3층

전화 02-704-1724
팩스 02-703-2219 **이메일** dasanbooks@dasanbooks.com
홈페이지 www.dasanbooks.com
블로그 blog.naver.com/dasan_books

ⓒ 2019, 명진

ISBN 979-11-306-2222-4 (03810)

다산북스(DASANBOOKS)는 독자 여러분의 책에 관한 아이디어와 원고 투고를 기쁜 마음으로 기다리고 있습니다.
책 출간을 원하는 아이디어가 있으신 분은 다산북스 홈페이지 '투고원고'란으로 간단한 개요와 취지, 연락처 등을 보내주세요.
머뭇거리지 말고 문을 두드리세요.